BIBLIOTHEK DER ABENTEUER

Jules Verne
Reise um die Erde in 80 Tagen

Zu Elvis Geburtstag
für die liebe Brigitte

ein kleiner Reiseführer
mit Anregungen, aber Ihr
solltet Euch dabei etwas mehr
Zeit lassen und in Ruhe
genießen.

von den Tanz-Mäusen
am 5. Juni 1999

BIBLIOTHEK DER ABENTEUER

JULES VERNE

Reise um die Erde in 80 Tagen

Aus dem Französischen
von Gisela Geisler

Arena

In neuer Rechtschreibung

11. Auflage als Arena-Taschenbuch 1999
Lizenzausgabe für den Arena Verlag GmbH, Würzburg, mit Genehmigung der Büchergilde Gutenberg

Titel der Originalausgabe: »Le tour du monde en quatre-vingt jours«
Aus dem Französischen übersetzt und bearbeitet von Gisela Geisler mit einem Nachwort von Dr. Hans Küfner
Umschlagillustration und Vignette: Klaus Steffens
Gesamtherstellung: Westermann Druck Zwickau GmbH
ISSN 0518-4002
ISBN 3-401-00250-3

Inhalt

Im ersten Kapitel

◆

bekommt Phileas Fogg einen neuen Diener namens Passepartout und Passepartout einen neuen Herrn namens Phileas Fogg

Im Jahre 1872 bewohnte Phileas Fogg die Nr. 7 der Savile Row, Burlington Gardens – dasselbe Haus, in dem Richard B. Sheridan, eines der größten englischen Rednertalente, im Jahre 1816 verschieden war.

Phileas Fogg trachtete danach, durch nichts und niemanden aufzufallen; und doch zählten ihn seine Zeitgenossen zu den eigenwilligsten und berühmtesten Mitgliedern des Londoner Reform Club. Darüber hinaus wusste man so gut wie nichts von ihm, es sei denn, dass er ein vollkommener Gentleman und eine der elegantesten Erscheinungen der englischen Oberschicht war.

Man sagte ihm Ähnlichkeit mit Lord Byron nach – natürlich nur in den Gesichtszügen; denn Mr Foggs Füße waren tadellos geformt. Vom echten Byron unterschieden ihn auch der modische Schnauz- und Backenbart, aber er trug sich mit derselben erhabenen Gelassenheit wie sein Vorbild, dem sogar 1 000 Lebensjahre keine Altersspuren aufgedrückt hätten.

Phileas Fogg stammte vielleicht nicht aus London, aber Engländer war er gewiss. Jeder Zweifel an seiner Nationalität war ausgeschlossen. Man traf ihn allerdings nie an der Börse, in der Bank von England oder in einem der Handelskontore in der City. Im Londoner Hafen und in den Docks suchte man vergeblich nach einem Schiff, dessen Reeder Phileas Fogg hieß. Unser Gentleman gehörte nicht einmal irgendeinem Aufsichtsrat an. Niemals erhob er die Stimme in einem Anwaltsgremium, nicht im Temple und auch nicht in Lincoln's Inn oder Gray's Inn. Phileas Fogg pflegte weder beim Obersten Gerichtshof noch beim Kanzleigericht, beim Appellationsgericht oder beim Geistlichen Gerichtshof zu plädieren. Er war weder Industrieller noch Kaufherr oder Landwirt. Er gehörte nicht zu den Mitgliedern des Königlichen Institutes von Großbritannien, des Londoner Institutes, der Kunstakademie oder des Russell-Institutes, der Literarischen Gesellschaft des Westens oder der Vereinigung der Rechtsanwälte. Er war auch nicht bei der Gesellschaft der Wissenschaft und Künste eingeschrieben, die sich des Patronates Ihrer Majestät der Königin erfreute. Und schließlich besuchte er auch keinerlei Veranstaltungen der Harmonika-Freunde und endend mit der Entomologischen Gesellschaft, die die Vernichtung schädlicher Insekten zum Ziel hatte. Phileas Fogg war Mitglied des Londoner Reform Club, nicht mehr und nicht weniger.

Doch was hatte dem geheimnisvollen Herrn Zutritt in diese erlauchte Gesellschaft verschafft? Ganz einfach eine Empfehlung seiner Bankiers, der Gebrüder Baring. Denen wiederum hatte die Tatsache genügt, dass die Schecks Mr Foggs stets gedeckt waren, ohne dass sich sein Kontostand jemals wesentlich verminderte.

Phileas Fogg war wohlhabend, aber niemand vermochte Auskunft über den Ursprung seines Vermögens zu geben und Mr Fogg selbst darüber zu befragen war schlechthin unmöglich. Er war übrigens weder verschwenderisch noch geizig. Wurde er um eine Spende für wohltätige Zwecke gebeten, so steuerte er ohne Aufhebens und oft genug sogar anonym sein Scherflein bei.

Kurz und gut: Phileas Fogg war ein schwer zugänglicher Herr. Er sprach so wenig wie möglich, aber je schweigsamer er sich gab, desto lebhafter beschäftigten sich seine Mitbürger mit ihm. Seine Lebensweise war durchaus nicht geheimnisumwoben. Jedermann musste zugeben, dass er seine Tage auf höchst eintönige Weise verbrachte.

Doch gerade diese Harmlosigkeit trieb die Phantasie der Leute zu unangemessenen Spekulationen.
Ob Phileas Fogg schon viel von der Welt gesehen hatte? Zumindest besaß er einzigartige geographische Kenntnisse und konnte auch noch die entlegensten Winkel der Erde verblüffend genau beschreiben. Berührte die Unterhaltung der Club-Mitglieder das Geschick verschollener oder verirrter Weltreisender, so brachte Phileas Fogg sehr schnell mit wenigen klaren Worten Ordnung in die verworrenen Vorstellungen der anderen Herren. Seine eigenen Behauptungen fußten streng auf Tatsachen und oft genug gingen seine Voraussagen so genau in Erfüllung, als hätte er die Gabe des zweiten Gesichts. Dieser Mann musste den ganzen Erdball bereist haben – wenigstens im Geiste. Denn eines stand fest: Phileas Fogg hatte London seit Jahren nicht mehr verlassen. Selbst diejenigen, die die Ehre hatten ihn ein wenig näher zu kennen, konnten nur feststellen, dass er stets in seinem Hause, im Club oder auf dem kürzesten Wege zwischen diesen beiden Orten anzutreffen war. Seine einzige Unterhaltung bestand im Zeitunglesen und einer gelegentlichen Whist-Partie. Das stille Spiel passte vorzüglich zu Mr Foggs Natur. Er gewann oft, aber die beträchtlichen Gewinnsummen flossen nicht nur in seine Privatschatulle; sie bildeten seinen Fonds für wohltätige Zwecke. Wir müssen unbedingt hinzufügen, dass Phileas Fogg um des Spielens willen spielte und nicht etwa wegen der möglichen Gewinne. Er sah im Spiel die willkommene Auseinandersetzung, die weder Bewegung erforderte noch ermüdete; und das gefiel ihm außerordentlich.
Mr Fogg schien weder Frau noch Kinder zu haben – was bei den ehrenwerten Leuten vorkommt –, aber er hatte auch weder Verwandte noch Freunde – und das ist weit ungewöhnlicher. Er wohnte ganz allein in der Nr. 7 der Savile Row und empfing niemals Besucher. Kein Mensch vermochte zu sagen, wie es im Innern seines Hauses aussah. Er beschäftigte nur einen Diener, der das Notwendigste allein besorgen konnte; denn Mr Fogg frühstückte im Club und nahm dort auch mit pedantischer Pünktlichkeit immer in demselben Raum und an demselben Tisch die Hauptmahlzeiten ein, zu denen

er übrigens niemals einen Bekannten oder Gast einlud. Punkt Mitternacht betrat er dann wieder sein Haus, um sich zur Ruhe zu begeben. Nie wäre es ihm eingefallen eines der bequem eingerichteten Schlafzimmer zu benutzen, die den Herren im Club-Gebäude zur Verfügung standen. Zehn Stunden von jeweils 24 verbrachte Phileas Fogg mit dem Nachtschlaf und dem Herrichten seines Ausgehanzuges. Brauchte er Bewegung, spazierte er mit gleichmäßig abgemessenen Schritten auf dem Parkett der Eingangshalle des Clubs hin und her oder er promenierte ein wenig in der Rundgalerie des Club-Hauses, deren blaue Glaskuppel von zwanzig ikonischen Säulen aus rotem Porphyr getragen wurde. Die Mahlzeiten ließ er sich aus den köstlichen Vorräten komponieren, die die Küche, die Speisekammer, die Anrichte, der Fischbehälter und die Milchkammern des Reform Club zu liefern im Stande waren. Die in feierliches Schwarz gekleideten Club-Diener servierten ihm die Speisen vollkommen geräuschlos in erlesenen Porzellangefäßen und auf einem Tisch, den herrlicher Damast deckte. Mr Fogg benutzte die kostbarsten Gläser des Clubs, um seinen Sherry, seinen Portwein oder auch seinen roten Bordeaux zu trinken, der für ihn mit Kaneel und Farnkraut oder Zimt gewürzt wurde. Die Eisvorräte des Hauses, die man mit hohem Kostenaufwand aus amerikanischen Seen herbeischaffen ließ, garantierten Phileas Fogg eine stets zufrieden stellende Temperierung seiner Getränke.

Will man diese Lebensweise exzentrisch nennen, so muss es Spaß machen, ein Exzentriker zu sein.

Das Haus in der Savile Row war keineswegs verschwenderisch, aber recht komfortabel ausgestattet. Da Mr Fogg seine Gewohnheiten niemals auch nur geringfügig änderte, bereitete die Betreuung der Räume keine Schwierigkeiten. Bloß in einem Punkte ließ Phileas Fogg nicht mit sich spaßen: Er forderte von seinem Diener absolute Pünktlichkeit und peinliche Genauigkeit in der Erfüllung der ihm aufgetragenen Pflichten.

Unsere Geschichte beginnt am 2. Oktober. Am Morgen dieses Tages hatte Mr Fogg seinem Diener endgültig kündigen müssen.

James Forster wurde beschuldigt das Rasierwasser seines Herrn nur auf 84 Grad Fahrenheit statt auf 86 Grad erhitzt zu haben.
Phileas Fogg erwartete den Nachfolger des nachlässigen Dieners zwischen 11 Uhr und 11 Uhr 30 Minuten. Er selbst saß inzwischen hoch aufgerichtet in seinem Sessel, hielt die Füße parallel ausgerichtet wie ein Soldat auf dem Paradeplatz und ließ die Hände auf den Knien ruhen. Sein Blick folgte den Zeigern einer komplizierten Uhr, die nicht nur die Stunden, Minuten und Sekunden anzeigte, sondern gleichzeitig das Tagesdatum und die Jahreszahl angab. Punkt halb 12 Uhr würde er sich aus dem Sessel erheben und, wie jeden Tag um diese Zeit, in den Reform Club aufbrechen.
Gleich war es 11 Uhr 30. Da klopfte jemand an die Salontür. Der verabschiedete James Forster erschien auf der Schwelle.
»Der neue Diener!«, meldete er.
Ein Bursche von ungefähr 30 Jahren trat vor und grüßte.
»Sie sind Franzose und heißen John«, sagte Phileas Fogg.
»Jean, wenn der Herr gestatten«, entgegnete der junge Mann. »Jean Passepartout. Dieser Beiname ist im Laufe der Zeit an mir hängen geblieben. Er bestätigt die Geschicklichkeit, mit der ich mich aus verzwickten Situationen zu retten verstehe. Und noch eines: Ich bin gewiss ein ordentlicher Bursche, gnädiger Herr, aber ich muss zugeben, dass ich schon den verschiedensten Beschäftigungen nachgegangen bin. Zunächst war ich Straßensänger, dann Zureiter im Zirkus – ich kann voltigieren wie Léotard und seiltanzen wie Blondin! –, später wurde ich Turnlehrer, um meine Geschicklichkeit mit mehr Profit zu verbinden, und zuletzt habe ich als Spritzenmeister bei der Pariser Feuerwehr gedient. Ich könnte Ihnen von einigen prächtigen Bränden erzählen, bei deren Bekämpfung ich mitgewirkt habe.
Vor fünf Jahren verließ ich Frankreich. Ich hatte mir vorgenommen das Privatleben kennen zu lernen und verdingte mich daher als Kammerdiener in England. Im Augenblick bin ich unbeschäftigt. Da ich erfahren habe, dass Monsieur Phileas Fogg, der korrekteste und sesshafteste Herr im Vereinigten Königreich von Großbritannien, um einen Diener in Verlegenheit ist, erlaube ich mir ihm meine Dienste

anzutragen. Ich hoffe bei stiller Beschäftigung in seinem Hause das Vergangene und nicht zuletzt diesen Beinamen ›Passepartout‹ vergessen zu können.«

»Mir gefällt aber ›Passepartout‹«, sagte Mr Fogg. »Sie sind mir empfohlen worden und meine Nachforschungen über Ihre Person haben nichts Nachteiliges ergeben. Meine Bedingungen kennen Sie wohl?«

»Gewiss, gnädiger Herr.«

»Sehr gut. Wie spät haben Sie es?«

Passepartout versenkte den Arm bis zum Ellenbogen in die Hosentasche und förderte eine riesige silberne Taschenuhr zu Tage. »11 Uhr 22 Minuten«, meldete er.

»Ihre Uhr geht nach«, sagte Mr Fogg.

»Verzeihung, gnädiger Herr, das ist ausgeschlossen.«

»Sie geht um vier Minuten nach. Aber lassen wir das. Es genügt, wenn wir ein für alle Mal die Differenz unserer Uhren festgestellt haben. Ich nehme Sie in meine Dienste, die somit an diesem Mittwoch, dem 2. Oktober 1872, um 11 Uhr 29 Minuten vormittags, beginnen.«

Bei diesen Worten erhob sich Phileas Fogg aus dem Sessel, vollführte eine eckige Armbewegung, um den bereitliegenden Hut aufzusetzen, und verließ grußlos den Salon.

Kurz darauf hörte Passepartout die Haustür ins Schloss fallen; sein neuer Herr ging aus. Noch einmal klappte die Tür; sein Vorgänger James Forster verließ die Nr. 7 der Savile Row.

Passepartout war allein im Hause.

Im zweiten Kapitel

gelangt Passepartout zu der Überzeugung, das große Los gezogen zu haben

»Manche Leutchen bei Madame Tussaud sind genauso lebendig wie dieser Mister Fogg«, stellte Passepartout kopfschüttelnd fest.

Der Leser muss dazu wissen, dass er mit den »Leutchen« die Wachsfiguren im viel besuchten Kabinett der Madame Tussaud meinte. Sie wirken verblüffend lebensecht und zur Vollkommenheit fehlt ihnen lediglich die Sprache.

Bei der vorangegangenen Unterredung mit Mr Fogg hatte Passepartout eine rasche, aber darum nicht weniger gründliche Bestandsaufnahme seines neuen Herrn gemacht. Phileas Fogg mochte etwa vierzig Jahre alt sein. Er hatte vornehme Gesichtszüge und eine hoch gewachsene Gestalt, die zur Wohlbeleibtheit neigte, was dem Gesamteindruck aber nicht abträglich war. Haare und Backenbart waren blond, die Stirn makellos und selbst zu den Schläfen hin noch faltenlos, die Gesichtsfarbe blass und die Zähne prachtvoll. Um einen Ausdruck der Physiognomiker zu gebrauchen: Mr Fogg verkörperte den »ruhend Aktiven«, der ganz im Stillen Bedeutendes zu leisten vermag. Diesen ruhigen, phlegmatischen und wohl auch kaltblütigen Typ trifft man nicht eben selten im Vereinigten Königreich von Großbritannien. Die Malerin Angelika Kauffmann hat seine ein wenig steife Haltung meisterhaft mit dem Pinsel erfasst.

Phileas Fogg glich einem Chronometer aus den Werkstätten von Leroy oder Earnshaw; so präzise und ausgewogen war jede seiner Bewegungen, jede seiner Handlungen. Beobachtete man seine Hand- und Fußhaltung, die bei Mensch und Tier Rückschlüsse auf den Charakter gestattet, so kam man zu dem Resultat, Mr Fogg sei die Genauigkeit in Person.

Er gehörte zu jenen ökonomischen Typen, die sich nie beeilen, aber im rechten Augenblick zur Stelle sind. Seine eigentümlich sparsamen Bewegungen vermieden jeden überflüssigen Schritt und ließen ihn stets den kürzesten aller möglichen Wege wählen. Ob er jemals Freude oder Kummer empfand, war nicht festzustellen. Wir verstehen jetzt jedenfalls besser, warum er allein und außerhalb gesellschaftlicher und familiärer Bindungen leben wollte. Das Zusammenleben mit Menschen führt unweigerlich zu Reibungen; Reibungen aber bedeuten Aufenthalt, Verzögerung – also vermied er es sich an jemandem zu reiben.

Soviel zunächst über den Herrn und nun ein paar Worte über seinen Diener. Jean, genannt Passepartout, der echte Pariser aus Paris, hatte während der vergangenen fünf Jahre noch keinen passenden Herrn gefunden. Dabei glich er keineswegs den Dienertypen der Komödie, die trotz ausgeprägtem Selbstbewusstsein nur freche Nichtsnutze sind. Oh nein! Passepartout war ein tüchtiger junger Mann von angenehmem Aussehen, stets freundlich und auch arbeitswillig. Auf seinen Schultern saß ein kugelrunder Kopf, wie man ihn gern bei einem Freunde sieht, und seine aufgeworfenen Lippen waren stets bereit zu kosten und zu kosen. Blaue Augen blitzten über frischen roten Backen, die so prall waren, dass ihr Besitzer sie selber sehen konnte, wenn er den Blick niederschlug. Der mächtige Brustkorb des Mannes, die ganze muskulöse Gestalt verrieten herkulische Kräfte, die von Jugend an in den verschiedensten Berufen hervorragend entwickelt und gesteigert worden waren.

Auf dem Haupte sah Passepartout ein wenig wild aus. Mochten die Bildhauer der Antike auch achtzehn verschiedene Haartrachten zum Schmucke Minervas ersonnen haben, der junge Mann kannte nur eine. Er fuhr jeweils dreimal mit dem Kamm durch sein braunes Haar und ließ es dabei bewenden.

Ob dieser ausgesprochen mitteilsame Diener mit seinem Herrn gut auskommen würde, ließ sich beim besten Willen nicht voraussehen. Die Praxis musste auch erst den Beweis erbringen, dass Passepartout Mr Foggs Anforderungen in puncto Genauigkeit gewachsen war. Jedenfalls strebte der junge Mann nach bewegten Jugendjahren in einen stillen Hafen. Er hatte in seiner Heimat den englischen Sinn für Korrektheit und die fast sprichwörtliche Frostigkeit des Gentleman loben hören und daraufhin beschlossen sein Heil in England zu suchen. Doch war er bis jetzt vom Pech verfolgt gewesen und hatte nirgends Wurzeln fassen können. Sooft er auch die Stellung gewechselt hatte – und das war immerhin zehnmal passiert –, immer wieder geriet er an einen grillenhaften oder launischen, wenn nicht sogar abenteuerhungrigen oder reisewütigen Herrn, der so gar nicht seinen Wünschen entsprach. Sein letzter Brotgeber, Lord Longsferry, war Mitglied des Parlaments, was den jungen Herrn nicht hinderte die Abende in den Austern-Stuben am Haymarket zu verbringen und den Heimweg nur allzu oft in den Armen hilfreicher Polizisten zurückzulegen. Passepartout aber ersehnte sich einen Herrn, den er achten konnte. Einige entsprechende Bemerkungen gegenüber Lord Longsferry waren so ungnädig aufgenommen worden, dass er seinen Abschied nehmen musste. Inzwischen war ihm zu Ohren gekommen, dass ein gewisser Phileas Fogg einen Kammerdiener suchte. Er zog sogleich Erkundigungen ein und erfuhr zu seiner Genugtuung, dass sich Mr Fogg durch eine streng geregelte Lebensweise auszeichnete, weder liederlichen Gewohnheiten huldigte noch reiste, noch die Nächte außerhalb seines Hauses verbrachte. Passepartout bewarb sich um die Stellung und wir waren selber Zeuge seines Dienstantrittes.

Punkt 11 Uhr und 30 Minuten war Passepartout also allein in der Nr. 7 der Savile Row. Er besichtigte sogleich das Gebäude vom Keller bis zu den Bodenräumen und stellte fest, dass es hübsch sei und leicht in Ordnung zu halten wäre. Ein wenig glich es einem Schneckenhaus – abgesehen natürlich von der modernen Gasbeleuchtung und -heizung. Im zweiten Stock fand Passepartout ohne langes Suchen das Dienerzimmer. Auch dieser Raum, der durch elektrische Klingeln und eine Sprechanlage mit den herrschaftlichen Räumen der unteren Etage verbunden

war, fand seinen Beifall. Die elektrische Uhr auf dem Kaminsims war durch eine Leitung mit der Uhr in Mr Foggs Schlafzimmer gleichgeschaltet. Über dieser Kaminuhr hing ein Plan, der sämtliche Einzelheiten des Tagesablaufes erfasste. Er begann um 8 Uhr morgens mit dem Wecken von Mr Fogg, ordnete das Servieren von Tee und Toast für 8 Uhr 23 an, befahl das Rasierwasser für 9 Uhr 37, das Frisieren für 9 Uhr 40 und so fort. Auch die Stunden zwischen 11 Uhr 30 und Mitternacht, die Mr Fogg im Club verbrachte, waren bis ins Letzte für den Diener geregelt. Passepartout studierte das Programm mit ausgesprochenem Vergnügen und begann sogleich die einzelnen Abschnitte auswendig zu lernen.
Als Nächstes nahm er die Garderobe seines neuen Herrn in Augenschein. Sie war umfangreich und sehr sorgfältig zusammengestellt. Alle Beinkleider, Überröcke und Westen trugen Nummern, die sich in einem Register wieder fanden, das genaue Angaben machte, wo und zu welcher Jahreszeit ein bestimmtes Kleidungsstück zu tragen wäre. Mr Foggs gesamtes Schuhwerk unterlag demselben Ordnungssystem. Das Haus mochte zur Zeit des ebenso berühmten wie zerstreuten Sheridan ein Tempel der Unordnung gewesen sein; jetzt verriet die gediegene Einrichtung den wohlhabenden und ordnungsliebenden Besitzer. Es gab keine Bibliothek, nicht einmal einzelne Bücher. Wozu auch! Mr Fogg konnte sich nach Belieben in den beiden Bibliotheken seines Clubs über literarische oder auch juristische und politische Themen informieren.
In Phileas Foggs Schlafzimmer befand sich ein feuerfester und diebessicherer Tresor mittlerer Größe. Nirgendwo entdeckte Passepartout eine Waffe oder Geräte, die der Jagd und kriegerischen Zwecken dienen mochten; das ganze Haus umgab ein Hauch von Friedfertigkeit.
Nach beendetem Rundgang rieb sich Passepartout die Hände und sagte wohlgelaunt:
»Wunderbar! Ich hätte es nicht besser treffen können! Mister Fogg und ich werden prächtig miteinander auskommen. Welch ein häuslicher und korrekter Herr! Ein rechtes Uhrwerk. Sei es drum! Ich habe nichts dagegen, ein Uhrwerk zu bedienen.«

Im dritten Kapitel

wird ein Gespräch geführt, das für Phileas Fogg schwer wiegende Folgen haben könnte

Als Phileas Fogg sein Haus in der Savile Row verließ, war es 11 Uhr und 30 Minuten. 575-mal setzte er den rechten Fuß vor den linken und 576-mal den linken Fuß vor den rechten. Dann stand er vor dem Eingang des Reform Club, dessen imposante Heimstätte in der Pall Mall nicht weniger als drei Millionen gekostet hatte.

Mr Fogg begab sich unverzüglich in den Speisesaal. Der Raum hatte neun Fenster, die auf einen hübschen Garten hinausgingen, in dem sich gerade die Bäume herbstlich bunt färbten. Auf einem reservierten Tisch war bereits für Phileas Fogg das Gedeck aufgelegt. Nach einer Vorspeise wählte er als ersten Gang gedünsteten Fisch in erstklassiger Reading-Sauce, als zweiten Gang kurz gegrilltes Roastbeef mit Pilzbeilage und Stachelbeerfüllung sowie etwas Chester-Käse. Auf die Speisen ließ er mehrere Tassen eines hervorragenden Tees folgen, der in clubeigenen Pflanzungen geerntet worden war.

Um 12 Uhr und 47 Minuten hatte Phileas Fogg das Frühstück beendet. Er erhob sich und ging hinüber in den großen Salon. Die Wände dieses prächtig ausgestatteten Raumes schmückten Gemälde in breiten geschnitzten Rahmen. Ein Diener überreichte Mr Fogg die unaufgeschnittene *Times*, deren Blätter er sogleich mit geübter Hand voneinander löste. Die Lektüre dieser Zeitung dauerte bis 3 Uhr und 45 Minuten. Die daran anschließende Durchsicht des *Standard* zog sich bis zum Dinner hin.

Die Speisenfolge dieser Mahlzeit unterschied sich kaum von der des Frühstücks, nur dass zusätzlich eine Royal British Sauce gereicht wurde.

Um 5.40 Uhr nachmittags kehrte Phileas Fogg in den großen Salon zurück, um die *Morning Chronicle* zu lesen.

Eine halbe Stunde später betraten mehrere Club-Mitglieder den Raum und scharten sich um den Kamin, in dem ein Steinkohlenfeuer unterhalten wurde. Bei den Herren handelte es sich um Mr Foggs Whist-Partner, die allesamt passionierte Spieler waren. Zu der Gesellschaft zählten der Ingenieur Andrew Stuart, die Bankiers John Sullivan und Samuel Fallentin, der Brauereibesitzer Thomas Flanagan und Gauthier Ralph vom Direktorium der Bank von England. Diese fünf Männer waren wegen ihres Reichtums und ihrer Stellung hoch geachtete Club-Mitglieder, was etwas heißen will, denn im Reform Club versammelten sich ohnehin nur die Spitzen der englischen Industrie und Finanzwirtschaft.

»Nun, Ralph«, begann Thomas Flanagan das Gespräch, »was hört man Neues von unserem Dieb?«

»Die Bank von England wird das Geld kaum wieder sehen«, warf Andrew Stuart ein.

»Da bin ich anderer Ansicht«, entgegnete Gauthier Ralph. »Wir glauben doch, dass man den Mann fassen wird. Schließlich halten unsere besten Kriminalbeamten alle wichtigen Häfen Amerikas und Europas unter Beobachtung.«

»Demnach gibt es eine Personenbeschreibung des Diebes?«, fragte Andrew Stuart.

»Zunächst einmal müssen wir feststellen, dass es sich nicht um einen gewöhnlichen Dieb handelt«, sagte Gauthier Ralph ernst.

»Wie bitte? Der Kerl, der die 55 000 Pfund eingesteckt hat, sollte kein gewöhnlicher Dieb sein?«

»Nein«, antwortete Gauthier Ralph.

»Ist er vielleicht Industrieller?«, fragte John Sullivan.

»Die *Morning Chronicle* versichert, dass es sich um einen Mann mit dem Auftreten eines Gentlemans handele.«

Diesen Bescheid erteilte Mr Fogg, dessen Kopf langsam aus einem großen Berg von Zeitungsblättern auftauchte. Jetzt erst fand die Begrüßung zwischen ihm und seinen Whist-Partnern statt.

Der Diebstahl, der in allen Zeitungen des Vereinigten Königreiches lebhaft diskutiert wurde, hatte sich vor drei Tagen, also am 29. September, zugetragen. Ein Bündel Banknoten im Wert von nicht weniger als 55 000 Pfund war vom Zahltisch des Hauptkassierers der Bank von England entwendet worden.

Wenn jemand erstaunt fragte, wieso eine derartig große Summe ohne die geringsten Schwierigkeiten gestohlen werden konnte, begnügte sich Gauthier Ralph, der Zweite Direktor der Bank, mit der Erklärung, der Kassierer habe gerade einen Zahlungseingang von drei Shilling und einem Sixpence eingetragen. Man könne schließlich nicht verlangen, dass er die Augen überall habe.

Wir müssen vielleicht hinzufügen, dass dieses hoch achtbare Bankinstitut der Wohlanständigkeit seines Publikums uneingeschränktes Vertrauen entgegenbrachte. Es gab kein Wachpersonal, keine Invaliden als Aushilfswächter, keine Gitter vor den Schaltern. Gold, Silber und Banknoten lagen offen da und ihr Schicksal hing von der Ehrlichkeit der Kundschaft ab. Und ebendiese Ehrlichkeit zweifelte man nicht im Traume an. Einer der schärfsten Beobachter englischer Sitten berichtet sogar folgende hübsche Geschichte: Eines Tages lag vor ihm auf einem der Zahltische der Bank ein Goldbarren von sieben bis acht Pfund Gewicht, der seine Neugier erweckte. Um ihn besser betrachten zu können, nahm er ihn in die Hand, reichte ihn sogar seinem Nachbarn, der ihn wiederum weitergab, bis er schließlich in einen der dunklen Korridore der Bank gelangte, um von dort nach Verlauf einer halben Stunde wieder zum Zahltisch zurückzukehren, ohne dass der Kassierer auch nur einmal deswegen den Kopf gehoben hätte.

Am 29. September war die Sache allerdings etwas anders verlaufen. Diesmal kehrte das Banknotenbündel nicht an seinen Platz zurück,

und als die viel bewunderte Uhr im Kassenraum 5 Uhr schlug und die Schließung der Schalter ankündigte, musste die Bank von England 55 000 Pfund als Verlust abbuchen.
Als kein Zweifel mehr an dem Diebstahl bestand, wurden die besten Detektive über alle wichtigen Hafenstädte der Welt verteilt. Sie reisten nach Liverpool, Glasgow, Le Havre, Suez, Brindisi, New York und so weiter und man hatte ihnen für die Ergreifung des Diebes 2 000 Pfund Belohnung und fünf Prozent der wieder gefundenen Geldsumme versprochen. Bis zum Eintreffen genauerer Anweisungen, die sich erst aus den polizeilichen Ermittlungen ergeben würden, sollten die Detektive alle ankommenden und abreisenden Fahrgäste der Schifffahrtslinien aufmerksam beobachten.
Die *Morning Chronicle* hatte durchaus Recht, wenn sie glaubte, der Dieb dürfe nicht in einer der organisierten englischen Verbrecherbanden gesucht werden. Am 29. September war im Kassenraum der Bank, also am Schauplatz der Ereignisse, ein distinguierter Herr durch mehrmaliges Hinundherlaufen aufgefallen. Es war der Polizei gelungen eine recht ausführliche Personenbeschreibung zusammenzustellen, die sofort an alle Detekteien des Vereinigten Königreiches und des europäischen Festlandes weitergeleitet wurde. Einige Optimisten, zu denen sich auch Gauthier Ralph zählte, glaubten mit der Ergreifung des Diebes rechnen zu können.
Verständlich, dass diese Affäre das Tagesgespräch in London und im ganzen übrigen England bildete! Die Leute diskutierten den Fall und erwogen die Erfolgsaussichten der Polizeiaktion. Wir dürfen also nicht erstaunt sein, wenn sich auch die Gespräche der Herren im Reform Club um dasselbe Thema drehten, zumal einer der Ihren Zweiter Direktor des betroffenen Bankinstitutes war.
Der ehrenwerte Gauthier Ralph hielt die ausgesetzte Belohnung für hoch genug, um die Kriminalbeamten zu Bestleistungen anzuspornen. Sein Kollege Andrew Stuart dagegen sah die Angelegenheit in weit weniger hoffnungsvollem Licht. Das Gespräch der Herren verebbte nicht einmal, als sie sich am Whist-Tisch in gewohnter Ordnung niederließen: nämlich Stuart gegenüber Flanagan und Fallentin gegenüber Phileas Fogg.

Während des Spiels wurde kein Wort gewechselt, aber zwischen den Partien flammte die Diskussion sofort wieder auf.
»Ich möchte doch behaupten«, begann Andrew Stuart noch einmal, »dass sich der Dieb im Vorteil befindet, zumal es sich um einen schlauen Kopf zu handeln scheint.«
»Aber ich bitte Sie!«, entgegnete Ralph. »In welches Land könnte er denn noch flüchten?«
»Ganz so einfach liegt der Fall wohl nicht.«
»Dann sagen Sie mir doch, wohin er noch kommen könnte!«
»Ich weiß nicht recht«, meinte Andrew Stuart, »aber ich finde, die Erde ist ziemlich groß.«
»Das war sie früher einmal«, warf Phileas Fogg halblaut ein. »Bitte, heben Sie doch ab«, setzte er hinzu und breitete seine Karten vor Thomas Flanagan aus.
Sogleich erstarb das Gespräch. Aber nach beendetem Robber griff Andrew Stuart den letzten Satz wieder auf: »Was meinen Sie mit ›früher‹? Sie wollen doch nicht behaupten, dass der Erdball geschrumpft wäre?«
»Mister Fogg hat vollkommen Recht«, wendete Gauthier Ralph ein. »Die Erde ist kleiner geworden. Für eine Erdumrundung braucht man heute zehnmal weniger Zeit als vor hundert Jahren. Diese Tatsache wird uns auch bei der Aufspürung des Diebes von Nutzen sein.«
»Und dem Manne die Flucht nur leichter machen!«
»Sie spielen aus, Mister Stuart«, sagte Phileas Fogg.
Der ungläubige Stuart ließ aber noch immer nicht locker.
»Zugegeben, dass Sie den Schrumpfungszustand der Erde auf höchst anschauliche Art beschreiben, Mister Ralph«, sagte er. »Wenn man den Erdball jetzt also in drei Monaten umrunden kann . . .«
»In achtzig Tagen«, warf Phileas Fogg ein.
»Mister Fogg hat Recht, meine Herren«, bemerkte John Sullivan. »Seit die *Great-Indian-Peninsular*-Eisenbahngesellschaft die Strecke zwischen Rothal und Allahabad in Betrieb genommen hat, schafft man eine Reise um die Welt tatsächlich in 80 Tagen. Sehen Sie, hier: Die

Morning Chronicle hat dafür einen Fahrplan ausgearbeitet. Er sieht folgende Reiseabschnitte vor:

London–Suez über den Mont Cenis und Brindisi, Eisenbahn und Postschiff	7 Tage
Suez–Bombay, Postschiff	13 Tage
Bombay–Kalkutta, Eisenbahn	3 Tage
Kalkutta–Hongkong (China), Postschiff	13 Tage
Hongkong–Yokohama (Japan), Postschiff	6 Tage
Yokohama–San Francisco (Amerika), Postschiff	22 Tage
San Francisco–New York, Eisenbahn	7 Tage
New York–London, Postschiff und Eisenbahn	9 Tage
	insgesamt 80 Tage

»80 Tage!«, rief Andrew Stuart und stach in seiner Zerstreuung eine Trumpfkarte. »Und wie geht die Rechnung auf, wenn es Unwetter oder Gegenwind gibt, nicht zu reden von Schiffbruch und Eisenbahnentgleisungen?«

»Ist alles mit einbegriffen!«, antwortete Phileas Fogg und spielte weiter, aber diesmal gewann die Diskussion Oberhand über den Whist.

»Und wenn nun Inder oder Indianer die Eisenbahnschienen herausgerissen, wenn sie die Züge anhielten, die Gepäckwagen ausraubten und die Reisenden skalpierten, wäre die Reise auch dann noch in 80 Tagen zu machen?«, fragte Andrew Stuart.

»Alles einbegriffen«, behauptete Phileas Fogg noch einmal, meldete einen doppelten Trumpf und legte seine Karten auf den Tisch. Andrew Stuart gab das nächste Mal. Während er die Karten aufnahm, sagte er: »Theoretisch mögen Sie Recht haben, Mister Fogg, aber in der Praxis . . .«

». . . ist der Plan annehmbar, Mister Stuart.«

»Das müssten Sie erst einmal beweisen!«

»Wie Sie wollen. Reisen wir also zusammen!«

»Der Himmel beschütze mich davor!«, rief Mr Stuart. »Ich wette um 4 000 Pfund, dass der Reiseplan undurchführbar ist!«

»Aber ich sage Ihnen doch, er ist durchführbar!«, wiederholte Mr Fogg.
»Dann müssen Sie auch den Beweis erbringen!«
»Also die Reise um die Erde in achtzig Tagen machen?«
»Ganz recht.«
»Einverstanden!«
»Wann soll es losgehen?«
»Jetzt gleich.«
»Das ist ja Wahnsinn!«, rief Andrew Stuart, erbost über Mr Foggs Hartnäckigkeit. »Spielen wir lieber weiter!«
»Wir müssen die Karten noch einmal einsammeln. Sie haben vergeben«, sagte Phileas Fogg.
Andrew Stuart griff nervös nach den Karten, warf sie aber gleich wieder auf den Tisch und sagte: »4 000 Pfund, Mister Fogg, es bleibt bei meinem Angebot!«
Mr Fallentin schaltete sich ein.
»Beruhigen Sie sich doch, lieber Stuart«, sagte er, »dieses Angebot kann nicht Ihr Ernst sein!«
»Wenn ich eine Wette anbiete, ist sie immer ernst gemeint«, antwortete Andrew Stuart.
»Die Wette gilt«, sagte Mr Fogg und wendete sich an alle Herren zugleich. »Auf meinem Konto bei den Gebrüdern Baring stehen 20 000 Pfund. Es soll mir ein Vergnügen sein diese Summe zu setzen.«
»20 000 Pfund, die Ihnen durch einen unvorhergesehenen Zwischenfall verloren gehen könnten!«, rief John Sullivan.
»Unvorhergesehenes gibt es nicht«, antwortete Phileas Fogg mit fester Stimme.
»Aber Mister Fogg, diese 80 Tage sind doch nur als Minimum gedacht!«
»Bei richtigem Vorgehen genügt ein Minimum immer.«
»Wollte man sich an den Plan halten, müsste man das Umsteigen von der Bahn aufs Schiff und umgekehrt geradezu im Sprung besorgen.«
»Dann werde ich springen.«
»Sie scherzen!«
»Ein Engländer scherzt nie, wenn es um eine so ernste Angelegenheit wie eine Wette geht«, antwortete Phileas Fogg. »Ich setze 20 000 Pfund

gegen jeden, der Lust hat die Wette anzunehmen, und behaupte die Reise um die Erde in 80 oder weniger als 80 Tagen beziehungsweise in 1 920 Stunden oder 115 200 Minuten machen zu können. Gilt die Wette?«

»Sie gilt!«, antworteten die Herren Stuart, Fallentin, Sullivan, Flanagan und Ralph nach kurzer Beratung.

»Das wäre es also«, sagte Mr Fogg. »Um 8 Uhr und 45 Minuten geht mein Zug nach Dover ab.«

»Heute Abend?«, fragte Andrew Stuart.

»Heute Abend«, antwortete Phileas Fogg. Dann zog er seinen Taschenkalender zu Rate und setzte hinzu: »Heute ist Mittwoch, der 2. Oktober. Ich müsste demnach diesen Salon des Reform Club zu London am Sonnabend, dem 21. Dezember, um 8 Uhr und 45 Minuten wieder betreten. Andernfalls sind Sie berechtigt 20 000 Pfund, die ich bei den Gebrüdern Baring deponiert habe, abzuheben. Hier ist der Scheck.«

Man setzte ein Protokoll auf, das alle sechs an der Wette beteiligten Herren unterzeichneten. Phileas Fogg blieb ganz ruhig. Ihm ging es bei dieser Wette ganz gewiss nicht um den Gewinn. Er hatte übrigens 20 000 Pfund – genau die Hälfte seines Vermögens – gesetzt, weil er annahm, dass er weitere 20 000 Pfund zur Durchführung des schwierigen, oder richtiger: nahezu unmöglichen Unternehmens brauchen werde.

Die anderen Herren waren erregt, nicht gerade wegen des hohen Einsatzes, wohl aber, weil sie die Bedingungen für unfair hielten.

Es schlug 7 Uhr. Man bot Mr Fogg an das Whist-Spiel abzubrechen, damit er seine Reisevorbereitungen treffen könne.

»Ich bin immer reisefertig«, entgegnete unser Gentleman ungerührt, teilte die Karten aus und sagte: »Karo ist Trumpf. Sie bieten, Mister Stuart!«

Im vierten Kapitel

stürzt Phileas Fogg seinen Diener Passepartout in Verwirrung

Um 7 Uhr 25 Minuten abends verabschiedete sich Phileas Fogg von seinen ehrenwerten Kollegen im Reform Club, nachdem er zuvor etwa 21 Pfund im Whist-Spiel gewonnen hatte.
Um 7.50 Uhr betrat er sein Haus in der Savile Row.
Passepartout hatte seinen Stundenplan gewissenhaft auswendig gelernt. Er staunte nicht wenig Mr Fogg schon am ersten Abend bei einem Verstoß gegen die Hausordnung zu überraschen. Der Plan sah erst für Mitternacht die Heimkehr vor.
Phileas Fogg ging zunächst in sein Zimmer, dann rief er nach Passepartout. Keine Antwort. Passepartout fühlte sich nicht getroffen. Dem Plan zufolge war sein Herr nicht zu Hause.
»Passepartout«, rief Mr Fogg noch einmal, allerdings genauso leise wie beim ersten Mal.
Passepartout erschien auf der Bildfläche.
»Ich habe Sie zweimal rufen müssen«, sagte Mr Fogg ruhig.
»Es ist noch nicht Mitternacht«, versetzte Passepartout und wies auf die Uhr in seiner Hand.
»Ich weiß«, antwortete Phileas Fogg, »das sollte kein Vorwurf sein. In zehn Minuten geht unser Zug nach Dover. Von dort reisen wir weiter nach Calais.«

Passepartouts rundes Gesicht verzerrte sich eigentümlich in die Länge. Er glaubte falsch gehört zu haben.
»Der gnädige Herr wollen verreisen?«, fragte er.
»Ja, wir werden eine Reise um die Erde machen.«
Passepartout erstarrte zu einer Salzsäule. Seine Augen waren unnatürlich weit aufgerissen, er breitete die Arme aus, dann gaben seine Knie nach.
»Eine Reise um die Erde!«, flüsterte er vor sich hin.
»Innerhalb von 80 Tagen. Wir dürfen also nicht einen Augenblick verlieren«, erklärte Mr Fogg.
»Aber das Gepäck . . .«, sagte Passepartout, dessen Kopf jetzt hin und her schwankte, ohne dass er es merkte.
»Es gibt kein Gepäck. Nur eine Tasche für das Nachtzeug. Legen Sie zwei Leinenhemden und drei Paar Socken dazu. Für Sie selbst das Gleiche noch einmal. Anderes kaufen wir unterwegs. Holen Sie jetzt meinen Regenmantel und die Reisedecke und ziehen Sie feste Schuhe an. Wir werden allerdings wenig oder gar nicht zu Fuß gehen. Sie können mit dem Packen anfangen.«
Passepartout hätte zu gern etwas geantwortet, brachte aber kein Wort heraus. So verließ er Mr Foggs Zimmer, ging in seine Kammer hinauf, sank auf einem Stuhl zusammen und gebrauchte eine ziemlich gewöhnliche Redewendung seiner Heimatsprache.
»Futsch ist der Traum vom ruhigen Leben«, sagte er und traf mechanisch die befohlenen Vorbereitungen für die Abreise.
In 80 Tagen um die Erde! War sein neuer Herr etwa geistesgestört? Er machte nicht den Eindruck. Sollte es ein Spaß sein? Sie würden nach Dover fahren. Warum nicht? Und dann weiter nach Calais. Auch nicht schlecht nach fünf Jahren einmal wieder Heimatboden unter den Füßen zu spüren. Vielleicht würde die Reise dann weiter nach Paris gehen. Wahrhaftig, er hatte nichts dagegen, Frankreichs herrliche Hauptstadt wieder zu sehen. Dort müsste doch ein Herr, der sich so ungern bewegte, hängen bleiben. Ganz bestimmt würde die Sache so ausgehen. Andererseits gab es zu denken, dass der ausgesprochen sesshafte Mr Fogg überhaupt eine Reise ins Auge fasste.

Um 8 Uhr war die bescheidene Reisetasche fertig gepackt. Passepartout hatte seine Fassung noch immer nicht wiedergewonnen.
Er verschloss sorgfältig die Tür zu seinem Zimmer und stieg zu Mr Fogg hinunter.
Phileas Fogg war aufbruchbereit. Unter seinen Arm klemmte er *Bradshaws Kursbuch und Reiseführer für den Kontinent,* aus dem er alle notwendigen Reisedaten und -zeiten ersehen konnte. Als Passepartout erschien, nahm er ihm die Reisetasche aus der Hand, öffnete sie und stopfte ein ansehnliches Bündel jener begehrten Banknoten hinein, die in allen Ländern der Welt in Zahlung genommen werden.
»Nichts vergessen?«, fragte er den Diener.
»Nichts, gnädiger Herr.«
»Haben Sie meinen Regenmantel und die Decke?«
»Bitte!«
»Danke. Nehmen Sie die Tasche!«
Er übergab Passepartout das Gepäckstück und fügte hinzu:
»Passen Sie gut auf die Tasche auf. Sie enthält 20 000 Pfund.«
Die Tasche rutschte Passepartout beinahe aus der Hand, als handele es sich um 20 000 Pfund in schweren Goldstücken.
Herr und Diener gingen daraufhin die Treppe hinunter, traten auf die Straße und Phileas Fogg drehte den Hausschlüssel zweimal im Schloss herum.
Ganz in der Nähe der Savile Row gab es einen Droschkenstand. Phileas Fogg und sein Diener bestiegen eine Kutsche, die sie auf dem schnellsten Wege zur Charing Cross Station, dem Ausgangspunkt der Süd-Ost-Eisenbahnlinie, brachte.
Um 8 Uhr und 20 Minuten hielt die Droschke vor dem Bahnhofseingang.
Passepartout sprang ab und sein Herr folgte ihm, nachdem er den Kutscher entlohnt hatte.
In diesem Augenblick trat eine Bettlerin an Mr Fogg heran. Sie führte ein Kind an der Hand, lief barfüßig und trug einen ramponierten Hut, auf dem eine jämmerliche Feder schwankte. Ein zerfetztes Umschlagtuch bedeckte ihr zerlumptes Kleid.

Mr Fogg zog die 21 Pfund aus der Tasche, die er zuvor beim Whist gewonnen hatte. Er reichte der Bettlerin die Banknoten und sagte: »Nehmen Sie das, gute Frau! Es freut mich, wenn ich Ihnen damit helfen kann.«

Dann schritt er weiter.

Passepartouts Augen wurden feucht. Sein Herr war ihm lieber geworden.

Gleich darauf betraten sie die große Bahnhofshalle. Passepartout erhielt den Auftrag zwei Fahrkarten erster Klasse nach Paris zu besorgen.

Als sich Mr Fogg umschaute, entdeckte er seine fünf Club-Brüder.

»Ich reise ab, meine Herren«, sagte er. »Nach meiner Rückkehr können Sie die Einhaltung der Reiseroute anhand der Visa in meinem Pass nachprüfen.«

Gauthier Ralph wies diesen Vorschlag höflich zurück.

»Aber Mr Fogg, wir zweifeln doch nicht daran, dass Sie ein Gentleman sind. Ihr Wort genügt uns.«

»Und doch halte ich eine Überprüfung für korrekter«, bemerkte Mr Fogg.

»Sie wissen doch noch, wann Sie zurück sein müssen?«, fragte Andrew Stuart.

»In 80 Tagen, das heißt also, am Sonnabend, dem 21. Dezember 1872, um 8 Uhr und 45 Minuten abends«, antwortete Phileas Fogg. »Leben Sie wohl, meine Herren.«

Um 8 Uhr und 40 Minuten nahmen Mr Fogg und sein Diener die Plätze in ihrem gemeinsamen Abteil ein. Fünf Minuten später ertönte das Abfahrtssignal und der Zug setzte sich in Bewegung.

Bei der Abfahrt nieselte es und der Himmel war dunkel. Mr Phileas Fogg lehnte steif in seiner Abteilecke und schwieg.

Passepartout hatte seine Fassung noch immer nicht wiedererlangt.

Er hockte auf seinem Platz und presste die Reisetasche mit den Banknoten eng an seinen Körper.

Aber noch ehe der Zug durch die Station Sydenham gefahren war, stieß er einen Verzweiflungsschrei aus.

»Was gibt es denn?«, fragte Mr Fogg.

»Ich habe . . . es ging so schnell . . . ich war so durcheinander . . . ich habe ganz vergessen . . .«

»Was denn nun?«

». . . die Gasheizung in meinem Zimmer abzustellen!«

»Der Verbrauch geht jedenfalls auf Ihre Kosten, mein Lieber«, bemerkte Mr Fogg kühl.

Im fünften Kapitel

taucht ein neues Wertpapier an der Londoner Börse auf

Phileas Foggs geplante Weltreise erregte in London viel Aufsehen. Die Nachricht von der Wette hatte sich zunächst im Reform Club verbreitet und unter den ehrenwerten Club-Mitgliedern erhebliche Aufregung verursacht. Vom Club war die Neuigkeit dann über einige Reporter zu den großen Tageszeitungen gelangt.

Diese Reise um die Erde wurde ebenso leidenschaftlich diskutiert, kommentiert und zerpflückt wie seinerzeit der *Alabama-Skandal.* Die einen ergriffen Phileas Foggs Partei, die anderen, und das waren weitaus mehr Leute, stellten sich gegen ihn. Sie hielten den Mann für unzurechnungsfähig und waren überzeugt, dass man die Reise in derartig kurzer Zeit allenfalls auf dem Papier, niemals aber in der Praxis verwirklichen konnte.

Die *Times,* der *Standard,* der *Evening Star,* die *Morning Chronicle* und zwanzig weitere Blätter mit hoher Auflagenzahl erklärten sich zu Gegnern Phileas Foggs. Allein der *Daily Telegraph* unterstützte ihn, und auch nur mit Maßen. In den Augen der Mehrheit war Mr Fogg einfach ein Geistesgestörter und man sparte nicht mit Vorwürfen gegen jene Mitglieder des Reform Club, die auf eine derartige Wette eingegangen waren. Sie mussten doch gespürt haben, dass ihr Wettpartner nicht im Vollbesitz seiner Verstandeskräfte war!

Leidenschaftliche, doch sehr kenntnisreiche Artikel zum Thema *Reise um die Erde* erschienen in den Tagesblättern. Der Engländer ist für sein lebhaftes Interesse an geographischen Fragen bekannt. Es nimmt also nicht wunder, dass die Leser aller Gesellschaftsschichten die Publikationen zum Fall Fogg verschlangen.

Ein paar Tage lang gab es noch etliche Verfechter – genauer gesagt: Verfechterinnen – der Reise, was nicht zuletzt auf die Veröffentlichung eines Fotos von Phileas Fogg zurückzuführen war, das die *Illustrated London News* aus dem Archiv des Reform Club besorgt hatte. Vereinzelt meldeten sich auch noch männliche Verteidiger Mr Foggs zu Wort.

»Warum sollte er es nicht schaffen? Man hat schon weit erstaunlichere Dinge erlebt!«

Bei diesen Parteigängern des Mr Fogg handelte es sich zumeist um Leser des *Daily Telegraph.* Doch konnte dieses Blatt nicht verheimlichen, dass es allmählich Zweifel an der Sache bekam.

Am 7. Oktober erschien ein langer Artikel im Mitteilungsblatt der Königlichen Geographischen Gesellschaft. Der Verfasser beleuchtete das Thema von allen nur möglichen Seiten und kam dann zu dem unwiderlegbaren Schluss, dass das Unternehmen töricht sei. Menschliches Versagen sowie Behinderungen durch Naturgewalten mussten den Plan zum Scheitern bringen. Außerdem setzte seine Durchführung eine ans Wunderbare grenzende Genauigkeit der Fahrpläne und Zuganschlüsse voraus und für diese Genauigkeit gab es keine Garantie. Man darf allenfalls in Europa, und auch hier nur bei den mittleren Strecken, mit der Einhaltung der Ankunfts- und Abfahrtszeiten rechnen. Wie konnte Mr Fogg aber eine derartig hohe Wette eingehen, wenn sein Reiseplan eine dreitägige Fahrt quer durch Indien und eine siebentägige durch die Vereinigten Staaten von Amerika enthielt! Außerdem musste er mit Maschinenschäden, Entgleisungen, Zusammenstößen, Regenzeiten und Schneeverwehungen rechnen. Hatte er nicht an die Stürme und den Nebel gedacht, denen die Postschiffe im Winter ausgeliefert sind? Schließlich passiert es alle Tage, dass auch die besten Schiffe mit Verspätungen von zwei oder drei Tagen eintreffen. Und ein einziger unvorhergesehener Aufenthalt würde die

ganze Planung über den Haufen werfen. Wenn Phileas Fogg nur ein einziges Mal die Abfahrt eines Dampfers um wenige Stunden verpasste, war die Wette rettungslos verloren.
Der Artikel fand großen Widerhall. Er wurde in nahezu allen Tagesblättern abgedruckt und das Vertrauen in die Sache Foggs schwand zusehends.
Mr Foggs gewagtes Unternehmen zeigte zunächst allerlei Folgeerscheinungen. Bekanntlich genießen die Freunde des Wettens in England höheres Ansehen als die Spieler. Das Wetten passt zum englischen Charakter. Außer den Mitgliedern des Reform Club, bei denen es ja um eine beträchtliche Summe ging, beteiligten sich auch weite Publikumskreise am Einsatz. Phileas Fogg wurde wie ein Rennpferd in ein provisorisches Zuchtbuch eingetragen. Man schuf sogar ein Wertpapier, das augenblicklich an der Londoner Börse notiert wurde. Die *Phileas Fogg* gab es festverzinslich oder als Prämienpapier, sie wurde gekauft und abgestoßen, kurz, das Geschäft blühte. Da erschien, fünf Tage nach Mr Foggs Abfahrt, der Artikel im Mitteilungsblatt der Königlichen Geographischen Gesellschaft. Die *Phileas Fogg* fiel augenblicklich; man bot sie in ganzen Paketen an. Hatte man zunächst nur fünf Aktien bekommen können, waren sie jetzt in Bündeln zu 10, 20, 50 und schließlich gar 100 Stück zu haben.
Nur einer blieb Phileas Fogg treu, der gelähmte Lord Albermale. Der würdige alte Herr lebte gefesselt an seinen Krankenstuhl und hätte ein ganzes Vermögen für eine Reise um die Erde hergegeben, selbst wenn sie zehn Jahre dauern sollte. Er wettete 5 000 Pfund zu Gunsten von Phileas Fogg. Hielt man ihm vor, wie wahnwitzig und nutzlos obendrein sein Einsatz wäre, entgegnete er stets: »Wenn die Aufgabe überhaupt durchführbar ist, sollten wir zufrieden sein, dass ein Engländer sie angepackt hat.«
Phileas Foggs Partei war also beträchtlich zusammengeschmolzen; man griff ihn an, und nicht ganz unbegründet. Sein Papier wurde ohnehin nur noch in Bündeln zu 150 oder 200 Stück gekauft, als ein gänzlich unvorhergesehenes Ereignis dem Handel endgültig ein Ende bereitete.

Am 7. Oktober um 9 Uhr abends lief beim Chef der Londoner Polizei folgende Depesche ein:

SUEZ AN LONDON
POLIZEIPRÄSIDENT ROWAN SCOTLAND PLACE
STOP VERFOLGE
BANKRÄUBER PHILEAS FOGG
STOP HAFTBEFEHL UNVERZÜGLICH
NACH BOMBAY SCHICKEN STOP
DETEKTIV FIX

Das Telegramm schlug wie eine Bombe ein. Aus dem ehrenwerten Gentleman Phileas Fogg wurde im Handumdrehen der gesuchte Dieb aus der Bank von England. Seine Fotografie, die er vorschriftsmäßig im Reform Club hinterlegt hatte, ging zur Prüfung an die Polizei. Das Ergebnis war einwandfrei: Das Foto passte haargenau zu der Personenbeschreibung, die man nach Zeugenaussagen hergestellt hatte. Die geheimnisumwobene zurückgezogene Lebensweise des Phileas Fogg und sein überstürzter Aufbruch bestärkten die Polizei in ihrem Verdacht. Ganz offensichtlich hatte der Bursche diese Reise um die Erde und dazu die wahnwitzige Wette eingefädelt, um seine Verfolger auf eine falsche Fährte zu locken.

Im sechsten Kapitel

hat Detektiv Fix allen Grund ungeduldig zu werden

Und jetzt ein paar Worte über den Anlass zu dem bewussten Telegramm. Am 9. Oktober, am Mittwoch, wurde die *Mongolia* um 11 Uhr früh im Hafen von Suez erwartet. Es handelte sich um ein Schraubenschiff mit Oberdeck von 2 800 Bruttoregistertonnen und 500 PS, das im Dienste der *Indisch-Orientalischen Schifffahrtsgesellschaft* den Post- und Fahrgastdienst zwischen Brindisi und Bombay versah und dabei den Suezkanal passierte.

Die *Mongolia* gehörte zu den schnellsten Schiffen der Gesellschaft und es gelang ihr fast regelmäßig die errechnete Durchschnittsgeschwindigkeit von 10 Meilen pro Stunde auf der Strecke Brindisi–Suez beziehungsweise 9,35 Meilen pro Stunde auf dem Reiseabschnitt Suez–Bombay zu unterbieten.

Zwei Herren standen auf dem Kai von Suez mitten im Gewühl der Eingeborenen und Fremden, die die Ankunft der *Mongolia* erwarteten. Die ehemalige Kleinstadt hatte durch das grandiose Werk von Lesseps einen ungeahnten Aufschwung genommen und lockte viele Menschen an.

Einer der beiden Herren war der britische Konsul in Suez, der tagaus, tagein den englischen Schiffen zusah, die – trotz der ängstlichen Prognosen der englischen Regierung und trotz der düsteren Voraussagen des Ingenieurs Stephenson – den Kanal durchfuhren

und dabei die Fahrzeit von England nach Indien um die Hälfte kürzten.
Der Begleiter des Konsuls war ein kleiner magerer Mann mit intelligentem Gesichtsausdruck. Er schien nervös zu sein, denn seine Augenbrauen zuckten unaufhörlich. Hinter dichten Wimpern verbargen sich lebhaft blickende Augen, die aber, wenn es die Situation erforderte, gänzlich unbeteiligt in die Welt schauen konnten. Im Augenblick rannte der Mann auf dem Kai hin und her.
Er hieß Fix und war einer der Detektive oder Polizeibeamten, die in allen wichtigen Häfen auf der Lauer lagen, um den Räuber aus der Bank von England zu fassen. Mr Fix hatte die Aufgabe alle Reisenden in Suez aufmerksam zu beobachten und gegebenenfalls einem Verdächtigen bis zum Eintreffen des Haftbefehls auf den Fersen zu bleiben.
Vor zwei Tagen hatte Fix aus dem Büro des Londoner Polizeipräsidenten die Personenbeschreibung des mutmaßlichen Räubers erhalten. Die Angaben bezogen sich auf einen distinguierten, gut gekleideten Herrn, den man im Kassenraum der Bank beobachtet hatte.
Der Detektiv dachte zweifellos an die Höhe der ausgesetzten Belohnung für die Ergreifung des Diebes und erwartete die Ankunft der *Mongolia* mit begreiflicher Ungeduld.
»Sie glauben nicht, dass das Schiff mit Verspätung eintrifft?«, fragte er nun schon zum zehnten Male den Konsul.
»Nein, Mister Fix. Die *Mongolia* ist gestern ganz planmäßig in Port Said eingelaufen und die 160 Kilometer Kanalfahrt sind für sie ein Kinderspiel. Ich kann Ihnen nur noch einmal wiederholen, dass das Schiff regelmäßig die 25 Pfund Belohnung kassiert, die die Regierung für jeweils 24 Stunden Zeitgewinn ausgesetzt hat.«
»Kommt das Postschiff direkt aus Brindisi?«, fragte Fix.
»Ja, aus Brindisi. Es hat dort die Postsäcke für Indien aufgenommen. Gedulden Sie sich doch! Es wird nicht mehr lange dauern. Ich kann mir übrigens nicht vorstellen, wie Sie Ihren Mann anhand dieser Personenbeschreibung unter den Fahrgästen entdecken wollen.«
»Wissen Sie, Herr Konsul, unsereins hat für solche Leute einen sechsten

Sinn. Ich arbeite mit Auge, Ohr und Nase zugleich. Der Kerl wird mir nicht entwischen, vorausgesetzt, er befindet sich überhaupt an Bord.«
»Ich wünsche Ihnen jedenfalls Erfolg, Mister Fix. Immerhin geht es für die Bank von England um eine beträchtliche Summe«, sagte der Konsul.
»Eine umwerfend hohe Summe«, entgegnete der Detektiv ganz hingerissen. »55 000 Pfund in Banknoten! So ein Fang winkt uns nur selten. Die Diebe verlieren immer mehr an Format und Sheppard-Typen sind nur noch dünn gesät. Heutzutage lässt man sich schon für ein paar Shillinge hängen.«
»Mister Fix«, unterbrach der Konsul, »ich wünsche Ihnen, wie gesagt, vollen Erfolg. Aber ich mache Sie noch einmal darauf aufmerksam, dass Sie Schwierigkeiten haben werden. Nach der Personenbeschreibung sieht der Dieb doch wie ein echter Gentleman aus.«
»Herr Konsul, jeder große Dieb sieht wie ein Gentleman aus«, erwiderte der Detektiv in belehrendem Ton. »Leuten mit einer Verbrecherphysiognomie bleibt weiter nichts übrig, als ehrlich zu sein; sie würden sofort gefangen. Die Vertrauen erweckenden Gesichter muss man beobachten! Zugegeben, das ist nicht einfach. Aber schließlich ist mein Beruf kein Handwerk, sondern eine Kunst.«
Mr Fix litt offensichtlich nicht an Minderwertigkeitskomplexen.
Das Gedränge auf dem Kai nahm zu. Seeleute aller Nationen, Händler, Geldwechsler, Lastträger und ägyptische Bauern strömten zur Anlegestelle. Die Ankunft des Dampfers musste kurz bevorstehen.
Der Tag war schön, aber kalt, denn der Wind kam von Osten. Einige Minarette oberhalb der Stadt lagen im fahlen Sonnenlicht. Der Hafendamm streckte sich wie ein Arm zwei Kilometer lang nach Süden. Draußen auf dem Roten Meer schaukelten Fischerboote und Küstenfahrer, deren Form teilweise an den eleganten Schnitt antiker Galeeren erinnerte.
Mr Fix wanderte in der Menschenmenge umher und taxierte gewohnheitsmäßig die Gesichter der Wartenden. Inzwischen war es 10 Uhr und 30 Minuten.

Der Detektiv hörte die Hafenuhr schlagen und rief ungeduldig:
»Sehen Sie, das Schiff kommt doch nicht!«
»Es kann nicht mehr weit sein«, antwortete der Konsul.
»Wie lange soll der Aufenthalt in Suez dauern?«, fragte Fix.
»Vier Stunden. So lange braucht der Dampfer, um genügend Kohle für die Weiterfahrt zu laden. Allein bis hinunter nach Aden sind es schon 1 310 Meilen.«
»Aber das Schiff hält doch nicht in Aden?«, erkundigte sich Fix.
»Soviel ich weiß, fährt es von Suez direkt nach Bombay.«
»Wenn sich der Bankräuber auf diesem Schiff befindet«, begann Fix wieder, »müsste er versuchen in Suez an Land zu gehen, um auf irgendeinem anderen Weg in die holländischen oder französischen Kolonien in Asien zu gelangen. Denn das Schiff bringt ihn nach Indien, also in englische Hoheitsbereiche; und das wäre zu gefährlich für ihn.«
»Es sei denn, der Mann wäre sehr mutig. Sie wissen doch, ein englischer Verbrecher ist immer noch in London am sichersten.«
Nach diesen Worten verabschiedete sich der Konsul und kehrte in seinen Amtssitz zurück, der sich in Hafennähe befand. Mr Fix war nach der letzten Bemerkung des Konsuls nachdenklich geworden. Seine Ungeduld wuchs. Er hatte eine unbestimmte Vorahnung, dass sein Mann tatsächlich an Bord der *Mongolia* sein könnte. Immerhin musste sich auch der Dieb gesagt haben, dass die Route nach Amerika auf dem Umweg über Indien nicht so leicht wie die Atlantik-Strecke zu überwachen wäre.
Mr Fix konnte seine Betrachtungen bald abbrechen. Schrille Signale kündigten endlich die Ankunft des Dampfers an. Die riesige Menschenmenge stürzte zur Landungsbrücke, sodass man jetzt schon um Leib und Gut der Aussteigenden besorgt sein musste. Ungefähr zehn kleine Boote stießen vom Kai ab, um die *Mongolia* einzuholen.
Kurz darauf tauchte der gewaltige Schiffsrumpf zwischen den beiden Kanalufern auf. Um Punkt 11 Uhr war es so weit: Die *Mongolia* ging an der Reede von Suez vor Anker.
Das Schiff war voll besetzt. Ein Teil der Passagiere blieb auf dem Oberdeck und betrachtete von dort das malerische Panorama. Die

Mehrzahl der Passagiere benutzte jedoch die kleinen Boote, die das Schiff umringten, um an Land zu gehen.
Mr Fix prüfte aufmerksam das Gesicht jedes Reisenden, der ein Boot verließ.
Plötzlich trat ein junger Mann an ihn heran, der sich der diensteifrigen herandrängenden Fellachen mit einer einzigen kräftigen Handbewegung entledigt hatte. Der Reisende fragte Mr Fix sehr höflich, ob er ihm den Weg zum britischen Konsulat weisen könne. Offensichtlich beabsichtigte der Fremde, seinen Reisepass, den er in der Hand trug, bei der Behörde stempeln zu lassen.
Der Detektiv griff instinktiv nach dem Pass und überflog in Sekundenschnelle die Namenseintragungen.
Fast wäre er zusammengezuckt. Das Büchlein zitterte in seiner Hand. Die Personenbeschreibung im Pass deckte sich haargenau mit der Beschreibung des gesuchten Bankräubers.
»Das ist doch nicht Ihr Pass?«, fragte er.
»Nein, der gehört meinem Herrn«, antwortete der junge Mann.
»Und wo befindet sich Ihr Herr?«
»An Bord.«
»Er muss aber selbst im Konsulat vorstellig werden, um seine Identität nachzuweisen.«
»Ist das unbedingt notwendig?«
»Leider ja.«
»Und wo finde ich das Konsulat?«
»Dort drüben an der Ecke des Platzes«, sagte der Detektiv und zeigte auf ein Haus, das etwa 200 Schritte entfernt war.
»Dann muss ich wohl meinen Herrn holen. Ich fürchte, er wird von dieser Störung nicht entzückt sein.«
Er grüßte den Detektiv und kehrte zum Dampfer zurück.

Im siebenten Kapitel

muss die Polizei wieder einmal einsehen, dass Pässe nutzlos sind

Der Inspektor eilte über den Kai zum Konsulat. Auf seine nachdrückliche Bitte hin wurde er sofort beim Konsul vorgelassen.

»Herr Konsul«, begann er ohne Umschweife, »ich habe gute Gründe den gesuchten Mann unter den Passagieren der *Mongolia* zu vermuten.« Dann erzählte er, was er mit dem Diener des Verdächtigen vereinbart hatte.

»Nun gut, Mister Fix«, sagte der Konsul. »Ich werde mir den Burschen genau anschauen. Aber wenn er tatsächlich der Gesuchte ist, wird er es vielleicht vorziehen gar nicht erst hierher zu kommen. Diebe pflegen nicht gern Spuren ihrer Flucht zu hinterlassen. Abgesehen davon sind die Passformalitäten aufgehoben.«

»Wenn der Mann so kaltblütig ist, wie wir annehmen, wird er kommen.«

»Mit seinem Pass?«, fragte der Konsul.

»Pässe sind doch nur dazu da, anständigen Leuten lästig zu sein und unehrlichem Gesindel die Flucht zu erleichtern. Ich kann Ihnen jetzt schon sagen, dass der Pass in Ordnung sein wird; aber ich möchte Sie doch inständig bitten ihn nicht zu stempeln.«

»Und mit welcher Begründung? Wenn der Pass gültig ist, kann ich dem Mann das Visum nicht verweigern«, sagte der Konsul.

»Aber ich muss den Kerl doch irgendwie hier aufhalten, bis der Haftbefehl aus London da ist!«
»Das ist allerdings Ihre eigene Angelegenheit, mein lieber Mister Fix«, entgegnete der Konsul. »Ich habe lediglich . . .« Der Satz blieb unbeendet, denn in diesem Augenblick klopfte der Konsulsekretär an die Tür und führte zwei Herren herein. Einer der beiden war tatsächlich jener Bedienstete, mit dem sich der Detektiv zuvor unterhalten hatte.
Sein Herr legte den Pass auf den Tisch und bat den Konsul ziemlich lässig um die Eintragung des Visumstempels.
Der Konsul las aufmerksam die Eintragungen im Pass, während sich der Detektiv in eine Zimmerecke zurückgezogen hatte und den Fremden beobachtete, genauer gesagt: mit den Blicken verschlang.
Der Konsul wendete sich jetzt direkt an den Besucher.
»Sie sind Phileas Fogg?«, fragte er.
»Ja, das stimmt«, antwortete der Herr.
»Dieser Mann dort ist Ihr Diener?«
»Ja. Er ist Franzose und heißt Passepartout.«
»Sie kommen aus London?«
»Ja.«
»Und Sie reisen nach . . .?«
»Bombay.«
»In Ordnung, mein Herr. Sie wissen doch sicher, dass der Visumzwang aufgehoben ist?«
»Das ist mir bekannt«, antwortete Phileas Fogg. »Ihre Eintragung soll aber beweisen, dass ich Suez auf meiner Reise berührt habe.«
»Wie Sie wünschen.«
Der Konsul signierte den Pass, trug das Datum ein und setzte das Amtssiegel dazu. Mr Fogg bezahlte die Gebühr, grüßte steif und verließ mit seinem Diener das Konsulatsbüro.
»Nun?«, fragte der Polizeiinspektor.
»Was heißt nun? Der Herr sieht grundehrlich aus«, sagte der Konsul.
»Darum geht es gar nicht, Herr Konsul. Sie müssen doch zugeben, dass

die Suchanzeige aus London haargenau auf diesen phlegmatischen Gentleman hier passt.«

»Das bestreite ich gar nicht, aber Sie wissen doch, dass solche Personenbeschreibungen . . .«

Fix wurde ungeduldig.

»Für mich gibt es keinen Zweifel mehr«, sagte er. »Der Diener scheint mir übrigens weniger rätselhaft als der Herr zu sein. Außerdem ist er Franzose, wird sich also verplappern. Ich empfehle mich, Herr Konsul.«

Fix verließ das Büro und begab sich auf die Suche nach Passepartout. Inzwischen war Mr Fogg bereits am Kai angelangt, hatte seinen Diener mit einigen Aufträgen fortgeschickt und ein Boot herbeigerufen, um auf die *Mongolia* zurückzukehren. An Bord des Schiffes suchte er sofort seine Kabine auf und öffnete sein Reisetagebuch, das schon folgende Eintragungen enthielt:

Abfahrt London,		
Mittwoch, den 2. Oktober,		8 Uhr 45 Min. abends
Ankunft Paris,		
Donnerstag, den 3. Oktober,		7 Uhr 20 Min. morgens
Abfahrt Paris,		
Donnerstag, den 3. Oktober,		8 Uhr 40 Min. morgens
Ankunft Turin (via Mont Cenis)		
Freitag, den 4. Oktober,		6 Uhr 35 Min. morgens
Abfahrt Turin,		
Freitag, den 4. Oktober		7 Uhr 20 Min. morgens
Ankunft Brindisi,		
Sonnabend, den 5. Oktober,		4 Uhr nachmittags
Einschiffung auf der »Mongolia«,		
Sonnabend, den 5. Oktober,		5 Uhr nachmittags
Ankunft in Suez,		
Mittwoch, den 9. Oktober,		11 Uhr morgens
	insgesamt:	158 1/2 Stunden
	oder	6 1/2 Tage

Mr Fogg hatte diese Daten noch einmal auf einem Fahrplan eingetragen, auf dem für den Zeitraum vom 2. Oktober bis zum 21. Dezember die Monate, Tage, Daten und planmäßigen Ankunfts- und Abfahrtszeiten seiner Züge und Schiffe angegeben waren. Der Plan berücksichtigte die wichtigsten Stationen der Reise, also Paris, Brindisi, Suez, Bombay, Kalkutta, Singapur, Hongkong, Yokohama, San Francisco, New York, Liverpool, London. Verglich Mr Fogg seine Eintragungen mit den amtlich angegebenen Daten, konnte er leicht etwaige Zeitgewinne oder -verluste errechnen. Er war somit über den Verlauf seines Unternehmens genauestens im Bilde.
An diesem 9. Oktober, morgens, hatte er nun die vollkommen planmäßige Ankunft in Suez zu verzeichnen.
Dann bestellte er sein Frühstück in die Kabine. Er dachte nicht im Traum daran, die Stadt zu besichtigen. Wie viele Engländer seines Standes überließ er diesen Teil der Reise seinem Diener.

Im achten Kapitel

schwatzt Passepartout mehr als gut ist

Fix brauchte nicht lange nach Passepartout zu suchen. Den jungen Mann zwangen im Gegensatz zu seinem Herrn keine Standesrücksichten sich zurückzuhalten und so spazierte er auf dem Kai auf und ab und studierte das Treiben um sich her.

Der Detektiv schlenderte heran und fragte: »Nun, mein Freund, hat die Geschichte mit dem Pass geklappt?«

»Ach, Sie sind es!«, sagte der Franzose. »Nochmals vielen Dank. Das Visum ist eingetragen worden.«

»Und jetzt sehen Sie sich ein wenig Land und Leute an?«

»Ich möchte schon; aber wir reisen so schnell, dass ich nicht weiß, ob ich wache oder träume. Das hier wäre also Suez.«

»Ganz recht, Suez.«

»In Ägypten?«

»In Ägypten.«

»Und auch in Afrika?«

»Auch in Afrika.«

»In Afrika!«, wiederholte Passepartout. »Nicht zu glauben! Versetzen Sie sich einmal in meine Lage! Ich dachte zuerst, wir sollten nur nach Paris reisen. Und wir waren tatsächlich dort. Aber alles, was ich von der herrlichen Stadt zu sehen bekam, war der Weg von der Gare du Nord zur Gare de Lyon. Obendrein war es zwischen 7.20 und 8.40 Uhr morgens, es regnete in Strömen und durch die Droschkenfenster sah man so gut wie gar nichts. Zu schade! Ich hätte so gern den Père-Lachaise-Friedhof und die Reitbahn auf den Champs-Élysées besucht.«

»Sie sind wohl in Eile?«, fragte der Inspektor.

»Ich nicht; aber mein Herr will keine Zeit verlieren. Da fällt mir ein, ich sollte noch Socken und Hemden einkaufen. Wir haben nämlich außer dem Nachtzeug überhaupt nichts mitgenommen.«

»Dann kann ich Ihnen den Weg zum Basar zeigen. Dort können Sie alle Besorgungen erledigen.«

»Ich weiß gar nicht, wie ich Ihnen danken soll«, sagte Passepartout.

Auf dem Weg zum Basar plapperte der Franzose munter fort.

»Ich darf um keinen Preis die Abfahrt des Schiffes verpassen«, sagte er.

»Sie haben noch reichlich Zeit, es ist doch erst 12 Uhr.«

Passepartout zückte seine riesige Taschenuhr.

»12 Uhr?« fragte er. »Wie kommen Sie darauf? Es ist gerade 9 Uhr und 52 Minuten.«

»Ihre Uhr scheint nachzugehen«, antwortete Fix.

»Meine Uhr und nachgehen! Das ist ein Familienerbstück. Sie stammt schon von meinem Urgroßvater und ist noch nie mehr als fünf Minuten im Jahr nachgegangen. Ein richtiges Kunstwerk!«

»Ich weiß schon, woran es liegt«, sagte Fix. »Sie haben Londoner Uhrzeit. Hier in Suez sind wir ungefähr zwei Stunden weiter. Sie sollten Ihre Uhr nach der jeweiligen Mittagszeit der verschiedenen Länder stellen.«

»An meiner Uhr herumstellen!«, empörte sich Passepartout. »Niemals!«

»Dann müssen Sie in Kauf nehmen, dass sie nicht mehr mit dem Sonnenstand übereinstimmt.«

»Umso schlimmer für die Sonne. Dann geht die eben falsch«, sagte der biedere junge Bursche und ließ die Uhr in der Tasche verschwinden.

Nach kurzer Pause nahm Fix das Gespräch wieder auf.

»Sie sagten, Ihre Abreise aus London wäre Ihnen ein wenig überstürzt vorgekommen?«

»Das kann man wohl sagen. Letzten Mittwoch kam Mister Fogg ganz gegen seine Gewohnheit schon um 8 Uhr abends aus dem Club nach Hause und eine Dreiviertelstunde später waren wir bereits unterwegs.«

»Wohin will Ihr Herr eigentlich reisen?«

»Immer der Nase nach. Er macht eine Reise um die Erde.«

»Eine Reise um die Erde?« Fix staunte.

»Ja, noch dazu in achtzig Tagen. Es geht um eine Wette. Das behauptet jedenfalls mein Herr, aber unter uns gesagt, mir scheint etwas anderes dahinter zu stecken. Sonst wäre das Ganze zu närrisch.«

»Mister Fogg ist wohl recht exzentrisch?«

»Das möchte ich annehmen.«

»Ist er vermögend?«

»Ganz bestimmt. Er trägt ein hübsches Bündel funkelnagelneuer Banknoten mit sich herum. Während der ganzen Reise war er kein bisschen knausrig. Selbst dem Maschinisten der *Mongolia* hat er ein nettes Sümmchen versprochen, falls er uns ein bisschen schneller als fahrplanmäßig nach Bombay bringt.«

»Und Sie kennen Ihren Herrn schon lange?«, fragte der Detektiv.

»Wie kommen Sie denn darauf?«, antwortete Passepartout. »Ich bin erst an unserem Abreisetag in Mister Foggs Dienste getreten.«

Mr Fix war glücklich. Alles, was er soeben gehört hatte, passte zusammen und bestärkte ihn in der Überzeugung den Bankräuber gefunden zu haben. Da war erstens die überstürzte Abreise aus London gleich nach dem Bankraub, dann die große Geldsumme, die Mr Fogg mit sich führte, und nicht zuletzt die Eile, mit der er unter dem Vorwand einer verrückten Wette in abgelegene Gegenden der Welt zu entkommen suchte.

Der Detektiv ließ den Franzosen noch ein bisschen weiterschwatzen. Er erfuhr, dass der junge Bursche seinen Herrn wirklich noch nicht lange kannte, dass Mr Fogg zurückgezogen in London lebte und für reich galt, wobei der Ursprung seines Vermögens niemandem bekannt war, dass er unzugänglich war und noch manches mehr. Nach dem Gespräch stand aber noch etwas anderes fest: Phileas Fogg würde

die *Mongolia* nicht in Suez verlassen, sondern nach Bombay weiterreisen.
»Ist es sehr weit bis Bombay?«, fragte Passepartout.
»Ganz hübsch weit«, antwortete der Detektiv. »Vor Ihnen liegt noch eine zehntägige Seereise.«
»Und in welchem Lande soll dieses Bombay liegen?«
»In Indien.«
»In Asien?«
»Wo sonst?«
»Verflixt! Ich muss Ihnen nämlich mal etwas anvertrauen . . . eine Sache, die mir keine Ruhe lässt. Wissen Sie, mein Hahn . . .«
»Was für ein Hahn?«
»Mein Gashahn! Der ist bei dem eiligen Aufbruch offen geblieben und jetzt brennt das Gas die ganze Zeit auf meine Kosten. Ich habe mir ausgerechnet, dass 24 Stunden zwei Shilling kosten – also ein Sixpence mehr, als ich überhaupt verdiene! –, und sehen Sie, wenn uns die Reise nun immer weiter fortführt . . .«
Es sah nicht so aus, als hätte Fix die ganze Gastragödie begriffen. Statt zuzuhören, machte er einen Plan. Sie hatten jetzt den Basar erreicht und er ließ Passepartout die notwendigen Einkäufe erledigen. Dann ermahnte er ihn nicht die Abfahrt der *Mongolia* zu versäumen und lief schnurstracks zum Konsulat.
Ihn plagte nicht mehr der geringste Zweifel, sodass er seine Sache mit Bestimmtheit beim Konsul vertreten konnte.
»Herr Konsul«, begann er, »ich weiß jetzt zuverlässig, dass wir auf den richtigen Mann getippt haben. Er spielt einen Exzentriker, der angeblich in 80 Tagen um die Erde zu reisen versucht.«
»Ein ganz schlauer Bursche also«, sagte der Konsul. »Erst will er die Polizisten zweier Kontinente an der Nase herumführen und dann heimlich nach London zurückkehren.«
»Das werden wir verhindern«, sagte Mr Fix.
»Täuschen Sie sich auch wirklich nicht?«, fragte der Konsul noch einmal.
»Ich habe nicht den geringsten Zweifel.«

»Und warum war der Bankräuber so sehr auf den Visumstempel in seinem Pass versessen?«
»Das weiß der Himmel, Herr Konsul«, antwortete der Detektiv, »aber vielleicht hören Sie sich einmal an, was ich aus dem Diener des besagten Fogg herausgebracht habe.« Und er erläuterte die wichtigsten Punkte seiner Unterhaltung mit Passepartout.
»Sie haben Recht, alles spricht gegen diesen Fogg«, bestätige der Konsul. »Was werden Sie jetzt unternehmen?«
»Ich schicke ein Telegramm nach London und bitte um Ausstellung eines Haftbefehls für Bombay. Dann schiffe ich mich auf der *Mongolia* ein und lasse den Kerl nicht mehr aus den Augen. Wenn wir in Indien englisches Hoheitsgebiet erreicht haben, lege ich ihm die Hand auf die Schulter und zeige ihm den Haftbefehl.«
Während dieser Rede umgab Mr Fix ein eisiger Hauch von Amtlichkeit. Er verabschiedete sich sogleich vom Konsul und ging zum Telegrafenamt. Dort gab er das bewusste Telegramm an den Polizeichef von London auf. Nur eine Viertelstunde später fand er sich mit einer leichten Reisetasche und reichlichen Geldmitteln versehen an Bord der *Mongolia* ein und wenig später ging das schnelle Schiff mit Volldampf auf die Reise über das Rote Meer.

Im neunten Kapitel

begünstigen das Rote Meer und der Indische Ozean Mr Foggs Vorhaben

Die Entfernung zwischen Suez und Aden beträgt genau 1 310 Meilen und die Schifffahrtsgesellschaft erwartete, dass diese Strecke in 138 Stunden von ihren Postschiffen zurückgelegt wurde. Die *Mongolia* stand aber so unter Volldampf, dass sie gewiss vor der fahrplanmäßigen Ankunftszeit in Aden eintreffen würde.

Fast alle Passagiere, die in Brindisi an Bord gegangen waren, wollten nach Indien fahren. Manche gaben Bombay als Reiseziel an, andere Kalkutta, das man neuerdings von Bombay aus auf dem Schienenwege erreichen konnte, sodass die bisher notwendige Schiffsreise um die Südspitze Indiens und um Ceylon herum entfiel.

Unter den Reisenden auf der *Mongolia* befanden sich zahlreiche Zivilbeamte und Offiziere aller Ränge. Ein Teil dieser Offiziere gehörte direkt der britischen Armee an, die anderen befehligten indische Sepoy-Einheiten. An der ausgezeichneten Besoldung beider Gruppen hatte sich nichts geändert, nachdem die britische Regierung in die Rechte der ehemaligen ostindischen Handelskompanie eingetreten war. Ein Leutnant erhielt 280 Pfund, ein Brigadekommandeur 2 400 Pfund und ein General 4 000 Pfund.*

Andere Passagiere, meist junge vermögende Engländer, reisten nach Indien, um dort neue Handelsniederlassungen zu gründen.

Entsprechend wurde an Bord der *Mongolia* gelebt. Der Zahlmeister des Schiffes, der als Vertreter der Reederei dem Kapitän gleichgestellt war, konnte über reichliche Geldmittel verfügen. Zum Frühstück, zum 2-Uhr-Lunch, zum Dinner um 5.30 Uhr nachmittags und zum Abendessen um 8 Uhr bogen sich die Tafeln unter der Fülle der Haupt- und Nebengerichte, die in der Schlachterei und den Küchen der *Mongolia* bereitet wurden. Die weiblichen Passagiere – es gab davon eine ganze Anzahl – wechselten zweimal täglich die Garderobe. Man konnte einer Bordkapelle lauschen und bei ruhigem Wellengang sogar tanzen.
Das Rote Meer ist aber wie alle schmalen, lang gestreckten Gewässer launisch und sehr oft unruhig. Wenn der Wind blies – gleichgültig ob von der asiatischen oder der afrikanischen Seite her –, immer rannte er gegen die Längsseite der *Mongolia* an und das Schiff begann heftig zu schlingern. Die Damen verschwanden in den Kabinen, die Musik schwieg und Gesang und Tanz wurden abgebrochen. Trotzdem konnten weder starke Windböen noch hoher Seegang das Schiff aufhalten. Mit seinen kräftigen Maschinen dampfte es unaufhaltsam der Meerenge von Bab el-Mandeb entgegen.
Und was trieb Phileas Fogg während dieser Reiseetappe? Man sollte annehmen, dass er voller Unruhe jede Änderung der Windrichtung oder des Wellenganges beobachtete, die ja immerhin zu einem Maschinenschaden, wenn nicht gar zum Schiffbruch der *Mongolia* führen konnte, sodass die Reise bestenfalls im nächsten Hafen unterbrochen werden musste. Sollte Phileas Fogg dergleichen Möglichkeiten überhaupt erwägen, ließ er sich jedenfalls nichts davon anmerken. Er war immer derselbe kühl zurückhaltende Gentleman, den wir im Reform Club zu London kennen lernten, und er reagierte auf die Außenwelt nicht mehr als die Chronometer an Bord des Schiffes. Man sah ihn selten auf dem Oberdeck der *Mongolia*. Das geschichtsträchtige Rote Meer, der Schauplatz der ersten historischen Ereignisse in der

* Die Gehälter der Zivilbeamten waren sogar noch höher. Ein einfacher Gehilfe, also ein Mann auf der untersten Stufe der Amtshierarchie, erhielt bereits 480 Pfund, ein Richter 2 400 Pfund, der Präsident des Gerichtshofes 10 000 Pfund, ein Gouverneur 12 000 Pfund und der Generalgouverneur mehr als 24 000 Pfund. (Anmerkung des Verfassers)

Menschheitsgeschichte, ließ ihn kalt. Er schenkte den fremdartig bizarren Ortschaften, die hier und da am Horizont auftauchten, keinen einzigen Blick. Ihn schreckten nicht einmal die Gefahren des Arabischen Golfes, von denen schon Strabo, Arrian, Artemidorus und Edrisi, die Geschichtsschreiber der Antike, mit höchstem Respekt sprachen. Schon die Seefahrer des Altertums wussten, warum sie sich hier vor jeder Schiffsreise durch Opfer die Gunst der Götter erkauften.
Der höchst sonderbare Mr Fogg, der sich auf der *Mongolia* eingeschlossen hatte, war aber dem Anschein zum Trotz durchaus nicht unbeschäftigt. Zunächst einmal speiste er viermal täglich; denn seinen präzise funktionierenden Organismus konnte kein Schlingern und kein Stampfen eines Schiffes aus dem Gleichgewicht bringen. Außerdem spielte er Whist.
Wir haben richtig gehört: Er spielte Whist wie eh und je und selbst seine neuen Partner waren nicht weniger spielbesessen als er selbst. Einer der Herren war ein Steuereinnehmer, der seine Stellung in Goa antreten sollte, der zweite war Geistlicher – er nannte sich Reverend Decimus Smith –, der dritte Partner, ein Brigadegeneral der britischen Armee, kehrte zu seiner Truppeneinheit in Benares zurück. Die drei Herren waren, wie gesagt, ebenso leidenschaftliche Whist-Spieler wie Mr Fogg und so spielten sie stundenlang, ohne mehr als das Nötigste zu sprechen.
Passepartout hatte eine Kabine im Bug. Er blieb glücklicherweise von der Seekrankheit verschont, sodass er die herrlichen Speisen voll genießen konnte. Allmählich hatte er sich mit seinem Schicksal ausgesöhnt. Da die Reise unter so komfortablen Bedingungen verlief, machte sie ihm sogar schon ein bisschen Spaß. Das Essen war ausgezeichnet, die Unterbringung ließ nichts zu wünschen übrig und er lernte etwas von der Welt kennen. Im Übrigen glaubte er noch immer, der ganze Spuk wäre nach der Ankunft in Bombay beendet.
Als er einen Tag nach der Abfahrt aus Suez, also am 10. Oktober, auf dem Deck spazieren ging, traf er zu seiner angenehmen Überraschung den Herrn, der ihm bei der Ankunft in Ägypten so behilflich gewesen war.
Passepartout setzte seine freundlichste Miene auf und sprach Mr Fix an.
»Meine Augen täuschen mich doch nicht!«, rief er. »Nein, so etwas! Mein hilfreicher Fremdenführer aus Suez hier an Bord!«

»Ganz recht«, sagte der Detektiv. »Jetzt erkenne ich Sie wieder. Sie sind der Diener dieses spleenigen Engländers!«

»Wie war doch Ihr Name?«, fragte Passepartout.

»Fix.«

»Mister Fix, ich bin entzückt von unserem Wiedersehen. Wohin geht denn die Reise?«

»Auch nach Bombay.«

»Umso besser. Sind Sie schon einmal dort gewesen?«

»Mehrmals. Ich bin Angestellter der Eisenbahngesellschaft.«

»Dann kennen Sie also Indien?«

»Ja . . . natürlich«, antwortete Fix ein wenig zurückhaltend. Er wollte den Franzosen lieber auf Abstand halten.

»Ist Indien nicht ein merkwürdiges Land?«

»Sehr merkwürdig. So viele Moscheen, Minarette, Fakire, Pagoden, Tiger, Schlangen und Bajaderen! Diesmal werden Sie doch genügend Zeit haben, um das Land zu besichtigen?«

»Ich wünschte es, Mister Fix. Ein Mann mit gesundem Menschenverstand kann nicht ununterbrochen von Schiffen auf die Eisenbahn und von der Eisenbahn auf Schiffe überwechseln, bloß weil er in 80 Tagen um den Erdball gereist sein will. Nein. Dieser Sport wird in Bombay zu Ende sein, glauben Sie mir!«

»Und Mister Fogg geht es auch gut?«, fragte Fix in ganz natürlichem Tonfall.

»Danke, sehr gut, Mister Fix. Ich kann ebenfalls nicht klagen. Durch die Seeluft habe ich einen Bärenhunger.«

»Ihr Herr kommt wohl niemals an Deck?«

»Nie. Er hat andere Interessen.«

»Haben Sie schon einmal daran gedacht, dass hinter dieser merkwürdigen 80-Tage-Reise etwas Wichtiges stecken könnte, Monsieur Passepartout? Vielleicht reist Ihr Herr in geheimer diplomatischer Mission«, sagte Mr Fix.

»Meiner Treu, Mister Fix, daran habe ich noch gar nicht gedacht. Doch es ist mir, ehrlich gesagt, auch ganz egal.«

Seit dieser Begegnung führten Passepartout und Fix öfter Gespräche.

Der Detektiv legte es darauf an, sich mit dem Diener des Mr Fogg ein wenig anzufreunden. Die Bekanntschaft könnte sich bei passender Gelegenheit als nützlich erweisen. Er lud den jungen Mann an der Bar der *Mongolia* zu Whisky und Bier ein und nahm auch Gegeneinladungen an. Passepartout wiederum fühlte sich durch die Bekanntschaft mit dem ehrenwerten Gentleman geschmeichelt.
Der Dampfer kam rasch vorwärts. Am 13. Oktober fuhr er an Mekka vorüber, dessen zerfallene Stadtmauern von grünen Dattelhainen umgürtet wurden. Weit hinten in den Bergen lagen ausgedehnte Kaffeeplantagen. Passepartout fand, dass die berühmte Stadt recht hübsch aussähe, wenn sie ihn auch wegen der kreisrunden Stadtmauern an eine Kaffeetasse erinnerte, zumal das zerstörte Außenfort gut als Henkel gelten konnte.
In der folgenden Nacht passierte die *Mongolia* die Meerenge von Bab el-Mandeb, was so viel wie *Tränenpforte* bedeutet.
Am nächsten Tag, dem 14. Oktober, ging das Schiff doch noch am *Steamer Point* nordwestlich der Reede von Aden vor Anker, um reichlich Brennstoff aufzunehmen.
Die Beschaffung der Feuerung für die Dampfschiffe war mit Schwierigkeiten verbunden, besonders wenn die Kohle aus großer Entfernung zu den Anlegestellen geschafft werden musste. Allein die *Peninsular Company* gab jährlich 800 000 Pfund für Heizmaterial aus. Man hatte nun schon Vorratslager in etlichen Häfen angelegt, aber der Kohlepreis an den entlegeneren Punkten der Erde betrug doch neunzehn Shilling pro Tonne.
Vor der *Mongolia* lag nunmehr die 1 650 Meilen lange Strecke nach Bombay. Man rechnete mit einem Aufenthalt von vier Stunden, bis genügend Kohle geladen wäre. Mr Foggs Programm wurde von diesem Zeitverlust nicht berührt; er hatte ihn bereits einkalkuliert. Abgesehen davon war die *Mongolia* schon am Nachmittag des 14. Oktober und nicht erst fahrplanmäßig am Morgen des 15. Oktober in Aden eingetroffen. Das bedeutete für Mr Fogg einen Zeitgewinn von fünfzehn Stunden.
Mr Fogg und sein Diener gingen an Land und Fix folgte ihnen unbemerkt. Phileas Fogg besorgte sich wieder eine Eintragung in seinen Pass, kehrte

aufs Schiff zurück und setzte die begonnene Whist-Partie fort. Passepartout blieb wie üblich noch ein bisschen in der Stadt und bestaunte das bunte Rassengemisch, das die Bevölkerung von Aden bildet. Die 25 000 Einwohner der Stadt setzten sich aus Banianen, das sind Angehörige eines Somali-Stammes, und aus Parsen, Juden, Arabern und Europäern zusammen. Passepartout besichtigte die Befestigungsanlagen, die aus Aden das Gibraltar des Indischen Ozeans machen, und schließlich ging er noch zu den großartigen Zisternen, an denen zweitausend Jahre nach König Salomos Ingenieuren jetzt englische Techniker arbeiteten.
»Wirklich erstaunlich«, sagte Passepartout. »Eines habe ich dazugelernt: Wenn man etwas Neues kennen lernen will, muss man reisen.«
Um 6 Uhr abends lichtete die *Mongolia* die Anker und kurz darauf glitt sie schon durch die Gewässer des Indischen Ozeans. Der Fahrplan gestand ihr für die Strecke Aden–Bombay 168 Stunden zu. Glücklicherweise war das Meer ruhig. Der stetige Nordwestwind erlaubte ein Setzen der Segel, sodass das Schiff mit doppelter Kraft vorankam.
Die schwere Kohleladung verhinderte jetzt weitgehend das lästige Schlingern des Dampfers. Die Damen erschienen in aufgefrischten Toiletten wieder an Deck und das gesellige Bordleben bekam neuen Auftrieb.
Die Reise verlief unter einem günstigen Stern. Selbst Passepartout war zufrieden, zumal ihm das Schicksal in Gestalt des Mr Fix einen liebenswürdigen Reisegefährten beschert hatte.
Am Sonntag, dem 20. Oktober, kam gegen Mittag die indische Küste in Sicht. Zwei Stunden später war der Lotse an Bord der *Mongolia*. Am Horizont zog sich eine anmutige Hügelkette entlang und bald konnten die Reisenden deutlich die langen Reihen von Palmen im Stadtbild erkennen. Der Dampfer schwenkte die Reede von Bombay an, die aus den Inseln Salsette, Kolaba, Elephanta und Butcher gebildet wird. Um 4 Uhr und 30 Minuten nachmittags legte die *Mongolia* am Kai von Bombay an.
Die *Mongolia* wurde am 22. Oktober erwartet. Man schrieb aber erst den 20. Oktober. Phileas Fogg hatte somit seit der Abreise aus London zwei Tage gutgemacht, die er fein säuberlich in der »Gewinnspalte« seines Reiseplanes vermerkte.

Im zehnten Kapitel

muss Passepartout zufrieden sein nicht mehr als seine Schuhe zu verlieren

Wie man weiß, erstreckt sich Indien – ein riesiges auf der Spitze stehendes Dreieck – über eine Fläche von 1 400 000 Quadratmeilen. 180 Millionen Menschen leben ungleichmäßig verteilt in diesem Gebiet. Über einen Teil dieses unermesslichen Landes herrscht fast souverän die britische Regierung. Sie hat einen Generalgouverneur in Kalkutta eingesetzt, dem weitere Gouverneure in Madras, Bombay und Bengalen sowie ein Vizegouverneur in Agra unterstehen.

Genau genommen umfasst das britische Indien nur eine Fläche von 700 000 Quadratmeilen, die von etwa 110 Millionen Menschen bevölkert werden. Damit ist noch immer ein beträchtlicher Teil des Landes der Herrschaft der Königin von England entzogen. Im Innern haben sich einige gefürchtete Hindu-Radschas sogar die vollständige Unabhängigkeit bewahrt.

Im Jahre 1756 entstand die erste englische Niederlassung im Gebiet der heutigen Stadt Madras. Von diesem Zeitpunkt an bis zum Ausbruch des großen Sepoy-Aufstandes war die berühmte Ostindische Handelskompanie allmächtig. Sie hatte eine Provinz nach der anderen in Besitz genommen, indem sie den Radschas Renten versprach, die aber nur spärlich oder gar nicht gezahlt wurden. Die Handelskompanie ernannte den Generalgouverneur und alle Zivilangestellten und

Militärs. Zum Zeitpunkt unserer Erzählung war die Gesellschaft bereits aufgelöst und die englischen Besitzungen in Indien unterstanden direkt der Krone.
Sitten und Gebräuche, die ethnische Verteilung auf der riesigen Halbinsel ändern sich mit jedem Tag. Früher reiste man hier mit höchst altertümlichen Beförderungsmitteln; man wanderte zu Fuß, benutzte Pferde, Kutschen, vierrädrige oder zweirädrige Wägelchen und Tragesel oder auch den Rücken eines Eingeborenen. Inzwischen gibt es nun Dampfschiffe, die den Indus und den Ganges mit hoher Geschwindigkeit befahren, und auch eine Eisenbahnlinie, die den gesamten indischen Kontinent durchquert. Sie hat mehrere Nebenlinien und bewältigt die Reise von Bombay nach Kalkutta in drei Tagen. Allerdings verläuft die Eisenbahnstrecke nicht schnurgerade. In der Luftlinie beträgt die Entfernung zwischen ihren Endstationen nicht mehr als 1 000 bis 1 100 Meilen und selbst bei mittlerer Geschwindigkeit würde ein Zug keine vollen drei Tage dafür brauchen. Tatsächlich macht die Eisenbahn aber einen Umweg über das hoch gelegene Allahabad im Norden der Halbinsel, wodurch sich die Fahrzeit um ein Drittel verlängert.
Zum besseren Verständnis wollen wir an dieser Stelle einen Überblick über die Hauptstationen der *Great-Indian-Peninsular*-Eisenbahnlinie geben: Sie hat ihren Ausgangspunkt in der Inselstadt Bombay, durchquert die Insel Salsette, gelangt gegenüber von Thana auf das Festland, klettert über die Gebirgskette des West-Ghats, läuft in nordöstlicher Richtung über Burhanpur durch das fast unabhängige Gebiet von Bundelkhand, steigt hinauf nach Allahabad, macht einen scharfen Knick nach Osten, trifft in Benares auf den Ganges, weicht wieder leicht vom Flusslauf ab und geht in südöstlicher Richtung über Burdwan und das französische Chandernagor hinunter zur Endstation Kalkutta.
Die *Mongolia* begann um 4.30 Uhr nachmittags mit der Ausschiffung ihrer Passagiere. Der Zug nach Kalkutta ging aber erst um 8 Uhr abends ab.
Mr Fogg nahm inzwischen Abschied von seinen Whist-Partnern und

trug seinem Diener einige Besorgungen auf. Wie stets ermahnte er den Burschen auch diesmal pünktlich vor Abfahrt des Zuges am Bahnhof zu sein. Dann lenkte er seine auf den Millimeter genau bemessenen Schritte zum Passamt.

Den Sehenswürdigkeiten von Bombay schenkte er nicht einen Blick. Ihn interessierten weder das Rathaus und die berühmte Bibliothek noch die Befestigungsanlagen und der Hafen. Was kümmerten ihn die Basare, der Baumwollmarkt, die Moscheen, die Synagogen, die armenischen Kirchen und die herrliche Pagode vom Malabar Hill mit ihren beiden vieleckigen Türmen! Er besuchte nicht einmal die Meisterwerke von Elephanta und die geheimnisvollen Grabgewölbe im Südostzipfel der Reede und er fuhr auch nicht hinüber auf die Insel Salsette, um dort die bewundernswerten Zeugnisse buddhistischer Kunst, die Kanheri-Grotten, zu besichtigen.

Nichts von alledem! Mr Fogg hatte nur zwei Dinge im Sinn: den Stempel von Bombay für seinen Reisepass und eine gute Mahlzeit.

Daher begab er sich vom Passamt direkt zur Bahnstation, wo er das Restaurant aufsuchte. Der Oberkellner empfahl ihm angelegentlich eine Art Kaninchenfrikassee.

Das Essen wurde serviert und Phileas Fogg kostete vorsichtig. Trotz der gut gewürzten Sauce schmeckte das Gericht abscheulich.

Mr Fogg verlangte den Oberkellner. Strengen Blickes fragte er: »Das ist Kaninchenfleisch?«

»Was denn sonst, Mylord! Das ist Wildkaninchen«, antwortete der Bursche unverfroren.

»Und das Kaninchen hat bestimmt nicht miaut, als es getötet wurde?«

»Miaut! Mylord, ich muss doch sehr bitten! Ich schwöre Ihnen, dass es sich um Kaninchenfleisch handelt.«

»Schwören Sie lieber nicht, Herr Ober«, sagte Mr Fogg kühl. Und er fügte hinzu: »Früher einmal galten die Katzen in Indien als heilige Tiere. Das waren noch gute Zeiten.«

»Für die Katzen, Mylord?«

»Vielleicht für den Reisenden.«

Nach dieser Bemerkung widmete sich Phileas Fogg seelenruhig seiner Mahlzeit.
Detektiv Fix hatte kurz nach Mr Fogg die *Mongolia* verlassen. Er war sofort zum Polizeichef vom Bombay geeilt und hatte sich ausgewiesen und von seinem Sonderauftrag berichtet. Seine erste Frage galt natürlich dem Haftbefehl für Phileas Fogg. Aus London war nichts eingetroffen. Genau betrachtet konnte das Papier auch gar nicht da sein, denn es war auf jeden Fall erst nach Mr Foggs Aufbruch abgeschickt worden.
Damit fiel der schöne Plan des Detektivs ins Wasser. Fix versuchte bei den Behörden in Bombay einen Haftbefehl für den bewussten Fogg zu erwirken, aber der Polizeichef lehnte das Ansinnen ab. Die ganze Angelegenheit betraf seinen Londoner Kollegen und er allein konnte den Haftbefehl ausstellen. Die Engländer sind berühmt für ihre Prinzipientreue in Rechtsfragen schlechthin und ganz besonders, wenn es um die Wahrung der persönlichen Freiheit geht.
Fix drängte nicht länger. Er begriff, dass ihm nichts weiter übrig blieb, als auf das Dokument aus London zu warten. Er beschloss aber den unzugänglichen Burschen auf Schritt und Tritt in Bombay zu überwachen.
Im Übrigen war der Detektiv nicht allzu besorgt wegen der Wartezeit auf den Haftbefehl. Er teilte Passepartouts Überzeugung, dass Phileas Fogg in Bombay bleiben werde.
Inzwischen hatte der Diener allerdings aus Mr Foggs Anordnungen schließen können, dass sich das Spielchen von Paris und Suez wiederholen werde, die Reise also weiterginge – zunächst nach Kalkutta und wer weiß, wohin danach. Allmählich begann er schon an den Ernst jener verrückten Wette zu glauben. Sollte ihn, der nichts als die Ruhe gesucht hatte, ein grausames Schicksal tatsächlich in 80 Tagen um den Erdball jagen?
Zunächst aber hatte er wieder Hemden und Socken zu besorgen. Danach sah er sich ein bisschen in Bombay um. Auf den Straßen herrschte ein unbeschreibliches Menschengewimmel. Neben Europäern drängten sich Perser mit spitzen Mützen, Banianen mit rundem

Turban, Sindhis mit viereckiger Kopfbedeckung, Armenier in langen Gewändern und Parsen mit hohen schwarzen Mützen. Diese Parsen oder auch *Gebern,* wie sich die Nachkommen der Anhänger Zoroasters nennen, begingen gerade einen Festtag. Zu ihrer Kaste gehören die reichsten eingeborenen Kaufleute von Bombay und man betrachtete sie im Allgemeinen als die fleißigste, klügste, kultivierteste und sittenstrengste Gruppe unter den Hindus.

Zu den Festveranstaltungen dieses Tages gehörten feierliche Umzüge und Tanzvorführungen, bei denen auch Bajaderen auftraten. Die Mädchen trugen rosafarbene, gold- und silberdurchwirkte Schleiergewänder und führten ihre anmutigen und, nebenbei gesagt, wohlanständigen Tanzschritte zum Klang von Saiteninstrumenten und Tamburinen aus.

Angesichts dieser Herrlichkeiten sperrte Passepartout Mund und Augen auf, sodass er wie ein echter Einfaltspinsel aussah.

Seine Neugier war so groß, dass sie den Reiseplänen seines Herrn fast zum Verhängnis wurde.

Passepartout war vom Schauplatz des Parsen-Festes aufgebrochen, um zur Bahnstation zurückzukehren, da stand er plötzlich vor der berühmten Pagode vom Malabar Hill und hatte den unglückseligen Einfall sich das Gebäude von innen zu beschauen.

Zwei Dinge hätte er wissen müssen: Erstens ist das Betreten gewisser Bethäuser der Hindus für Christen grundsätzlich untersagt und zweitens dürfen selbst die Gläubigen nur barfuß in diese Häuser eintreten, müssen also das Schuhwerk vor der Tür ablegen.

Passepartout hatte nichts ahnend das Bethaus betreten und bewunderte nun wie alle Touristen die prächtige Innenausstattung, bei der die brahmanischen Künstler nicht mit Flittergold gespart hatten. Plötzlich stürzten sich drei Priester flammenden Blickes auf den Eindringling, warfen ihn im Handumdrehen platt auf die geheiligten Fliesen und rissen ihm Socken und Schuhe von den Füßen. Zu allem Überfluss fingen sie auch noch an wilde Schreie auszustoßen und Passepartout mit den Fäusten zu bearbeiten.

Der kräftige und geschickte Franzose war aber gleich wieder auf den

Beinen. Ein Fußtritt und ein Fausthieb, und schon flogen zwei seiner Gegner zur Seite. Obendrein verhedderten sie sich in ihren langen Priestergewändern. Inzwischen gab Passepartout Fersengeld und entwischte auch dem dritten Priester, der noch ein Weilchen hinter ihm herrannte und die gaffende Menge aufhetzte.

Barhaupt und barfüßig und natürlich ohne seine Einkäufe stürzte der Unglückselige fünf Minuten vor 8 Uhr, also kurz vor Abgang des Zuges, in die Bahnhofshalle.

Mr Fix stand schon auf dem Bahnsteig. Er war Mr Fogg hinterhergeschlichen und hatte einsehen müssen, dass der Mann keineswegs in Bombay zu bleiben gedachte. Wieder fasste der Detektiv einen schnellen Entschluss. Ihm blieb nichts weiter übrig, als bis nach Kalkutta und womöglich noch weiter mitzureisen. Zunächst hielt er sich ein wenig abseits, sodass er von Passepartout nicht gesehen wurde, aber doch mit anhören konnte, wie der Diener seinem Herrn von dem Abenteuer in der Malabar-Hill-Pagode berichtete.

Mr Foggs Kommentar war denkbar kurz.

»Ich hoffe, so etwas wird nicht noch einmal passieren«, sagte er und stieg in den Zug.

Der arme Bursche war noch so verwirrt, dass er kein Wort erwidern konnte. Ihm blieb nichts weiter übrig, als barfüßig hinter seinem Herrn in das Abteil zu klettern.

Fix hatte geplant in einem anderen Wagen zu reisen. Plötzlich kam ihm eine glänzende Idee.

Ich bleibe hier, dachte er. Jetzt habe ich endlich, was ich brauche: Ein Delikt, auf indischem Staatsgebiet begangen . . . Der Kerl ist mir sicher!

Im selben Augenblick hörte man schon das schrille Pfeifen der Lokomotive und gleich darauf verschwand der Zug in der Dunkelheit.

Im elften Kapitel

muss Phileas Fogg unverhältnismäßig viel Geld für ein Reittier ausgeben

Der Zug war pünktlich in Bombay abgefahren. Unter den Reisenden sah man Touristen, ein paar Offiziere und Verwaltungsbeamte und einige Opium- und Indigo-Händler, die aus geschäftlichen Gründen in den Osten der indischen Halbinsel fuhren.

Passepartout und sein Herr reisten im selben Abteil. Ein dritter Fahrgast saß ihnen gegenüber auf einem der Fensterplätze.

Es war der Brigadegeneral Sir Francis Cromarty, der zu seiner Truppeneinheit in der Nähe von Benares zurückkehrte. Während der Schiffsreise von Suez nach Bombay hatte er zu Mr Foggs Whist-Partnern gehört.

Der General war groß und blond und mochte etwa 50 Jahre alt sein. Er hatte sich während des letzten Sepoy-Aufstandes durch Tapferkeit ausgezeichnet und war – mit Ausnahme einiger kurzer Aufenthalte im Mutterland – seit früher Jugend nicht aus Indien herausgekommen. Kein Wunder, dass er sich in der Geschichte, in den Sitten und politischen Verhältnissen Indiens bestens auskannte. Phileas Fogg hätte von ihm viel Wissenswertes erfahren können, aber unser Gentleman tat den Mund nicht auf. Er reiste ja auch gar nicht – er war ein Schwerkörper, der entsprechend den Gesetzen der Bewegungslehre eine Erdumkreisung vollzog. Wieder einmal überschlug er im Geist die Stundenzahl, die ihn die Reise bisher gekostet hatte. Wäre er nicht

gar so sparsam in den Bewegungen gewesen, hätte er sich jetzt zufrieden die Hände reiben können.
Schon auf dem Schiff zwischen den einzelnen Whist-Partien war Sir Francis Cromarty das sonderbare Gehabe seines Reisegefährten aufgefallen. Der General fragte sich, ob hinter der starren Hülle dieses Mannes überhaupt ein Herz schlug und ob Mr Fogg fähig wäre Naturschönheiten oder menschliche Regungen zu empfinden. Der General hatte schon so manches Original kennen gelernt, aber dieses vollkommene Produkt naturwissenschaftlicher Kalkulation war einmalig.
Phileas Fogg hatte dem General übrigens von seinem Reiseprojekt und der damit verbundenen Wette erzählt. Sir Francis Cromarty konnte den Sinn der ganzen Geschichte nicht begreifen, denn ihr fehlte es offensichtlich an jenem *transire benefaciendo,* das die Handlungen vernunftbegabter Wesen bestimmen sollte. Wenn der verschrobene Mr Fogg so wie bisher weiterreiste, konnte weder für ihn noch für seine Mitmenschen etwas Nützliches dabei herauskommen.
Eine Stunde nach der Abfahrt hatte der Zug über etliche Viadukte bereits die Insel Salsette überquert und rollte auf das Festland. Bei der Station Kalyon ließ er die Abzweigungsstrecke von Kandallah und Puna, die in südöstlicher Richtung verläuft, rechts liegen. Stattdessen ging es geradewegs nach Powell und von dort aus in die weit verzweigten West-Ghats. Die Gebirgskette besteht aus Trapp und Basaltgestein und ist bis zu den höchsten Gipfeln mit dichten Laubwäldern bedeckt.
Ab und zu wechselten Sir Francis Cromarty und Phileas Fogg ein paar Worte, aber eine richtige Unterhaltung kam nicht zu Stande. Daher war der General froh, dass ihm bei der Einfahrt ins Gebirge ein neues Gesprächsthema einfiel.
»Noch vor wenigen Jahren wäre Ihr Reiseplan an dieser Stelle gescheitert, Mr Fogg«, sagte er.
»Und warum, Sir Francis?«
»Die Eisenbahnlinie reichte damals nur bis zum Fuß des Gebirges. Dann ging es im Tragesel oder auf dem Ponyrücken weiter bis hinüber nach Kandallah.«

»So eine Verzögerung wäre nicht das Schlimmste. Bei der Aufstellung meines Planes habe ich dergleichen Zeitverluste einkalkuliert«, antwortete Phileas Fogg.

»Immerhin hätte Ihnen das Abenteuer Ihres Dieners erhebliche Unannehmlichkeiten bereiten können.«

Passepartout hatte die Füße in eine Reisedecke gewickelt und war in tiefen Schlaf gefallen. Er ahnte nicht, dass von ihm die Rede war.

»Die englische Regierung bestraft solche Delikte sehr streng«, begann Sir Francis Cromarty noch einmal. »Wir sind der Meinung, dass die religiösen Bräuche der Hindus unbedingt respektiert werden müssen. Wenn man Ihren Diener erwischt hätte . . .«

». . . dann wäre er eben ins Gefängnis gegangen und nach Verbüßung seiner Strafe nach Europa zurückgefahren. Mich selbst hätte dieser Zwischenfall schwerlich aufhalten können.«

Damit war der Gesprächsstoff wieder einmal erschöpft. Während der Nachtstunden kletterte der Zug hinauf ins Gebirge, passierte Nasik und rollte am nächsten Tag, dem 21. Oktober, wieder hinunter in die Ebene von Khandesch. Die Felder waren hier sorgfältig bestellt und wurden gelegentlich von kleinen Ortschaften unterbrochen, in denen die Minarette der Pagoden die Stelle unserer Kirchtürme einnahmen. Flüsschen, die meist in den Godawari mündeten, sorgten für die Bewässerung des fruchtbaren Landes.

Passepartout war inzwischen wieder aufgewacht. Er schaute hinaus. Noch immer konnte er nicht fassen, dass er in einem Zug der *Great-Indian-Peninsular*-Eisenbahngesellschaft saß und das Land der Hindus durchquerte. Und doch träumte er nicht! Die Lokomotive, die von der kundigen Hand eines Engländers gesteuert und mit englischer Steinkohle geheizt wurde, hüllte Baumwoll- und Kaffeepflanzungen, rote Pfeffersträucher und Muskat- und Gewürznelkenbäume in ihre Rauchschwaden. Ihr Dampf ringelte sich in Spiralen um hohe Palmen, zwischen denen malerische Hütten und so genannte Viharis, verlassene Klöster, auftauchten. Der Zug flog an herrlichen Tempeln vorbei, die von der hohen Kunstfertigkeit der indischen Baumeister zeugten, er drang in ungeheuer weitläufige Dschungel ein und erschreckte

Schlangen und Tiger mit seinem Schnaufen. Dann wieder durchschnitt der Schienenstrang Wälder, in denen noch Elefanten lebten, die dem vorüberbrausenden Ungeheuer erstaunt nachblickten.
Nach einem Aufenthalt in Malligaum ging die Reise während der Vormittagsstunden durch ein Gebiet, dem die mordlustigen Sektenbrüder der Göttin Kali traurige Berühmtheit verschafft hatten. Von hier ist es gar nicht weit zu den herrlichen Pagoden von Ellora und nach Aurangabad, der Hauptstadt des einst so furchtbaren Aurangseb. Der berühmte Ort war allerdings inzwischen zu einer Provinzhauptstadt des Nizam-Reiches herabgesunken. In diesem Landstrich hatte Feringhea, das Oberhaupt der *Würger,* seine schreckliche Herrschaft ausgeübt. Die Thags, die Anhänger seiner Sekte, erwürgten zu Ehren der Todesgöttin Menschen aller Altersstufen, ohne jemals einen Tropfen Blut zu vergießen. Es gab Zeiten, da man hier auf Schritt und Tritt vergrabene Leichen fand. Die englische Regierung hat die Mordtaten zwar einschränken, aber bis zum heutigen Tage nicht ganz unterbinden können.
Um 12.30 Uhr mittags hielt der Zug an der Station von Burhanpur. Passepartout nutzte die Gelegenheit ein Paar Pantoffeln zu erstehen. Der Preis war unglaublich hoch und die Verzierung der Schuhe bestand aus falschen Perlen, aber Passepartout betrachtete seine Erwerbung voller Stolz.
Die Reisenden nahmen noch rasch eine kleine Mahlzeit zu sich, bestiegen wieder den Zug und weiter ging die Fahrt. Zunächst folgten die Schienen dem Lauf des Tapti, der in der Nähe von Surat in den Golf von Kambay mündet, bogen aber bald nach Asirgarh ab.
Wir sollten jetzt vielleicht erwähnen, dass sich in Passepartout eine erstaunliche Sinneswandlung vollzogen hatte. Bis zur Ankunft in Bombay hatte er gehofft, der Spuk werde nun bald ein Ende nehmen. Seitdem er aber mit Volldampf über den indischen Kontinent ratterte, sah er die Reise in einem neuen Licht. Der frische Unternehmungsgeist seiner Jugendjahre wurde wieder erweckt und er begann die Pläne seines Herrn ernst zu nehmen. Vielleicht hatte Mr Fogg tatsächlich diese komische Wette abgeschlossen und sorgte sich mit gutem

Grund um die Einhaltung des Zeitplanes? Schon dachte Passepartout voller Unruhe an alle möglichen Hindernisse, die ihnen noch auf der Reiseroute begegnen könnten. Plötzlich fühlte er sich an der Wette beteiligt und bekam noch nachträglich Gänsehaut, wenn er an seine unverzeihliche Dummheit in Bombay und ihre möglichen Folgen dachte. Da er längst nicht so phlegmatisch wie Mr Fogg war, machte er sich auch mehr Sorgen. Immer wieder zählte er die bereits verflossenen Tage, verfluchte jeden Aufenthalt in einer Station, schimpfte über die Langsamkeit des Zuges und war zornig, dass Mr Fogg dem Lokomotivführer keine Belohnung für schnelleres Fahren ausgesetzt hatte. Die treue Seele vergaß, dass man dieses Verfahren vielleicht auf einem Dampfschiff anwenden kann, aber nicht bei der Eisenbahn, die sich an genau vorgeschriebene Geschwindigkeiten halten muss.

Gegen Abend war der Zug schon im schluchtenreichen Satpura-Bergland, das die Grenze zwischen Khandesch und Bundelkhand bildet.

Am nächsten Tag, dem 22. Oktober, erwähnte Sir Francis Cromarty einmal beiläufig die Uhrzeit. Passepartout warf einen Blick auf sein Erbstück.

»Genau 3 Uhr früh«, verkündete er. Das kostbare Stück war noch immer nach der Ortszeit von Greenwich eingestellt und ging um fünf Stunden nach. So viel machte die Verschiebung um 77 Längengrade aus.

Sir Francis berichtigte Passepartouts Zeitangabe und versuchte, wie schon Mr Fix in Suez, die Zusammenhänge zu erklären. Er wollte dem jungen Franzosen begreiflich machen, dass er seine Uhr auf jedem Meridian neu stellen müsse, denn man reiste in östlicher Richtung, also der Sonne entgegen, und jeder Tag wurde um viermal so viele Minuten kürzer, wie man Längengrade überschritten hatte. Vergebens! Der dickköpfige Bursche wollte nicht begreifen und versteifte sich darauf, die Londoner Uhrzeit beizubehalten. Ein kindlicher Tick, der niemandem weh tat!

Um 8 Uhr früh, etwa fünfzehn Meilen von der Station Rothal, hielt der Zug in einer weiten Lichtung, auf der einige Bungalows und Arbeiterhütten standen. Der Zugführer rannte an den Wagen entlang und rief immer wieder: »Alles aussteigen! Der Zug endet hier!«

Phileas Fogg schaute Sir Francis Cromarty fragend an, aber auch der General wusste nicht, was dieser Halt mitten in einem Tamarinden- und Akazienwald bedeuten sollte.
Passepartout war nicht weniger verblüfft als die beiden Herren, rannte am Zug entlang, kam aber augenblicklich zurück.
»Mr Fogg, es gibt keine Eisenbahn mehr!«, schrie er.
»Was soll das heißen?«, fragte Sir Francis Cromarty.
»Es heißt, dass die Bahnlinie hier endet.«
Jetzt stieg auch der Brigadegeneral aus und Mr Fogg folgte dem Offizier ohne ersichtliche Eile. Die beiden Herren wendeten sich an den Zugführer.
»Wo sind wir hier?«, fragte Sir Francis Cromarty.
»In der Siedlung Kholby.«
»Und das soll eine Bahnstation sein?«
»Zweifellos. Die Eisenbahnlinie ist eben noch nicht fertig.«
»Was wollen Sie damit sagen? Nicht fertig!«
»Auf den nächsten 50 Meilen bis Allahabad fehlen noch die Schienen. Von dort ab ist die Strecke unvollständig.«
»Aber die Zeitungen haben doch von der Eröffnung der gesamten Bahnlinie berichtet.«
»Ach, Herr General, die Zeitungen berichten viel!«
»Wie können Sie denn dann Fahrkarten von Bombay nach Kalkutta verkaufen?«, brüllte er.
»Die Reisenden wissen doch alle, dass sie sich selbst irgendwie über die Strecke von Kholby nach Allahabad helfen müssen.«
Sir Francis Cromarty verlor die Fassung und Passepartout hätte den Zugführer umbringen können, obwohl der Mann unschuldig war. Er wagte überhaupt nicht seinen Herrn anzuschauen.
Doch Mr Fogg blieb ruhig.
»Sir Francis«, sagte er, »wenn Sie nichts dagegen haben, werden wir uns jetzt um ein Transportmittel nach Allahabad bemühen.«
»Und was wird aus Ihrem Reiseplan, Mister Fogg?«
»Diese Verzögerung war einkalkuliert, Sir Francis.«
»Wie? Sie wussten, dass die Bahnlinie . . .?«

»Ich wusste gar nichts, musste aber früher oder später mit einem Hindernis auf meinem Weg rechnen. Noch ist nichts verloren. Ich habe zwei Tage Vorsprung, die ich notfalls opfern kann. Der Dampfer nach Hongkong geht am 25. in Kalkutta ab. Heute ist erst der 22., ich habe also Zeit.« Gegen diese überzeugende Erklärung war nichts weiter einzuwenden.

Die Arbeiten an der Bahnlinie hörten tatsächlich an diesem Punkt auf. Die Zeitungen betragen sich gern wie gewisse Uhren: Sie gehen vor. Und so war es zu der voreiligen Ankündigung von der Fertigstellung der Eisenbahnlinie gekommen. Die meisten Reisenden wussten tatsächlich, dass die Strecke noch unterbrochen war, und hatten sich nach dem Aussteigen sofort sämtlicher Fahrzeuge und Transportmittel bemächtigt, die in dem kleinen Nest aufzutreiben waren. Sie benutzten vierrädrige Palankins oder Karren, die von Zebu-Rindern gezogen wurden, Reisekutschen, die wie transportable Pagoden aussahen, und Tragsessel und Ponys.

Mr Fogg und Sir Francis Cromarty kamen zu spät; alle Transportmittel waren vergeben.

»Ich gehe zu Fuß«, verkündete Mr Fogg.

Passepartout zog bei den Worten seines Herrn eine Grimasse. Ihm waren seine wunderschönen, aber für einen Fußmarsch gänzlich ungeeigneten Pantöffelchen eingefallen. Glücklicherweise konnte er einen Gegenvorschlag machen. Er war allein auf Entdeckungsfahrt gegangen und sagte jetzt zögernd:

»Gnädiger Herr, ich wüsste schon, womit wir weiterreisen können.«

»Und das wäre?«

»Ein Elefant. Er gehört einem Inder, der gar nicht weit von hier wohnt.«

»Wir wollen uns den Elefanten anschauen«, sagte Mr Fogg.

Fünf Minuten später standen Phileas Fogg, Sir Francis Cromarty und Passepartout vor einer Hütte, an die sich ein freier Platz anschloss, der von einer hohen Palisadenwand umgeben war. In der Hütte fanden sie einen Inder und hinter der Wand einen Elefanten. Auf ihre Bitte führte sie der Mann in die Umzäunung.

Sie standen nun dem halbgezähmten Tier gegenüber, das von seinem

Herrn nicht zum Lastentransport, sondern als Kampfelefant abgerichtet wurde. Um das Ziel zu erreichen, musste das von Natur aus freundliche Tier durch eine dreimonatige Spezialfütterung mit Zucker und Butter in einen Erregungszustand versetzt werden, den die Inder *mutsh* nennen. Diese Behandlung mag uns ein wenig seltsam vorkommen; die Elefantenabrichter erzielten damit aber gute Erfolge.

Zu Mr Foggs Glück war der Elefant erst seit kurzem seiner Sonderdiät unterworfen und der *mutsh* noch nicht zum Durchbruch gekommen. Kiuni – so wurde das Tier genannt – konnte jedenfalls wie alle seine Artgenossen lange Strecken in zügigem Tempo zurücklegen. Mr Fogg hatte keine Wahl, er musste sich mit diesem Tier abfinden.

Es gibt nicht mehr viele Elefanten und sie sind entsprechend teuer. Das gilt besonders für Bullen, denn sie allein lassen sich für Zirkuskampfspiele abrichten. Außerdem hapert es bei dieser Tiergattung in der Gefangenschaft mit dem Nachwuchs, sodass man immer wieder Elefanten in freier Wildbahn einfangen muss.

Die Inder pflegen ihre Zöglinge übrigens auf das Sorgfältigste.

Kiunis Besitzer schlug Mr Foggs Bitte um Überlassung des Tieres rundweg ab.

Mr Fogg gab nicht nach. Er war bereit den Elefanten für 10 Pfund pro Stunde zu mieten. Nein. Für 20 Pfund? Niemals. Für 40 Pfund? Überhaupt nicht.

Bei jedem neuen Angebot zuckte Passepartout heftig zusammen. Der Inder war nicht zu bestechen.

Dabei bot man ihm doch schon einen ansehnlichen Batzen Geld. Angenommen, der Elefant brauchte für den Weg nach Allahabad fünfzehn Stunden, dann könnte sein Besitzer immerhin 600 Pfund kassieren.

Phileas Fogg behielt die Ruhe. Er erbot sich jetzt das Tier für 1 000 Pfund zu kaufen.

Der Inder blieb hart. Vielleicht witterte er auch ein ganz großes Geschäft.

Sir Francis Cromarty zog Mr Fogg beiseite und bat ihn sich die ganze Angelegenheit noch einmal gut zu überlegen, ehe er so viel Geld aufs

Spiel setzte. Phileas Fogg entgegnete, dass er niemals unüberlegt handelte. Schließlich ginge es um eine Wette über 20 000 Pfund und er müsse den Elefanten haben, koste er, was er wolle.
Mr Fogg wendete sich wieder an den Inder, dessen kleine Augen begehrlich funkelten. Für den Mann war das Ganze offenbar nur noch eine Preisfrage. Phileas Fogg bot jetzt hintereinander 1 200, 1 500, 1 800 und schließlich 2 000 Pfund. Passepartouts frisches rotes Gesicht war vor Aufregung bleich geworden.
Bei 2 000 Pfund ergab sich der Inder.
»Bei meinen Pantoffeln«, schrie Passepartout, »das nenne ich teures Elefantenfleisch!«
Der Handel war perfekt. Jetzt brauchte man noch einen Elefantentreiber. Der stellte sich auch sogleich in Gestalt des intelligent aussehenden jungen Parsen ein. Mr Fogg war mit dem jungen Menschen einverstanden und bot ihm einen reichlich bemessenen Lohn, wodurch sich die Intelligenz des Burschen gleich noch einmal verdoppelte.
Umgehend wurde der Elefant für die Reise gerüstet. Der Parse verstand sich ausgezeichnet auf das Handwerk des Elefantentreibers oder *Mahaut,* wie die Inder sagen. Er warf dem Tier eine Schabracke über den Rücken und befestigte an seinen Flanken Tragstühle, die nicht sonderlich bequem aussahen.
Phileas Fogg holte ein Bündel Banknoten aus der berühmten Reisetasche und reichte sie dem ehemaligen Besitzer des Elefanten. Passepartout machte dazu ein Gesicht, als risse man ihm das Geld aus dem Leibe.
Darauf lud Mr Fogg den Brigadegeneral ein mit ihm zusammen nach Allahabad zu reiten. Sir Francis Cromarty sagte nicht Nein. Dem riesigen Dickhäuter würde eine Person mehr auf dem Rücken auch nichts ausmachen. Schließlich kaufte die Reisegesellschaft noch etwas Proviant ein und dann nahmen Sir Francis Cromarty und Phileas Fogg ihre Plätze in den Tragstühlen ein. Passepartout thronte rittlings zwischen seinem Herrn und dem Brigadegeneral auf dem Rücken des Elefanten und der Parse hockte im Genick des Tieres. Um 9 Uhr war es so weit: Die Reisegesellschaft verließ Kholby und verschwand schon bald im dichten Fächerpalmenwald.

Im zwölften Kapitel

lernen Mr Fogg und seine Reisegefährten den indischen Dschungel kennen

Der Elefantentreiber wollte den Weg nach Allahabad abkürzen. Er bog daher von der Bahnstrecke ab, an der die Erdarbeiten noch im Gange waren. Die Erbauer der Bahnlinie mussten die zahlreichen Ausläufer des Vindhja-Berglandes berücksichtigen und allerlei Umwege in Kauf nahmen, die Mr Fogg natürlich gern vermeiden wollte. Der Parse kannte Weg und Steg in dieser Gegend und behauptete, der Ritt quer durch den Dschungel werde die Reise nach Allahabad um zwanzig Meilen verkürzen. Sir Francis Cromarty und Mr Fogg waren mit seinem Vorschlag einverstanden.

Die beiden Herren ragten nur mit dem Kopf aus ihren Tragstühlen. Da der Parse zur Eile antrieb, wurden sie kräftig durchgeschüttelt. Sie ertrugen aber alle Unbequemlichkeiten mit dem Stoizismus echter Engländer. Eine Unterhaltung kam nicht zu Stande, da sie sich nicht sehen konnten.

Passepartout hatte es hoch oben auf dem Rücken des Elefanten noch weit schwerer. Er schaukelte heftig auf und nieder und hielt sich an Mr Foggs Rat ja nicht den Mund aufzutun. Er hätte sich beim Schwatzen zu leicht die Zunge abbeißen können. Bald saß er auf dem Hinterteil des Tieres, bald flog er wieder nach vorn bis zum Hals. Man konnte meinen, er sei ein Clown, der auf dem Trampolin herumhüpf-

te. Zudem blieb er gut gelaunt und zog von Zeit zu Zeit ein Stück Zucker aus der Tasche, das sich der kluge Kiuni mit dem Rüsselende angelte, ohne dabei seine Laufgeschwindigkeit zu vermindern.
Nach zweistündigem Ritt gab der Treiber dem Elefanten das Zeichen zum Halten. Man wollte eine Stunde ausruhen. In der Nähe des Rastplatzes war ein sumpfiges Gewässer, wo das Tier seinen Durst stillen konnte. Danach fraß es große Mengen Grünzeug von den Bäumen und Sträuchern ringsum.
Sir Francis Cromarty war für die Ruhepause dankbar; er fühlte sich vollkommen zerschlagen. Mr Fogg dagegen schien so frisch zu sein, als käme er geradewegs aus dem Bett.
»Hart wie Eisen ist der Mann«, sagte der General und blickte bewundernd zu Phileas Fogg hinüber.
»Wie Stahl«, verbesserte Passepartout, der gerade einen kleinen Imbiss vorbereitete.
Um 12 Uhr gab der Elefantentreiber das Zeichen zum Aufbruch. Die Landschaft wurde zusehends wilder. Große Wälder wechselten mit Hainen ab, in denen Tamarindenbäume und Zwergpalmen wuchsen. Dazwischen ging es dann wieder über staubige Ebenen, in denen nichts als kümmerliches Buschwerk und Gesteinsblöcke zu sehen waren. Nur selten drangen Fremde in diesen Teil des Hochlandes von Bundelkhand ein, denn die Eingeborenenbevölkerung huldigte in religiösem Fanatismus den grausamsten Riten der Hindu-Religion. Die britische Regierung hatte sich hier nicht gegen die Radschas durchsetzen können, die in unzugänglichen Schlupfwinkeln des Vindhja-Berglandes residierten.
Gelegentlich tauchten Banden Furcht erregend aussehender Eingeborener auf, die den Reisenden mit erhobener Faust drohten. Der Elefantentreiber machte um diese Leute nach Möglichkeit einen großen Bogen. Es war besser ihnen nicht zu nahe zu kommen. Tiere gab es in dieser Gegend kaum, allenfalls ein paar Affen, die beim Herannahen der Reisegesellschaft fürchterliche Grimassen schnitten und davonstoben.
Der Franzose wälzte mancherlei Gedanken in seinem Kopfe. Am

meisten beschäftige ihn aber die Frage, was mit dem Elefanten nach der Ankunft in Allahabad geschehen werde. Ob Mr Fogg ihn mitnehmen wollte? Wohl kaum. Zu dem schandbar hohen Kaufpreis nun noch einen nicht minder hohen Transportpreis zahlen – das wäre doch zu viel verlangt! Vielleicht ließ sich das Tier verkaufen? Oder man müsste ihm die Freiheit wiedergeben. Immerhin verdiente der brave Dickhäuter, dass man sich Gedanken über ihn machte. Wenn nun Mr Fogg den Einfall hätte ihm, Passepartout, den Elefanten zu schenken?

Der Diener wurde nicht müde über diese Möglichkeit und ihre Folgen nachzudenken.

Um 8 Uhr abends hatten die Reisenden die höchste Kette des Vindhja-Berglandes hinter sich. Vor einem verfallenen Bungalow am Fuße des Nordhanges wurde Halt gemacht. Der Elefant hatte im Laufe des Tages 25 Meilen zurückgelegt, genau die Hälfte der Strecke nach Allahabad. Die Nacht war kalt und die Reisenden rückten näher an das Feuer, das der Parse aus dürren Zweigen in den Ruinen der Bungalows entfacht hatte. Die Abendmahlzeit bestand aus den Vorräten, die sie in Kholby gekauft hatten. Doch waren alle so erschöpft, dass sie nur lustlos aßen und kaum noch ein paar Worte wechselten, ehe sie in tiefen Schlaf fielen. Kiuni schlief stehend an einen Baumstamm gelehnt und sein Treiber wachte neben ihm.

Die Nacht verlief ohne Zwischenfälle. Manchmal wurde die Stille vom Brüllen der Geparden und Panter zerrissen und dazwischen kreischten Affen. Die Raubtiere ließen es aber bei ihrem Gebrüll bewenden, sodass die Männer im Bungalow unbehelligt blieben.

Sir Francis Cromarty war in den tiefen Schlaf des abgekämpften Kriegers gesunken. Passepartout dagegen schlummerte unruhig. Er erlebte im Traum noch einmal alle Luftsprünge des vergangenen Tages. Mr Fogg aber ruhte friedlich wie in seinem stillen Haus in der Savile Row.

Um 6 Uhr in der Frühe brach die Gesellschaft wieder auf. Ihr Führer hoffte noch gegen Abend in Allahabad zu sein, sodass Mr Fogg nur einen Teil der bisher eingesparten 48 Stunden verlieren würde.

Kiuni trottete jetzt über die letzten Ausläufer des Vindhja-Gebirges bergab. Er behielt immer das gleiche Tempo bei. Gegen Mittag sichteten die Reisenden das Städtchen Kallenger. Es liegt am Cani, der in einen Nebenfluss des Ganges mündet. Der Parse lenkte den Elefanten in einem Bogen um die Ortschaft. Er mied vorsichtshalber alle bewohnten Flecken dieser Gegend; die kahlen Flussniederungen des Ganges schienen ihm sicherer.

Zwölf Meilen vor Allahabad wurde erneut Halt gemacht. Diesmal rastete die Gesellschaft unter Bananenstauden, deren Früchte – will man den Reiseführern glauben – so gesund wie Brot und so nahrhaft wie Rahm sein sollen. Jedenfalls genossen unsere Reisenden die Bananen mit Wohlbehagen.

Um 2 Uhr lenkte der Führer den Elefanten in einen dichten Wald, der sich über etliche Meilen erstreckte und ihm den besten Schutz zu bieten schien. Bisher hatte es zwar keinerlei unliebsame Begegnungen gegeben und er hoffte schon die Reisegesellschaft sicher ans Ziel bringen zu können, da wurde Kiuni plötzlich unruhig und blieb stehen.

Es war 4 Uhr nachmittags.

»Was gibt es?«, fragte Sir Francis Cromarty und reckte den Hals in die Höhe.

»Ich weiß nicht, Herr General«, sagte der Parse. Er lauschte angestrengt und konnte bald ein wirres Geräusch vernehmen. Es kam irgendwoher aus dem Dickicht.

Die Reisenden warteten ein wenig und stellten bald fest, dass der unterdrückte Lärm von menschlichen Stimmen herrührte, unter die sich Klänge von Blasinstrumenten mischten.

Passepartout riss neugierig Augen und Ohren auf. Mr Fogg schwieg und wartete geduldig.

Der Parse aber sprang vom Elefanten ab, band das Tier an einen Baumstamm und verschwand im dichten Unterholz.

Er kam bald zurück und sagte: »Eine brahmanische Prozession kommt unseren Weg entlang. Wir sollten uns lieber verstecken.«

Er band den Elefanten los, führte ihn in ein Gehölz abseits vom Wege

und bat die Reisenden eindringlich in den Sitzen zu bleiben. Er selbst wollte schnell aufspringen, falls die Flucht geraten erschiene. Er hoffte allerdings, dass sie in dem dichten Unterholz unentdeckt blieben.
Der lärmende Zug war schon ganz nahe. Monotone Gesänge mischten sich mit dem Klang der Tamburine und Zimbeln. Die Spitze der Prozession tauchte jetzt unter den Bäumen auf, kaum 50 Schritte vor dem Versteck der Reisegesellschaft.
Durch das Gebüsch hindurch konnte man ganz deutlich die Teilnehmer der seltsamen Prozession beobachten.
Dem Zug voran schritten Priester in langen pelzverbrämten Gewändern und hohen Mützen. Um sie herum drängten sich Männer, Frauen und Kinder, deren Trauergesänge in gleichmäßigen Abständen von Trommel- und Zimbelschlägen unterbrochen wurden. Hinter dieser Gruppe wurde als Nächstes ein Wagen mit einer Furcht erregenden Statue sichtbar. Zwei aufgeputzte Zebu-Paare zogen das Fahrzeug, dessen hohe Räder mit Schlangenmustern geschmückt waren. Die vierarmige Gestalt auf dem Wagen war dunkelrot angemalt. Sie hatte wild blickende Augen und wirres Haar und zwischen den Lippen, die mit Henna und Betel gefärbt waren, reckte sich die Zunge weit heraus. Sie trug ein Halsband aus Totenschädeln und einen Lendengürtel aus abgehauenen Händen. Zu ihren Füßen lag ein enthaupteter Riese.
Sir Francis Cromarty kannte die Bedeutung der Statue.
»Die Göttin Kali«, flüsterte er, »die Göttin der Liebe und des Todes.«
»Todesgöttin – das leuchtet mir ein. Aber Göttin der Liebe? So ein ekelhaftes Weibsbild? Niemals!«, sagte Passepartout.
Der Parse brachte ihn mit einer Handbewegung zum Schweigen.
Mit dem Götzenbild wälzte sich jetzt ein Haufen alter Fakire heran, die Haut mit gelblichen Streifenmustern bemalt und über und über mit kreuzförmigen Einschnitten verletzt, aus denen unablässig Blut tropfte. Es ist bekannt, dass sich diese Leute bei großen Hindu-Festlichkeiten unter die Räder von Krischnas Wagen werfen.
Hinter den Fakiren schritten ein paar Brahmanen in prunkvollen Festgewändern, die zwischen sich eine Frau vorwärts zerrten.

Die Unglückliche war jung und weißhäutig wie eine Europäerin. Unmengen von Schmuckstücken, Halsbändern, Armreifen, Broschen und Ringen, bedeckten Kopf, Hals, Schultern, Ohren, Arme, Hände und Zehen der jungen Frau. Ein schmales golddurchwirktes Gewand, von einem dünnen Überwurf bedeckt, legte sich eng an ihren Körper. Es gab keinen schrecklicheren Gegensatz zu der Frauengestalt als die Gruppe von Leibwächtern, die ihr folgte. Die Männer trugen blanke Dolche und Pistolen mit feiner Goldziselierung in den Gürteln. Zwischen sich schleppten sie einen Tragsessel, auf dem ein Leichnam thronte.

Die kostbaren Gewänder des Toten ließen auf einen Radscha schließen. Man hatte ihm einen goldgestickten Seidenrock, den perlengestickten Turban und den diamantengeschmückten Kaschmirgürtel der Radschas angelegt. Dazu trug er die herrlichen Waffen eines indischen Fürsten.

Eine Nachhut aus Musikern und religiösen Fanatikern, deren Geschrei zeitweise die Musikinstrumente übertönte, beschloss den Leichenzug.

Sir Francis Cromarty schaute der Prozession aufrichtig bekümmert hinterher und sagte, zu dem Parsen gewendet: »Eine Suttee!«

Der junge Eingeborene nickte bestätigend und legte den Finger an die Lippen. Der lange Leichenzug kam nur langsam unter den Bäumen voran, aber schließlich verschwanden auch die letzten Teilnehmer im dichten Wald.

Bald waren die Gesänge nicht mehr zu hören. Aus der Ferne schollen noch kurze Zeit vereinzelte Schreie herüber, dann umgab sie wieder tiefe Stille.

Phileas Fogg hatte Sir Francis Cromartys Bemerkung aufgefangen.

»Was ist eine Suttee?«, fragte er.

»Das ist ein Menschenopfer, allerdings ein freiwilliges«, antwortete der Brigadegeneral. »Die junge Frau, die Sie eben gesehen haben, wird morgen früh verbrannt.«

Passepartout konnte sich nicht beherrschen.

»Diese Lumpen!«, schrie er empört.

»Und was war das für ein Leichnam?«, erkundigte sich Mr Fogg.
»Ihr Ehemann, ein unabhängiger Radscha von Bundelkhand«, antwortete der Elefantentreiber.
»Tatsächlich?«, sagte Mr Fogg, ohne dass seine Stimme die leiseste Erregung verriet. »Sind diese barbarischen Sitten der Inder noch immer nicht durch die Engländer ausgerottet worden?«
»In den meisten Gebieten ist es uns gelungen«, sagte Sir Francis Cromarty. »Aber es gibt noch einige wilde Gegenden – besonders hier in Bundelkhand –, die sich unserem Einfluss entziehen. Vor allem in den Landstrichen nördlich des Vindhja-Berglandes sind Mord und Raub an der Tagesordnung.«
»Wie furchtbar! Bei lebendigem Leibe verbrannt zu werden!«, murmelte Passepartout.
»Das ist furchtbar«, sagte der Brigadegeneral, »aber wenn sie sich weigerte, wäre ihr Schicksal noch furchtbarer. Ihre eigene Familie würde ihr das Haar abrasieren, sie bekäme kaum genug Reis, um davon leben zu können, und würde überall herumgestoßen. Für ihre Verwandten wäre sie unrein, sodass sie doch schließlich in einem Winkel wie ein räudiger Hund sterben würde. Die Furcht vor diesem Schicksal – und nicht so sehr religiöse Beweggründe – bringen die Unglücklichen dazu, freiwillig auf den Scheiterhaufen zu gehen. Gelegentlich gibt es allerdings wirklich freiwillige Opfer und dann bedarf es der ganzen Autorität der Regierung, um sie zu verhindern.
Vor einigen Jahren, als ich noch in Bombay lebte, kam einmal eine junge Witwe zum Gouverneur und bat um die Erlaubnis sich mit ihrem toten Gatten verbrennen zu lassen. Der Gouverneur gab natürlich nicht die Einwilligung dazu. Die Witwe verließ Bombay und suchte bei einem der unabhängigen Radschas Zuflucht, der sie ihren Opfertod sterben ließ.«
Während der Erzählung des Brigadegenerals hatte der Parse mehrmals den Kopf geschüttelt. Nun kam er endlich zu Wort.
»Die Witwe hier lässt sich gar nicht freiwillig verbrennen«, sagte er.
»Woher wollen Sie das wissen?«

»Die Geschichte kennt doch jeder Einwohner von Bundelkhand«, antwortete der Parse.
»Aber die Frau leistete doch gar keinen Widerstand«, wandte Sir Francis Cromarty ein.
»Sie ist ja auch mit Hanf- und Opiumdämpfen betäubt worden.«
»Und wohin wird sie jetzt gebracht?«
»Zur Pagode von Pillaji. Das ist zwei Meilen von hier. Dort muss sie die Stunden bis zu ihrer Verbrennung zubringen.«
»Und wann soll das sein?«
»Morgen bei Tagesanbruch.«
Der Treiber führte den Elefanten wieder aus dem Versteck heraus und kletterte auf den Hals des Tieres. Gerade wollte er Kiuni mit einem Pfiff in Trab bringen, da bat ihn Mr Fogg noch zu warten.
»Was meinen Sie, können wir die Frau nicht retten?«, fragte er den Brigadegeneral.
»Was wollen Sie? Die Frau retten? Mister Fogg!«, rief Sir Francis Cromarty verblüfft.
»Ich habe immer noch zwölf Stunden Vorsprung und die könnte ich opfern.«
»Sieh an! Mister Fogg hat ein Herz!«, sagte der General.
»Gelegentlich, vorausgesetzt, ich habe Zeit dazu«, erwiderte Phileas Fogg bescheiden.

Im dreizehnten Kapitel

beweist Passepartout, dass der Wagemutige gewinnt

Mr Foggs Vorhaben war kühn und voller Schwierigkeiten, wenn nicht gar undurchführbar. Er setzte dabei sein Leben aufs Spiel, zumindest aber seine Freiheit und das Gelingen seines Reiseplanes. Und doch zögerte er nicht einen Augenblick. Sir Francis Cromarty war übrigens bereit ihm zur Seite zu stehen.

Passepartout wollte natürlich mit von der Partie sein. Er war sogar hingerissen vom Wagemut seines Herrn. Endlich spürte man das Herz unter dieser harten Schale! Phileas Fogg wurde ihm immer lieber.

Blieb nur noch der Elefantentreiber. Auf wessen Seite würde er sich stellen? Musste er nicht die Partei der Hindus ergreifen? Nun, wenn er Mr Fogg schon nicht unterstützte, sollte man ihn wenigstens dazu bringen, neutral zu bleiben. Sir Francis Cromarty fragte ihn geradeheraus nach seiner Einstellung.

»Herr General«, antwortete der junge Mann, »ich bin Parse und diese Frau ist auch Parsin. Verfügen Sie über mich.«

»Ich verstehe«, sagte Mr Fogg.

»Sie wissen hoffentlich, dass Sie im Falle der Gefangennahme nicht nur mit der Todesstrafe, sondern auch mit furchtbaren Folterqualen rechnen müssen«, sagte der Parse. »Überlegen Sie das Ganze noch einmal!«

»Schon geschehen«, erwiderte Mr Fogg. »Wir können mit der Ausführung des Planes erst bei Dunkelheit beginnen.«

»Das wäre ratsam«, sagte der Mahaut.

Dann berichtete der brave Bursche, was er über die beklagenswerte Witwe wusste. Sie war eine ausnehmend schöne Parsin und Tochter eines reichen Kaufmanns aus Bombay. Man hatte ihr eine vollkommen englische Erziehung angedeihen lassen, sodass sie wegen ihres Auftretens und ihrer Bildung oft für eine Europäerin gehalten wurde. Die junge Frau hieß Aouda.

Sie war Waise und wurde gegen ihren Willen mit einem betagten Radscha aus Bundelkhand vermählt. Drei Monate nach der Hochzeit starb ihr Ehemann. Die junge Witwe wusste, welches Schicksal sie erwartete. Sie floh, wurde wieder eingefangen und von der Familie des Radschas, der sie unbequem war, zum Opfertod bestimmt, vor dem es offenbar kein Entrinnen mehr gab.

Diese Tatsachen bestärkten Mr Fogg und seine Gefährten in der Absicht, die Unglückliche zu befreien. Der Mahaut sollte zunächst den Elefanten so nahe wie möglich an die Pagode von Pillaji heranführen.

Nach einer halben Stunde hielt die Reisegesellschaft in einem Dickicht, von dem es nur 500 Schritte bis zur Pagode waren. Das Gebäude selbst war von hier aus nicht zu sehen, aber das Geschrei der fanatisierten Leute hörte man deutlich genug.

Mr Fogg und seine Gefährten berieten nun, wie sie am besten mit dem Opfer Verbindung aufnehmen könnten.

Der Parse war fest davon überzeugt, dass die junge Frau im Innern der Pagode festgehalten wurde. Vielleicht sollte man abwarten, bis der Schlaf die tobende Menge übermannte, um dann einfach durch eines der Pagodentore einzudringen. Oder war es vielleicht ratsamer ein Loch in die Mauer zu brechen? Man kam überein, dass Ort und Stunde über die beste Methode entscheiden sollten. Nur eines stand fest: Die Entführung musste noch in dieser Nacht bewerkstelligt werden. Morgen früh, wenn man die Unglückliche zum Scheiterhaufen führte, würde jede Hilfe zu spät kommen.

Die Reisegesellschaft wartete nun auf die Nacht. Gegen 6 Uhr abends brach die Dämmerung herein und Mr Fogg und seine Gefährten begannen die Umgebung der Pagode zu erforschen. Sie hörten nur noch vereinzelte Schreie der Fakire. Die Leute waren gewiss durch den Genuss von *hang* – einer Mischung aus flüssigem Opium und Hanf – schwer berauscht, sodass man vielleicht versuchen konnte mitten zwischen den Schläfern hindurch zum Pagodeneingang vorzudringen.

Der Parse kroch geräuschlos den drei anderen Männern voran. Nach zehn Minuten erreichten sie ein Flüsschen, auf dessen Ufer sie im Licht flackernder Pechfackeln den Scheiterhaufen erkannten. Kostbare Sandelholzscheite waren übereinander geschichtet und mit wohlriechenden Ölen getränkt. Obendrauf ruhte der einbalsamierte Leichnam des Radschas, der zusammen mit seiner Witwe verbrannt werden sollte. Von hier aus waren es nur hundert Schritte bis zur Pagode, deren Minarette trotz der Dunkelheit über den Baumwipfeln zu sehen waren.

»Kommen Sie!«, flüsterte der Parse.

Er war jetzt noch vorsichtiger als vorher. Gefolgt von den beiden Engländern und Passepartout, glitt er lautlos durch das hohe Gras. Am Rande einer Lichtung hielt er an. Auch dieser Platz wurde von einigen Fackeln beleuchtet. Man glaubte ein Schlachtfeld voller Leichname vor sich zu haben. Männer, Frauen und Kinder lagen durcheinander, betäubt vom Rauschgift, in tiefem Schlaf. Nur hier und da hörte man noch lautes Röcheln. Im Hintergrund der Lichtung war die Pagode jetzt undeutlich zwischen den Bäumen zu erkennen. Doch es gab eine Enttäuschung. Der Mahaut sah als Erster, dass Wächter mit blanken Dolchen in der Hand beim Schein qualmender Fackeln vor den Toren auf und ab marschierten. Es war anzunehmen, dass die Priester im Innern des Tempels ebenfalls Wache hielten.

Der Parse machte keinen Schritt weiter. Von dieser Seite her war der Zugang zum Tempel verwehrt. Das sahen auch Phileas Fogg und Sir Francis Cromarty ein. Die Reisegesellschaft zog sich ein wenig zurück, um die Lage zu beraten.

»Wir wollen noch ein bisschen warten«, flüsterte der Brigadegeneral. »Es ist erst 8 Uhr. Vielleicht schlafen die Wächter auch noch ein.«

»Sie könnten Recht haben«, sagte der Parse.

Phileas Fogg und seine Gefährten streckten sich also neben einem Baum ins Gras und warteten ab.

Die Zeit wurde ihnen lang. Ab und zu schlich sich der Mahaut fort, um den Waldrand zu beobachten. Nach wie vor versahen die Wächter des Radschas beim Licht der Fackeln ihren Dienst und auch aus dem Innern der Pagode drang schwacher Lichtschein.
Um Mitternacht war die Lage noch immer unverändert. Die Reisegesellschaft rechnete nicht mehr mit dem Einschlafen der Wächter. Offenbar hatte man den Männern den Genuss des *hang* untersagt. Jetzt blieb nur noch eine Möglichkeit in das Innere der Pagode zu gelangen: Die Mauer musste durchbrochen werden. Allerdings war auch damit nicht viel erreicht; denn die Priester bewachten das Opfer sicher ebenso gut, wie die Wächter draußen die Tempeltüren im Auge behielten.
Die vier Männer berieten sich noch einmal. Dann marschierten sie los. Ihr Führer beschrieb einen weiten Bogen um die Pagode und näherte sich dem Gebäude von der Rückseite her.
Um halb 1 Uhr morgens standen sie vor der Tempelmauer. Niemand war ihnen begegnet und auf dieser Seite gab es keine Wächter. Allerdings hatte die Pagode hier auch weder Türme noch Fenster. Es war sehr dunkel. Der Mond stand im letzten Viertel und hatte sich kaum über den Horizont erhoben. Tief hängende Wolken und die hohen Bäume verschlechterten die Sicht noch mehr.
Nun befanden sich die Männer zwar vor der Tempelmauer, aber wie sollten sie den Durchbruch bewerkstelligen? Als Handwerkszeug hatten sie nichts anderes als ihre Taschenmesser zur Verfügung. Glücklicherweise bestand die Wand nur aus einer Mischung von Backsteinen und Holzstämmen, in die die Messer leicht eindringen konnten.
Hatte man erst einen Stein gelockert, würden die anderen leicht zu entfernen sein.
Die Reisenden machten sich so leise wie möglich an die Arbeit. Der Parse und Passepartout lösten Stein um Stein aus der Mauer. Sie wollten eine Öffnung von zwei Fuß Durchmesser schaffen. Die Arbeit ging gut voran – bis plötzlich jemand im Innern des Tempels einen Schrei ausstieß, dem sofort Rufe von draußen antworteten.
Passepartout und der Mahaut ließen die Messer sinken. Hatte man sie entdeckt und Alarm geschlagen? Ohne weiteres Besinnen ergriffen sie

die Flucht – was Phileas Fogg und Sir Francis Cromarty klugerweise ebenfalls taten. Die Gesellschaft saß also wiederum im Dickicht und musste warten, bis der Alarm – sofern es überhaupt einen gegeben hatte – abgeblasen wurde.
Sie hatten Pech: Jetzt zogen auch noch Wachen auf der Rückseite der Pagode auf, sodass an das Gebäude nicht mehr heranzukommen war. Die vier Männer waren über das Misslingen ihres Planes maßlos enttäuscht. Wie sollte man jetzt noch zu dem Opfer vordringen? Sir Francis Cromarty biss sich vor Wut in die geballte Faust und Passepartout war derart außer sich, dass ihn der Parse kaum besänftigen konnte. Nur Mr Fogg blieb ungerührt; jedenfalls waren seine Gefühle nicht zu erraten.
»Jetzt können wir nur noch sehen, wie wir wegkommen«, flüsterte der Brigadegeneral.
»Warten Sie doch«, sagte Mr Fogg. »Ich muss lediglich morgen um 12 Uhr mittags in Allahabad sein.«
»Worauf hoffen Sie denn noch?«, fragte Sir Francis Cromarty. »In ein paar Stunden wird es hell und . . .«
»Vielleicht haben wir im letzten Augenblick doch noch eine Chance.«
Der Brigadegeneral hätte gern gewusst, was in Phileas Fogg vorging. Womit rechnete dieser eiskalte Brite noch? Wollte er sich während der Totenfeier auf die junge Frau stürzen und sie unter aller Augen ihren Mördern entreißen?
Das wäre heller Wahnsinn; aber vielleicht war der Mann – wenigstens im Augenblick – tatsächlich wahnsinnig?
Trotz seiner Zweifel beschloss Sir Francis Cromarty bis zum Höhepunkt der Tragödie an Mr Foggs Seite zu bleiben.
Der Elefantentreiber sorgte zunächst einmal dafür, dass sich die Reisenden noch weiter zurückzogen. Sie blieben im Schutz einer kleinen Baumgruppe liegen und beobachteten von dort aus die Schläfer auf der Lichtung.
Aber Passepartout fand keine Ruhe. Er saß in den unteren Ästen des Baumes und heckte einen Schlachtplan aus. Der Einfall dazu war ihm blitzartig gekommen, wurde aber jetzt zur fixen Idee.
Du hast den Verstand verloren, hatte er sich zunächst noch gesagt,

war dann aber kühner geworden. Warum sollte ich es nicht versuchen?, dachte er jetzt schon. Die Leute sind doch einfältig genug und überhaupt wäre es die einzige Chance, wenn ...

Passepartout dachte den Satz nicht zu Ende. Mit der Geschmeidigkeit einer Schlange glitt er über die tief hängenden Äste des Baumes zurück auf den Erdboden.

Die Stunden verrannen. Gleich musste das erste Tageslicht die Finsternis verdrängen. Und auf diesen Augenblick schienen die Prozessionsteilnehmer gewartet zu haben. Wie von Zauberhand geweckt, richteten sich die Schläfer auf. Das Volk gruppierte sich wieder, Trommeln dröhnten und wie am Vortage erklangen bald wieder Gesänge und Geschrei. Das unglückselige Opfer sollte jetzt sterben. Die Tore des Tempels wurden weit geöffnet und ein breiter Lichtstrahl drang hinaus in die Dämmerung. Mr Fogg und Sir Francis Cromarty erkannten in dem hellen Licht, dass die junge Frau von zwei Priestern aus dem Tempel gezerrt wurde. Es sah fast so aus, als hätte der Selbsterhaltungstrieb des Opfers über die Wirkung des Rauschgiftes gesiegt. Offenbar versuchte die Parsin sich von ihren Mördern loszureißen. Sir Francis Cromarty bekam wildes Herzklopfen. Vor Erregung griff er nach Mr Foggs Hand – und spürte darin ein geöffnetes Messer. In diesem Augenblick setzte sich der fanatisierte Haufen in Bewegung. Betäubende Rauchschwaden hatten die junge Frau wieder in Teilnahmslosigkeit zurückfallen lassen. Sie schritt durch die Gruppe der Fakire, die ihren Weg mit wüsten Verwünschungen begleiteten.

Phileas Fogg und seine Begleiter folgten in der Nachhut der Zuschauer. Als sie nach zwei Minuten in 50 Schritt Entfernung vom Scheiterhaufen stehen bleiben mussten, erkannten sie trotz des schwachen Lichtes, dass die junge Frau bereits völlig reglos neben dem Leichnam ihres Gatten lag. Eine brennende Fackel wurde gebracht und sofort stand das ölgetränkte Holz lichterloh in Flammen.

In diesem Augenblick rissen Sir Francis Cromarty und der Mahaut Phileas Fogg an den Armen zurück. Er wollte in einem Anfall von wahnwitzigem Opfermut zum Scheiterhaufen stürzen. Schon hatte er sich aus dem Griff der beiden Männer befreit, da veränderte sich die Szene. Die Zuschau-

ermenge brach in Angstschreie aus. Dann warfen sich die Leute bäuchlings auf den Boden. Grenzenlose Angst schüttelte sie.
Der Radscha war nicht tot. Wie ein Geist richtete er sich auf, hob die junge Frau auf die Arme und kletterte mit seiner Last vom Scheiterhaufen. Um ihn herum stiegen Rauchschwaden zum Himmel und ließen seine Gestalt umso überirdischer aussehen.
Fakire, Wächter, Priester, das ganze Volk lag mit dem Gesicht nach unten auf dem Boden und nicht einer wagte den Blick zu heben und das Wunder mit den Augen zu schauen.
Kräftige Arme, die die Last kaum spürten, brachten das ohnmächtige Opfer in Sicherheit. Sir Francis Cromarty und Mr Fogg waren aufrecht stehen geblieben, während der Mahaut den Kopf gesenkt hatte. Und Passepartout? Nun, der war sicher nicht weniger verblüfft.
Der auferstandene Radscha stand plötzlich neben Sir Francis Cromarty und Mr Fogg und zischelte: »Fort von hier!«
Es war Passepartout! Der Franzose hatte sich im Schutz der Rauchschwaden an den Scheiterhaufen herangeschlichen und unter Ausnutzung des schlechten Lichtes die junge Frau dem Tode entrissen. Passepartout war der Held! Und er hatte das unglaubliche Glück gehabt, dass im ersten Erschrecken niemand hinter den Schwindel gekommen war und er die Parsin mitten durch die Menge forttragen konnte.
Im nächsten Augenblick waren die vier Männer und ihre Beute im Wald verschwunden. Wenig später trug sie der Elefant in eiligem Trab davon. Es war auch höchste Zeit. Die Inder hatten den Betrug entdeckt und brachen in Wutgeheul aus. Schüsse krachten und eine verirrte Kugel durchlöcherte sogar Mr Foggs Hut.
Die Priester hatten sich gleich nach Passepartouts Heldenstückchen von ihrem Schrecken erholt, den Leichnam des alten Radschas auf dem brennenden Scheiterhaufen gesehen und schnell daraus geschlossen, dass hier eine Entführung vor sich ging.
Ohne einen Augenblick zu verlieren, waren sie, gefolgt von den Wächtern, in den Wald gestürzt. Eine Gewehrsalve wurde den Entführern hinterhergefeuert, aber es war zu spät. Die Kugeln und Pfeile der Verfolger konnten die Fliehenden nicht mehr erreichen.

Im vierzehnten Kapitel

reist Phileas Fogg durch das herrliche Ganges-Tal, ohne seine Schönheiten wahrzunehmen

Die kühne Entführung war geglückt. Noch eine Stunde später konnte sich Passepartout vor Lachen kaum halten. Sir Francis Cromarty hatte zuvor dem unerschrockenen jungen Mann die Hand geschüttelt und sein Herr hatte die Tat als »nicht übel« bezeichnet, was einem hohen Lob gleichkam. Passepartout dagegen meinte, alles Lob gebühre Mr Fogg. Er selbst hätte lediglich eine »witzige« Idee gehabt. Immer wieder lachte er Tränen bei dem Gedanken, dass er, der ehemalige Turnlehrer und Exfeuerwehrmann, für einen kurzen Augenblick ein alter einbalsamierter Radscha und Gatte einer reizenden jungen Frau gewesen sein sollte. Die junge Inderin dagegen hatte ihre neue Lage überhaupt noch nicht begriffen.

Sie war jetzt in eine Reisedecke eingehüllt und schlummerte in einem der Tragesessel.

Obwohl es noch nicht ganz hell war, kam der Elefant unter der sicheren Führung des Parsen rasch voran. Nach einstündigem Ritt wurde der Rand einer riesigen Tiefebene erreicht. Um 7 Uhr morgens musste eine Ruhepause eingelegt werden. Die Benommenheit der jungen Frau dauerte noch an. Der Mahaut ließ sie ein paar Schlucke Wasser mit Brandy trinken, aber ihr Befinden besserte sich nicht.

Sir Francis Cromarty beruhigte seine Gefährten. Er wusste, dass man einfach das Nachlassen der Rauschgiftwirkung abwarten musste. Mehr Sorgen machte ihm die Zukunft der Witwe. Er sprach mit Phileas Fogg darüber. Bliebe Mrs Aouda in Indien, würde sie ihren Mördern unvermeidlich wieder in die Hände fallen. Religiöse Fanatiker gab es an allen Ecken und Enden des Landes und trotz der Schutzmaßnahmen der britischen Polizei würden sie die junge Frau wieder einfangen, gleichgültig, ob sie sich in Madras, Bombay oder Kalkutta versteckte. Sir Francis Cromarty konnte dafür ein Beispiel aus der jüngsten Vergangenheit zitieren. Nach seiner Meinung gab es für die Parsin nur eine Rettung: Sie musste Indien verlassen.

Phileas Fogg antwortete, er wolle die Worte des Generals überdenken und entsprechend handeln.

Gegen 10 Uhr vormittags verkündete der Mahaut, dass der Bahnhof von Allahabad in Sicht sei. Hier begann wieder die Eisenbahnlinie und Mr Fogg konnte hoffen in weniger als 26 Stunden in Kalkutta einzutreffen. Am nächsten Tag, also dem 25. Oktober, sollte um 12 Uhr mittags der Postdampfer nach Hongkong abgehen.

Die junge Frau wurde in einem Warteraum des Bahnhofs untergebracht. Passepartout erhielt den Auftrag, in der Stadt eine neue Ausstattung für sie zu besorgen. Kleider, Schals, Pelzwerk, kurz, alles, was ihm nötig dünkte. Sein Herr ließ ihm völlig freie Hand.

Passepartout brach sofort auf und lief auf der Suche nach Passendem kreuz und quer durch Allahabad. Diese *Stadt Gottes* – das bedeutet der Name – ist ein hochverehrtes Heiligtum der Inder. Sie liegt am Zusammenfluss der beiden heiligen Flüsse Ganges und Dschamna, zu deren Ufern fromme Pilger aus ganz Indien strömen. Sie glauben dem Ramayana-Epos, das berichtet, der Ganges entspringe im Himmel und fließe von dort durch die Gnade Brahmas auf die Erde herab.

Während der Einkäufe besichtigte Passepartout auch gleich ein wenig die Stadt. Früher war sie von einem gewaltigen Fort aus verteidigt worden, das nun als Staatsgefängnis diente. In der einstmals blühenden, geschäftigen Stadt gab es jetzt weder Handel noch Industrie. Passepartout hatte geglaubt so elegante Geschäfte wie etwa in der Regent Street in der Gegend von Farmer & Co. finden zu können. Er wurde enttäuscht. Schließlich entdeckte er einen alten jüdischen Gebrauchtwarenhändler, der genau das Richtige bieten konnte. Passepartout erwarb ein Kleid aus Schottenstoff, einen weiten Mantel und einen herrlichen Marderpelz. Er bezahlte anstandslos die geforderten 75 Pfund und kehrte zum Bahnhof zurück.

Mrs Aouda erlangte jetzt langsam das Bewusstsein. Die Rauschgifte der Priester von Pillaji verloren ihre Wirksamkeit und die schönen Augen der jungen Frau begannen allmählich wieder in ihrer ganzen indischen Sanftheit zu schimmern.

Der dichtende König Ussaf Uddaul feierte einmal die Reize der Königin Ahmehnagara mit folgenden Worten:

»Ihr schimmerndes gleichmäßig gescheiteltes Haar umrahmt die harmonische Linie der zarten marmorweißen Wangen. Ihre ebenholzschwarzen Brauen haben Anmut und Kraft wie der Bogen Kamas, des Liebesgottes. Das Himmelslicht badet sich wie in den geheiligten Seen des Himalaja in der tiefschwarzen Pupille ihrer großen feuchten Augen, die von seidigen Wimpern beschattet sind. Wie Tautropfen im Kelch der halb geöffneten Granatblume, so schimmern ihre perlweißen Zähne zwischen den lächelnden Lippen. Die schönsten Perlen von Ceylon und die edelsten Diamanten von Golkonda schmücken ihre winzigen edel geschwungenen Ohren, ihre rot gefärbten Hände und ihre gewölbten Füßchen, so zart wie Lotosknospen. Die schmale biegsame Taille, mit einer Hand schon zu umspannen, erhöht die Schönheit der gewölbten Hüften und des vollen Busens, der herrlichsten Schätze ihrer Jugend. Unter den Falten des seidenen Gewandes verbirgt sich ein Kunstwerk, in reinem Silber von der Hand des göttlichen Vicvacarma selbst erschaffen.«

Wir wollen Mrs Aouda nicht ganz so weitschweifig beschreiben. Immerhin dürfen wir sagen, dass die Witwe des Radschas von Bundelkhand eine charmante Frau war, um einen rein europäischen Begriff zu gebrauchen. Sie sprach ein sehr gewähltes Englisch und der Mahaut hatte schon Recht gehabt, als er behauptete, die Parsin sei durch ihre Erziehung ein ganz anderer Mensch geworden.

Inzwischen wurde es Zeit für die Abfahrt des Zuges. Der Parse wartete auf seinen Lohn. Mr Fogg gab ihm die versprochene Summe und nicht einen Viertel Penny mehr. Passepartout wunderte sich darüber, denn Mr Fogg musste doch wissen, wie viel er dem braven Parsen schuldete. Der Mann hatte schließlich bei dem Abenteuer von Pillaji sein Leben aufs Spiel gesetzt, und falls er später jenen Fanatikern in die Hände fiele, würden sie schreckliche Rache an ihm nehmen.

Und was sollte mit Kiuni geschehen? Wo konnten sie den ungeheuer teuren Elefanten losschlagen?

Passepartout brauchte über dieses Problem nicht länger nachzudenken; Mr Fogg hatte bereits entschieden.

»Mahaut«, sagte er, »du hast uns zufrieden stellend und treu und ergeben gedient. Der Lohn ist für deinen Diensteifer. Für deine Ergebenheit sollst du den Elefanten bekommen. Möchtest du das Tier haben?«

Die Augen des jungen Parsen funkelten.

»Der Herr schenkt mir ein Vermögen«, rief er fassungslos.

»Nimm ihn nur, Mahaut«, sagte Mr Fogg und er fügte hinzu: »Ich bleibe trotzdem in deiner Schuld.«

»Greif zu!«, schrie Passepartout begeistert. »Kiuni ist ein zäher, tapferer Bursche.«

Dann lief er zu dem Elefanten und streckte ihm ein paar Zuckerstückchen hin.

»Nimm, Kiuni, nimm doch!«, lockte er. Der Elefant trompetete fröhlich, packte den Franzosen mit dem Rüssel fest um die Taille und beförderte ihn mit einem einzigen Schwung auf seinen Schädel. Passepartout thronte ganz furchtlos dort oben. Schließlich streichelte er das Tier und der Elefant setzte ihn sanft wieder zu Boden. Zum Abschied schüttelte er dem braven Kiuni kräftig den Rüssel.

Kurz darauf fuhr die Reisegesellschaft schon mit Volldampf der Stadt Benares entgegen. Sir Francis Cromarty, Phileas Fogg und Passepartout saßen in einem bequemen Eisenbahnabteil und hatten Mrs Aouda den besten Platz eingeräumt.

Die knapp 80 Meilen von Allahabad nach Benares waren in zwei Stunden zurückgelegt. Während der Bahnfahrt erholte sich die junge

Frau vollends. Die letzten Auswirkungen der Hanfdämpfe waren abgeklungen.
Natürlich war sie sehr erstaunt in einem Eisenbahnabteil und noch dazu in europäischen Kleidern und in der Begleitung von drei fremden Männern aufzuwachen.
Die Herren überschütteten sie mit Aufmerksamkeiten. Sie flößten ihr noch einmal ein paar Tropfen eines alkoholischen Getränkes ein und dann beschrieb der Brigadegeneral die Ereignisse der letzten Nacht. Er betonte immer wieder Phileas Foggs Opferbereitschaft und vor allem Passepartouts kühne Erfindungsgabe, die das Abenteuer erst zu einem glücklichen Abschluss gebracht hatte.
Mr Fogg äußerte sich überhaupt nicht zu den Worten des Generals und Passepartout versuchte mit einem verschämten »Das ist doch nicht der Rede wert« jedes Lob abzuwehren.
Mrs Aouda dankte ihren Rettern in überschwänglichen Worten und noch mehr mit Tränen. Deutlicher noch als ihre Lippen verrieten die wundervollen Augen, wie tief sie bewegt war. Die Schreckensszenen der Suttee fielen ihr wieder ein und augenblicklich gingen ihre Gedanken in die Zukunft, die für sie so viele Gefahren barg. Ein Schauder durchlief ihren Körper.
Phileas Fogg ahnte, was in Mrs Aouda vorging. Er wollte sie beruhigen und versprach ihr, allerdings in recht trockenen Worten, sie nach Hongkong zu begleiten. Dort sollte sie bleiben, bis ihre Geschichte in Vergessenheit geraten wäre.
Mrs Aouda nahm das Anerbieten dankbar an. Zufälligerweise hatte sie in Hongkong einen Verwandten. Er war Parse wie sie selbst und einer der reichsten Kaufleute jener Stadt, die einen so völlig englischen Eindruck macht, obwohl sie auf einer Landzunge der chinesischen Küste liegt.
Um 12 Uhr und 30 Minuten mittags hielt der Zug in Benares. Die brahmanische Legende behauptet, Benares sei das alte Kasi, eine Stadt, die, wie das Grab Mohammeds, zwischen Zenit und Nadir frei im Raum schwebte. In der weniger sagenhaften Epoche unserer Erzählung lag das »Athen der Inder«, wie die Orientalisten Benares nennen, ganz prosaisch auf dem Erdboden und Passepartout konnte in dieser kläglichen An-

sammlung von Backsteinhäusern und Lehmhütten durchaus nichts Überirdisches entdecken.
Sir Francis Cromarty musste hier aussteigen. Seine Truppen waren einige Meilen nördlich von Benares stationiert. Der Brigadegeneral verabschiedete sich von seinen Reisegefährten und wünschte Mr Fogg eine weniger originelle, aber umso ungefährlichere Weiterfahrt und gutes Gelingen seines Planes. Mr Fogg dankte dem General mit kaum wahrnehmbarem Händedruck. In Mrs Aoudas Abschiedsworten lag dafür umso mehr Gefühl. Niemals wollte sie Sir Francis Cromartys Mithilfe bei ihrer Errettung vergessen! Passepartout wurde mit einem kräftigen Händedruck des Generals belohnt. Voller Rührung überlegte der Franzose, wie er Sir Francis Cromarty diese Ehrenbezeigung entgelten könnte. Damit ging die Reisegesellschaft auseinander.
Vom Benares an folgte die Eisenbahnlinie teilweise dem Lauf des Ganges. Das Wetter war sehr schön. Nacheinander glitten die Landschaft des Behar, grüne Bergzüge und schließlich Felder, die mit Gerste, Mais und Weizen bebaut waren, vor den Abteilfenstern vorbei. Fluss- und Teichgebiete, die von Alligatoren wimmelten, wechselten mit hübschen Dörfern und dicht belaubten Wäldern ab. Elefanten und Zebu-Rinder mit mächtigem Höcker badeten im heiligen Ganges und zwischen den Tieren vollzogen Scharen von Gläubigen ungeachtet der niedrigen Temperaturen ihre heiligen Waschungen. Sie sind eingeschworene Gegner des Buddhismus und glühende Verfechter des brahmanischen Glaubens, in dessen Mittelpunkt drei Göttergestalten stehen: Wischnu, der Sonnengott, Schiwa, die Verkörperung der Naturkräfte, und über allen Brahma, Herr über die Priester und Gesetzesmacher. Die Frage lag nahe, was die drei Götter wohl von dem britannisierten Indien hielten, in dem tutende Dampfer die Fluten des heiligen Ganges durchpflügen durften und dabei noch die Möwen erschreckten, die über dem Wasser dahinsegelten, oder auch die Schildkröten verscheuchten, die sich auf den Flussufern vermehrten, ganz zu schweigen von den Gläubigen, die in diesem Lärm ihre frommen Übungen verrichten mussten.
Die Landschaft flog blitzschnell vorüber und oft genug verwehrten weiße Dampfwolken der Lokomotive die Sicht. Das Fort Chunar, die ehemalige

Festung der Radschas von Behar, zwanzig Meilen südöstlich von Benares, war kaum zu erkennen. Ähnlich ging es mit Ghasipur und seinen Rosenwasserfabriken, dem Grabmal von Lord Cornwallis auf dem linken Flussufer, der befestigten Stadt Buxar, dem großen Industrie- und Handelszentrum Partna, das gleichzeitig der Hauptumschlagplatz für indisches Opium ist, Mungir, der vollkommen europäisierten Stadt, die nicht weniger englisch ist als Manchester oder Birmingham. Ihre stolzen Eisengießereien und Waffenschmieden verschandelten mit dem Rauch ihrer hohen Schornsteine Brahmas Himmel – ein rechter Fausthieb in dieser Traumlandschaft!

Dann brach die Nacht herein. Der Zug fuhr mit unverminderter Geschwindigkeit. Man konnte die vorbeihuschenden Wunder Bengalens nicht mehr erkennen, nicht Golkonda und auch nicht das verfallene Gaur, weder Murshidabad, die ehemalige Hauptstadt, noch Burdwan, Hugli und Chandernagor, den französischen Stützpunkt auf indischem Boden, über dem Passepartout so gern die Flagge seines Mutterlandes begrüßt hätte.

Nur das Gebrüll der Tiger, Bären und Wölfe, die vor der herannahenden Lokomotive flüchteten, drang zu den Reisenden in die Abteile.

Endlich, um 7 Uhr früh, hielt der Zug in Kalkutta. Das Postschiff nach Hongkong sollte erst um 12 Uhr die Anker lichten. Phileas Fogg hatte also fünf Stunden zur freien Verfügung.

Mr Fogg musste seinem Plan zufolge 23 Tage nach seiner Abfahrt aus London, also am 25. Oktober, in der indischen Hauptstadt eintreffen. Dieses Ziel war erreicht. Er hatte jetzt keinen Zeitgewinn mehr zu verbuchen, aber auch keinen Verlust. Die beiden zwischen London und Bombay gewonnenen Tage waren wieder verloren – wir kennen die Gründe. Doch dürfen wir annehmen, dass Phileas Fogg diesen Verlust nicht beklagte.

Im fünfzehnten Kapitel

wird Mr Foggs Reisetasche um einige tausend Pfund Sterling leichter

Passepartout verließ als Erster den Zug. Mr Fogg folgte ihm und war Mrs Aouda beim Aussteigen behilflich. Sie wollten sich von der Bahnstation sogleich zum Schiff begeben und die junge Frau in ihrer Kabine unterbringen. Phileas Fogg hatte beschlossen seiner Reisegefährtin nicht mehr von der Seite zu weichen, solange sie sich auf indischem Boden befand, also nicht außer Gefahr war. Die kleine Reisegesellschaft wollte gerade das Bahnhofsgebäude verlassen, als ein Polizist an sie herantrat.

»Mister Fogg?«, fragte der Beamte.

»Sie wünschen?«

»Ist dieser junge Mann hier Ihr Diener?« Der Polizist wies auf Passepartout.

»Ja.«

»Ich muss die Herren bitten mir zu folgen.«

Mr Fogg schien nicht im Geringsten überrascht zu sein. Der Beamte war ein Vertreter des Gesetzes und das Gesetz ist jedem Engländer heilig. Anders Passepartout. Der Franzose begann erst einmal zu diskutieren, aber der Polizist tippte ihn leicht mit seinem Stöckchen an und Phileas Fogg gab ihm ein Zeichen, dass er gehorchen solle.

»Darf uns die junge Dame begleiten?«, fragte Mr Fogg.

»Bitte«, antwortete der Polizist.
Der Beamte führte Mrs Aouda, Phileas Fogg und Passepartout zu einem Palankin, einem vierrädrigen und viersitzigen Fahrzeug, das von zwei Pferden gezogen wird. Während der Fahrt, die fast zwanzig Minuten dauerte, fiel kein einziges Wort.
Der Wagen durchquerte zunächst die so genannte »Schwarze Stadt«. Hier waren die Straßen eng und es wimmelte von Hütten, deren schmutzige und zerlumpte Einwohner ein buntes Rassengemisch bildeten. Dann gelangte der Wagen in das Europäerviertel. Hübsche Backsteingebäude standen im Schatten von Kokospalmen und wurden von zahlreichen Fahnenmasten überragt. Trotz der frühen Stunde sah man bereits elegant gekleidete Herren und prächtige Kutschen in den Straßen.
Schließlich hielt der Palankin vor einem bescheidenen Gebäude, das bestimmt nicht Wohnzwecken diente. Der Polizist befahl seinen Gefangenen – anders konnte man sie kaum nennen – in das Gebäude hineinzugehen. Er brachte sie in einen vergitterten Raum und sagte lediglich:
»Um halb neun ist Ihre Verhandlung vor Richter Obadiah.«
Damit ging er hinaus und schloss die Tür.
»Jetzt sitzen wir fest«, jammerte Passepartout und ließ sich auf einen Stuhl fallen.
Mrs Aouda konnte kaum ihre Erregung verbergen, als sie Mr Fogg bat, er möge allein weiterreisen und sie ihrem Schicksal überlassen.
»Sie werden bestimmt verfolgt, weil Sie mich entführt haben. Wir müssen uns trennen«, sagte sie traurig.
Mr Fogg wies die Vermutung zurück.
»Wegen der Suttee? Ausgeschlossen. Was wollten die Priester gegen uns vorbringen? Das Ganze kann nur ein Missverständnis sein.«
Und er versicherte noch einmal, dass er Mrs Aouda auf keinen Fall allein lassen werde, ehe sie nicht in Hongkong und damit in Sicherheit sei.
»Das Schiff geht aber um 12 Uhr ab«, warf Passepartout ein.
»Wir sind noch vor Mittag an Bord«, versicherte Mr Fogg ungerührt.
Die Worte klangen so überzeugend, dass Passepartout unwillkürlich die Worte seines Herrn wiederholte.

»Wir sind noch vor Mittag an Bord, das steht zunächst einmal fest«, echote er, aber er glaubte seinen eigenen Worten nicht.
Um halb 9 Uhr kam der Polizist wieder und führte die Gefangenen in den Nachbarraum. Es war der Verhandlungssaal, in dem bereits zahlreiche Europäer und Inder die Zuschauerbänke bevölkerten. Mr Fogg, Mrs Aouda und Passepartout setzten sich auf ein Bänkchen gegenüber dem Tisch des Richters und des Gerichtsschreibers.
Der Richter – namens Obadiah – und sein Schreiber ließen nicht lange auf sich warten. Mr Obadiah war groß und beleibt. Er angelte sich eine Perücke von einem Wandhaken und stülpte sie flink aufs Haupt.
»Den ersten Fall«, ordnete er an.
Dann befühlte er seine Kopfbedeckung und rief:
»Die Perücke gehört mir nicht!«
»Es ist meine, Mister Obadiah«, bemerkte der Gerichtsschreiber.
»Mein lieber Oysterpuf, erwarten Sie etwa, dass ein Richter unter der Perücke eines Gerichtsschreibers ordentliche Urteile fällen kann?«, sagte Mr Obadiah.
Die Perücken wurden ausgewechselt. Das umständliche Vorspiel brachte den ungeduldigen Passepartout zur Verzweiflung. Voller Angst beobachtete er die Zeiger der großen Wanduhr, die ihm unwahrscheinlich schnell vorwärts zu laufen schienen.
»Den ersten Fall«, rief Richter Obadiah zum zweiten Mal.
»Phileas Fogg?«, fragte Gerichtsschreiber Oysterpuf.
»Hier«, antwortete Mr Fogg.
»Passepartout?«
»Anwesend«, bestätigte der Franzose.
»Dann können wir anfangen«, sagte Richter Obadiah.
»Angeklagte, wir haben seit zwei Tagen jeden aus Bombay eintreffenden Zug nach Ihnen durchsucht.«
»Wieso denn ›Angeklagte‹?«, schrie Passepartout ungeduldig.
»Das werden Sie schon erfahren«, antwortete der Richter.
»Herr Richter«, begann jetzt Mr Fogg, »ich bin Engländer und ich habe das Recht zu erfahren . . .«
»Haben Sie Klagen über Ihre Behandlung zu führen?«

»Nein.«
»Gut. Die Klägerpartei soll eintreten.«
Eine Tür ging auf und drei indische Priester wurden von einem Saaldiener hereingeführt.
»Also doch!«, flüsterte Passepartout. »Die Schurken, die unsere junge Dame hier verbrennen wollten . . .«
Die Priester blieben vor dem Richtertisch stehen und der Gerichtsschreiber verlas mit erhobener Stimme eine Anklageschrift. Darin wurden Mr Fogg und sein Diener beschuldigt ein brahmanisches Heiligtum geschändet zu haben.
»Mister Fogg, haben Sie die Anklage gehört?«, fragte der Richter.
Phileas Fogg blickte auf seine Taschenuhr und sagte:
»Ja, Herr Richter, und ich bekenne mich schuldig.«
»Aha, Sie bekennen sich also schuldig?«
»Ich bekenne mich schuldig und verlange meinerseits, dass diese drei Priester gestehen, was sie im Tempel von Pillaji vorhatten.«
Die Priester blickten einander an. Sie verstanden die Worte des Angeklagten nicht.
»Natürlich!«, schrie Passepartout wütend. »Vor dem Tempel von Pillaji, wo sie ihr Opfer verbrennen wollten!«
Neues Erstaunen der Priester und tiefe Verwunderung des Richters.
»Welches Opfer?«, fragte Mr Obadiah. »Und wer sollte verbrannt werden? Mitten in Bombay?«
»Bombay?«, fragte Passepartout
»Sie haben richtig gehört. Wir sprechen nicht über den Tempel von Pillaji, sondern über die Pagode vom Malabar Hill in Bombay.«
»Und hier ist das Beweisstück für die Tempelschändung«, sagte der Gerichtsschreiber und stellte ein Paar Schuhe auf seinen Schreibtisch.
»Meine Schuhe!«, entfuhr es Passepartout. Damit war er überführt.
Wir können uns gut vorstellen, wie überrascht Herr und Diener waren. Beide hatten überhaupt nicht mehr an den Zwischenfall in Bombay gedacht und jetzt standen sie dafür in Kalkutta vor dem Richter.
Unser Detektiv Fix hatte sich also diese unglückliche Geschichte zu Nutze gemacht! Er hatte seine Abreise aus Bombay um zwölf Stunden

verschoben und sich mit den Priestern der Malabar-Hill-Pagode beraten. Für eine beträchtliche Entschädigung waren sie bereit sich von Mr Fix auf die Spur des Tempelschänders setzen zu lassen. Sie wussten, dass die britische Regierung dergleichen Vergehen streng ahndete, und reisten bereitwillig mit dem nächsten Zug nach Kalkutta.
Mr Fix und die Priester kamen sogar noch vor Mr Fogg in Kalkutta an, da der Verfolgte inzwischen erst die junge Witwe befreien musste. Hier wartete die Polizei, die Fix telegrafisch benachrichtigt hatte, zunächst vergeblich auf Mr Fogg und seinen Diener. Fix war maßlos enttäuscht, als er erfuhr, dass Phileas Fogg noch nicht in der Hauptstadt eingetroffen sei. Er musste annehmen, dass »sein Dieb« den Zug in irgendeiner Station unterwegs verlassen und sich in die nördlichen Provinzen abgesetzt habe. 24 Stunden lang lag Mr Fix auf der Lauer. Endlich, am Morgen dieses 25. Oktober, war der Gesuchte nun dem Zug aus Bombay entstiegen. Der Detektiv wusste sich vor Freude kaum zu fassen, wenn er sich auch verwundert fragte, wieso Mr Fogg jetzt in Begleitung einer jungen Dame auftrat. Er rief sofort einen Polizisten herbei und ließ Mr Fogg, Passepartout und die Witwe des Radschas von Bundelkhand zur Gerichtsverhandlung bringen.
Wäre Passepartout weniger mit seinen eigenen Angelegenheiten beschäftigt gewesen, hätte er in einem Winkel des Gerichtssaales Mr Fix sehen können, der der Verhandlung mit verständlicher Anteilnahme folgte – umso verständlicher, als der Haftbefehl für Phileas Fogg genau wie zuvor in Suez und Bombay noch nicht eingetroffen war.
Richter Obadiah hatte inzwischen Passepartouts unfreiwilliges Geständnis zu den Akten genommen. Der Franzose hätte sich die Zunge abbeißen mögen; es war zu spät.
»Sie geben also die Tat zu?«, fragte der Richter.
»Wir geben die Tat zu«, antwortete Mr Fogg, ohne die Miene zu verziehen.
»In Anbetracht der Tatsache, dass das britische Gesetz verpflichtet ist die Einhaltung aller indischen religiösen Bräuche zu schützen und Verstöße dagegen aufs Strengste zu ahnden, wird der Beklagte Passepartout, der zugegeben hat die Pagode vom Malabar Hill in

Bombay am 20. Oktober in gesetzeswidriger Weise betreten zu haben, zu zwei Wochen Haft und einer Geldbuße in Höhe von 300 Pfund Sterling verurteilt.«
Passepartout fühlte sich vornehmlich durch den zweiten Teil des Urteilsspruches getroffen.
»300 Pfund!«, stöhnte er.
»Ruhe!«, kreischte der Saaldiener.
Richter Obadiah war noch nicht fertig.
»Da wir keine Gegenbeweise haben, dass der Diener nicht mit Einverständnis seines Herrn handelte, und der Herr in jedem Falle für die Taten seines Angestellten voll verantwortlich ist, wird der Beklagte Phileas Fogg zu einer Woche Haft und einer Geldbuße von 150 Pfund Sterling verurteilt.«
Nach diesen Worten wendete sich Richter Obadiah zum Saaldiener und rief: »Den nächsten Fall!«
Detektiv Fix fühlte sich unendlich erleichtert. Acht Tage musste Phileas Fogg nun in Kalkutta bleiben und der Haftbefehl aus London würde mit Sicherheit innerhalb dieses Zeitraumes eintreffen.
Passepartout dagegen war vollkommen niedergeschlagen. Das Urteil bedeutete den Ruin seines Herrn. 20 000 Pfund waren verloren, weil er, Passepartout, in seiner Trotteligkeit in diese verwünschte Pagode laufen musste!
Phileas Fogg tat, als ginge ihn das Urteil nichts an. Während der Urteilsverlesung hatte nicht ein Muskel in seinem Gesicht gezuckt. Er erhob sich erst, als der Saaldiener schon den nächsten Fall aufrief, und sagte: »Ich biete eine Kaution.«
»Das ist Ihr gutes Recht«, antwortete der Richter.
Fix lief es kalt über den Rücken. Er beruhigte sich aber schnell wieder, als Mr Obadiah hinzufügte: »In Anbetracht der Tatsache, dass Phileas Fogg und sein Diener Passepartout nicht in Indien ansässig sind, wird die Kaution auf 1 000 Pfund pro Kopf festgesetzt.«
Wenn Passepartout die Strafe nicht absaß, waren also 2 000 Pfund verloren!
»Ich zahle«, sagte der Gentleman und ließ sich von seinem Diener die

Reisetasche geben. Er nahm ein Bündel Banknoten heraus und legte es auf den Tisch des Gerichtsschreibers.
»Wenn Sie die Gefängnisstrafe verbüßt haben, erhalten Sie das Geld zurück«, sagte der Richter. »Im Augenblick sind Sie frei gegen Kaution.«
»Kommen Sie«, sagte Phileas Fogg zu seinem Diener.
»Die könnten mir wenigstens meine Schuhe wiedergeben«, rief Passepartout erbittert.
Sie wurden ihm ausgehändigt.
»Verflixt teure Schuhe!«, sagte er. »1 000 Pfund das Stück und obendrein drücken sie auch noch!«
Mr Fogg reichte Mrs Aouda den Arm und schritt mit ihr hinaus auf die Straße. Passepartout folgte beiden mit gramzerfurchter Miene. Fix konnte sich zwar nicht vorstellen, dass sein Dieb die Haft nicht antreten und stattdessen die 2 000 Pfund opfern werde. Vorsichtshalber blieb er aber Mr Fogg auf den Fersen.
Phileas Fogg mietete eine Kutsche, die er mit Mrs Aouda und Passepartout bestieg. Fix rannte hinterher. Der Wagen hielt schon bald an einer der zahlreichen Landungsbrücken. Die *Rangoon* lag eine halbe Meile weit draußen auf See vor Anker. Hoch oben an einer Mastspitze war das Abfahrtssignal gehisst. Es war aber erst 11 Uhr; Mr Fogg kam eine Stunde zu früh. Fix beobachtete, wie die Reisegesellschaft aus der Droschke stieg und mit einem kleinen Boot zu dem Dampfer übersetzte.
»Dieser Lump brennt einfach durch und schert sich den Teufel um die 2 000 Pfund!«, schrie er. »Das kennt man ja, diese Großzügigkeit der Verbrecher! Ich lasse den Burschen nicht mehr aus den Augen und ginge es bis ans Ende der Welt! Wenn er allerdings so weitermacht, ist das gestohlene Geld bald futsch.«
Der Detektiv hatte mit seiner Befürchtung nicht ganz Unrecht. Wenn man zusammenrechnete, was Phileas Fogg seit seiner Abreise aus London für die Fahrkarten, die Extratrinkgelder, für die Kautionen und Geldstrafen ausgegeben hatte, kam man auf eine Summe von mehr als 5 000 Pfund. Und je mehr an den 55 000 Pfund fehlte, desto geringer würde natürlich die Belohnung für den Detektiv sein, denn sie sollte sich nach der Höhe der sichergestellten Summe richten.

Im sechzehnten Kapitel

versteht Mr Fix überhaupt nichts mehr

Die *Rangoon* versah im Auftrag der *Indisch-Orientalischen Schifffahrtsgesellschaft* den Postdienst in den chinesischen und japanischen Küstengewässern. Der Schraubendampfer hatte 1 770 Bruttoregistertonnen und 400 PS. Die *Rangoon* war ebenso schnell wie die *Mongolia,* aber weniger elegant ausgestattet. Phileas Fogg jedenfalls hätte sich eine komfortablere Unterbringung für Mrs Aouda gewünscht. Doch die junge Frau stellte keine besonderen Ansprüche.

Die Fahrt über die nächsten 3 500 Meilen konnte auch kaum länger als elf bis zwölf Tage dauern.

Während der ersten Tage der Überfahrt hatte Mrs Aouda Gelegenheit Phileas Fogg besser kennen zu lernen. Bei jeder passenden Gelegenheit bezeugte sie ihm von neuem ihre Dankbarkeit. Der phlegmatische Gentleman nahm diese Dankesbezeigungen mit unbewegter Miene entgegen – wenigstens sah es so aus – und verriet mit keiner Silbe und keiner Geste, dass Mrs Aoudas Worte in ihm irgendwelche Gefühle erweckten. Er wachte gewissenhaft darüber, dass es der jungen Frau an nichts fehlte, und er besuchte sie täglich zu festgelegter Stunde, nicht gerade um zu plaudern, aber doch um zuzuhören.

Kurz gesagt, Phileas Fogg befolgte peinlich genau die Gesetze der Höflichkeit und des Anstandes, aber mit der Anmut und Natürlichkeit

eines Automaten, der eigens für diesen Zweck konstruiert worden war.
Mrs Aouda wusste nicht recht, was sie von Mr Foggs Verhalten denken sollte, aber Passepartout kam ihr zu Hilfe. Er klärte die junge Frau ein wenig über die Eigenheiten seines Herrn auf und erzählte ihr auch von der Wette, um derentwillen diese Weltreise stattfand. Mrs Aouda musste darüber lächeln. Aber schließlich verdankte sie Mr Fogg das Leben und er verlor nichts dabei, wenn sie ihn mit dankbaren Augen betrachtete.
Die junge Frau bestätigte, was der Mahaut schon über ihr Schicksal berichtet hatte. Sie war tatsächlich Parsin, gehörte also der obersten indischen Kaste an. Bekanntlich haben gerade parsische Kaufleute große Vermögen im Baumwollhandel erworben. Einer von ihnen, der von den Engländern geadelte Sir James Jejeebhoy aus Bombay, gehörte zu Mrs Aoudas Verwandtschaft. Ein gemeinsamer Vetter beider, der ehrenwerte Jejeeh, lebte in Hongkong und bei ihm wollte die junge Frau Zuflucht suchen. Ob er auch bereit war ihr zu helfen? Manchmal bekam Mrs Aouda Zweifel, worauf Mr Fogg stets versicherte, alles werde mit »mathematischer Präzision« in Ordnung kommen. Genauso drückte er sich aus.
Ob die junge Frau diese abscheuliche Redewendung verstand? Wir sind nicht im Stande diese Frage zu beantworten. Auf jeden Fall hefteten sich ihre »großen feuchten Augen, in denen sich das Himmelslicht badete wie in den heiligen Seen des Himalaja«, auf Mr Foggs Antlitz. Aber der widerspenstige Fogg war so zugeknöpft wie eh und je und dachte nicht im Traum daran, sich in diese Seen zu stürzen.
Der erste Teil der Schiffsreise war vom Wetter begünstigt. Das Schiff durchpflügte eilig die Wellen der riesigen Bucht, die bei den Seeleuten *Bengalischer Meerbusen* heißt. Schon bald kam die Hauptinsel der Andamanen in Sicht, deren 2 400 Fuß hoher Saddle Peak von den Seeleuten als Landmarke benutzt wird. Die Küste der Insel zog sich lang auseinander. Die Ureinwohner der Insel, wilde Papuas, blieben unsichtbar. Diese Lebewesen stehen wohl auf der untersten Stufe der

menschlichen Entwicklung, aber sie sind keine Menschenfresser, wie gern behauptet wird.
Die ganze Andamanen-Gruppe ist ausnehmend schön. An der Küste konnten die Reisenden riesige Haine aus Fächer- und Arekapalmen, Bambusdschungel und ganze Wälder aus Teak- und Mimosenbäumen und Riesenfarnen erkennen. Im Hintergrund zeichnete sich die anmutige Silhouette der Berglandschaft ab. Am Ufer brüteten tausende jener kostbaren Schwalben, deren essbare Nester im *Reich der Mitte* als Leckerbissen gelten. Doch das abwechslungsreiche Bild der Andamanen-Gruppe entschwand rasch den Blicken. Die *Rangoon* näherte sich mit Volldampf der Malakka-Straße, die ins Südchinesische Meer führt.
Und wie erging es Detektiv Fix, dem unfreiwilligen Weltumsegler? Er hatte in Kalkutta Anweisung gegeben den Haftbefehl für Phileas Fogg sofort nach Hongkong weiterzuschicken. Dann war er an Bord der *Rangoon* gegangen, ohne dass Passepartout ihn bemerkt hatte, und hoffte bis zur Ankunft in Hongkong unentdeckt zu bleiben. Er hätte nicht recht gewusst, wie er dem Franzosen seine Anwesenheit an Bord erklären sollte, ohne Verdacht zu erwecken. Bisher hatte er ja Bombay als Reiseziel angegeben. Wider Willen musste Mr Fix dann aber doch die Bekanntschaft mit Passepartout erneuern, unter welchen Umständen, werden wir später sehen.
Alle Hoffnungen und Sehnsüchte des Detektivs konzentrierten sich jetzt auf einen einzigen Punkt der Erde, die Stadt Hongkong. Das Schiff sollte zwar auch in Singapur halten, aber nur so kurze Zeit, dass der Detektiv unmöglich etwas unternehmen konnte. Er hatte sich noch bis Hongkong zu gedulden, aber dort musste er die Verhaftung des Phileas Fogg unter allen Umständen erreichen. Mit dieser Stadt berührte der Dieb nämlich zum letzten Male britisches Territorium. In China, Japan oder Amerika würde es ihm ein Leichtes sein auf Nimmerwiedersehen zu verschwinden. Nein! Mr Fix musste den Kerl in Hongkong der britischen Polizei übergeben – vorausgesetzt, der Haftbefehl war da! War man erst einmal aus Hongkong heraus, mussten bei den ausländischen Behörden Auslieferungsanträge ge-

stellt werden, es gäbe Verzögerungen, Wartezeiten und Rückfragen und inzwischen konnte der Bursche das Weite suchen.
So saß Mr Fix stundenlang in seiner Kabine und dachte unablässig über sein Problem nach. War der Haftbefehl immer noch nicht eingetroffen, musste es ihm diesmal um jeden Preis gelingen Phileas Fogg in Hongkong zurückzuhalten. In Bombay und in Kalkutta hatte es nicht geklappt, aber einen dritten Misserfolg wollte und durfte sich der Detektiv nicht leisten. Notfalls musste er sich eine neue List einfallen lassen, um den verwünschten Burschen an der Weiterreise zu hindern.
Der letzte Ausweg wäre, Passepartout ins Vertrauen zu ziehen und ihm die Augen über den wahren Charakter seines Herrn zu öffnen; denn Komplizen waren die beiden bestimmt nicht. Passepartout bekäme sicher Angst um seinen guten Ruf und würde Mr Fix bereitwillig unterstützen.
Allerdings wollte sich der Detektiv diesen Weg für den Notfall aufsparen, denn er war nicht risikolos. Ein unbedachtes Wort von Passepartout, und der Dieb wäre gewarnt.
Mrs Aoudas Anwesenheit an Bord der *Rangoon* bereitete dem Detektiv viel Kopfzerbrechen. Wer war diese Frau? Was hatte sie mit Mr Fogg zusammengeführt? Die beiden mussten sich irgendwo begegnet sein, aber wo? War die junge Dame nur eine zufällige Reisebekanntschaft des Diebes oder war er gar quer durch ganz Indien gereist, um diese reizvolle Person zu treffen? Denn reizvoll war sie; so viel hatte Mr Fix sogar bei der Gerichtsverhandlung in Kalkutta feststellen können.
Es fällt uns nicht schwer die Neugier des Detektivs zu begreifen. Er spekulierte immer weiter und kam schließlich zu dem Schluss, dass hier eine Entführung vor sich ging. Das war es! Die junge Frau – ob verheiratet oder nicht, spielte keine Rolle – sollte entführt werden und er, Mr Fix, musste dem Entführer bei der Ankunft in Hongkong derartige Schwierigkeiten bereiten, dass die Richter auch die höchste Kaution ablehnen würden.
Vorsichtshalber wollte der Detektiv aber nicht bis zur Ankunft in

Hongkong warten. Dieser Fogg hatte schließlich die abscheuliche Angewohnheit mit Windeseile die Beförderungsmittel zu wechseln, und er sollte nicht entwischen können, während Mr Fix noch mit den Vorbereitungen zu seiner Verhaftung beschäftigt wäre.
Zunächst mussten die britischen Behörden in Hongkong noch vor dem Einlaufen der *Rangoon* verständigt werden. Nichts leichter als das! Das Schiff würde ja in Singapur vor Anker gehen und von dort gab es eine Telegrafenleitung, die an der chinesischen Küste entlang nach Hongkong führte.
Ehe aber irgendetwas in die Wege geleitet wurde, musste Passepartout zum Plaudern gebracht werden. Der Bursche schwatzte ja gern und Mr Fix beschloss nach reiflicher Überlegung bei der nächsten Begegnung mit dem Diener sein so sorgsam gehütetes Inkognito aufzugeben. Ihm blieb nicht mehr viel Zeit zum Handeln. Man schrieb schon den 30. Oktober und am 31. sollte die *Rangoon* zu kurzem Aufenthalt in Singapur vor Anker gehen.
Also kletterte Mr Fix auf das Oberdeck, um dort Passepartout mit den Zeichen größter Verwunderung »zufällig« zu treffen. Der Diener machte gerade einen kleinen Spaziergang, als Mr Fix auf ihn zu stürzte und rief: »Sie hier auf der *Rangoon?*«
»Mister Fix? An Bord unseres Schiffes!«, antwortete Passepartout höchst verblüfft, als er seine Reisebekanntschaft von der *Mongolia* erkannte. »Was bedeutet das? Ich verabschiede mich von Ihnen in Bombay und treffe Sie hier auf dem Weg nach Hongkong wieder. Machen Sie vielleicht auch eine Reise um die Erde?«
»Oh nein«, antwortete der Detektiv. »Ich muss in Hongkong bleiben, wenigstens für ein paar Tage.«
»Tatsächlich?«, sagte Passepartout leicht erstaunt. »Wir sind doch schon mehrere Tage an Bord. Wieso habe ich Sie bisher nicht getroffen?«
»Sie verstehen . . . eine kleine Unpässlichkeit . . . ein wenig Seekrankheit . . . ich musste in meiner Kabine ruhen. Den Indischen Ozean habe ich besser als den Golf von Bengalen vertragen. Und wie geht es Mister Phileas Fogg?«

»Vorzüglich. Und sein Reiseplan klappt ebenso vorzüglich. Noch nicht einen Tag Verspätung! Ach, da fällt mir ein, Sie wissen noch gar nicht, dass wir jetzt zusammen mit einer jungen Dame reisen!«
»Mit einer junge Dame?«, fragte Fix und sah Passepartout vollkommen verständnislos an.
Es dauerte nicht lange und der Franzose hatte ihm die ganze Geschichte ausführlich erzählt. Passepartout ließ nichts aus, nicht den Zwischenfall in Bombay, nicht den Erwerb des Elefanten für 2 000 Pfund und schon gar nicht das Erlebnis der Suttee mit der Entführung von Mrs Aouda. Schließlich berichtete er auch noch von der Verurteilung durch das Gericht in Kalkutta und ihrer Freilassung gegen Kaution.
Wie wir wissen, war Fix über den letzten Zwischenfall bestens informiert. Er heuchelte aber reges Interesse und Passepartout war überglücklich einen so aufmerksamen Zuhörer für seine Abenteuergeschichten gefunden zu haben.
»Und was soll nun mit der jungen Frau geschehen?«, erkundigte sich Mr Fix. »Will Ihr Herr sie nach Europa mitnehmen?«
»Wo denken Sie hin, Mister Fix! Wir bringen sie nur in die Obhut eines reichen Verwandten in Hongkong.«
Nichts zu machen, dachte Mr Fix, verbarg aber seine Enttäuschung.
»Was halten Sie von einem Gläschen Gin, mein Lieber?«
»Mit Vergnügen, Mister Fix. Wir müssen doch auf unser Wiedersehen anstoßen!«

Im siebzehnten Kapitel

werden auf der Reise von Singapur nach Hongkong allerlei Überlegungen angestellt

Von nun an trafen sich der Detektiv und Passepartout recht häufig. Mr Fix gab sich jetzt zurückhaltend und verleitete den Franzosen nicht mehr zum Schwatzen. Ein- oder zweimal bekam er Phileas Fogg flüchtig zu Gesicht. Der Gentleman hielt sich meistens im großen Salon der *Rangoon* auf, wo er Mrs Aouda Gesellschaft leistete oder – wie eh und je – Whist spielte.

Passepartout begann jetzt ernsthaft über Mr Fix nachzudenken. Es war schon ein eigenartiger Zufall, der den Herrn immer wieder Mr Foggs Reiseroute kreuzen ließ! Zuerst war man dem freundlichen und auch hilfsbereiten Mann in Suez begegnet. Dann war er, wie Mr Fogg, mit der *Mongolia* nach Bombay gereist, weil er dort angeblich etwas zu tun hatte. Nun saß er hier auf der *Rangoon* und gab Honkong als Reiseziel an. Kurz gesagt, er folgte Mr Fogg auf Schritt und Tritt. Konnte man überhaupt noch von einem Zufall sprechen?

Passepartout grübelte weiter. Wen verfolgte dieser Mr Fix eigentlich? Man konnte wohl getrost annehmen, dass der Mann zusammen mit Mr Foggs Reisegesellschaft Hongkong verlassen werde und wahrscheinlich auch diesmal mit demselben Dampfer. Passepartout war bereit für diese Behauptung seine sorgsam gehüteten Pantöffelchen zu verwetten. Und wenn der Diener sich hundert Jahre lang das Hirn zermartert

hätte, er wäre niemals auf die wahre Rolle des Mr Fix gekommen. Nie wäre er auf den Gedanken verfallen, Mr Fogg werde wie ein Dieb beschattet und um den ganzen Erdball verfolgt.
Es liegt in der menschlichen Natur für alles eine Erklärung bereit zu haben. So kam auch Passepartout plötzlich eine Erleuchtung. Natürlich! Mr Fix tauchte unablässig in Mr Foggs Umgebung auf, weil er von den Wettpartnern seines Herrn dazu bestellt war. Phileas Foggs Kollegen aus dem Reform Club wollten kontrollieren, ob der vorgeschriebene Reiseweg tatsächlich eingehalten werde.
So ist es! Nur so kann es sein!, sagte sich der brave Bursche und war nicht wenig stolz auf seinen Scharfsinn. Die Herren aus dem Club haben uns also einen Spion auf die Spur gesetzt. Wie ungehörig! Diesen hochanständigen ehrenwerten Mr Fogg von einem Detektiv bespitzeln zu lassen! Ha! Das soll die Herren Club-Mitglieder noch teuer zu stehen kommen.
Passepartout war entzückt, dass er das Rätsel gelöst hatte. Er beschloss jedoch seinem Herrn nichts von seiner Entdeckung zu verraten. Mr Fogg wäre sicher über das Misstrauen seiner Club-Brüder gekränkt gewesen.
Immerhin konnte man jetzt Fix bei der ersten sich bietenden Gelegenheit an der Nase herumführen, ohne sich selbst zu verraten.
Am Mittwoch, dem 30. Oktober, lief die *Rangoon* in den Nachmittagsstunden in die Malakka-Straße ein, welche die Halbinsel gleichen Namens von Sumatra trennt. Kleine malerische Inseln mit steil aufragenden Bergen verwehrten den Passagieren der *Rangoon* den Blick auf die Hauptinsel.
Am nächsten Morgen um 4 Uhr ging das Schiff in Singapur vor Anker, um Lebensmittel und Feuerung aufzunehmen. Für die Teilstrecke Kalkutta–Singapur hatte der Dampfer einen halben Tag weniger gebraucht, als der Fahrplan vorsah.
Phileas Fogg trug diesen Vorsprung in die Gewinnspalte seiner Reisetabelle ein. Mrs Aouda äußerte den Wunsch ein paar Stunden an Land zu verbringen und Mr Fogg verließ mit ihr das Schiff.
Fix, der in jeder Handlung Mr Foggs etwas Verdächtiges witterte, schlich hinter den beiden her, ohne dass sie ihn bemerkten. Passepar-

tout amüsierte sich über das Manöver des Detektivs. Es selbst hatte wie üblich in der Stadt Einkäufe zu erledigen.

Die Insel Singapur ist weder groß, noch wirkt ihr Panorama sonderlich eindrucksvoll. Höhenzüge, die ihr Profil geben könnten, sind nicht vorhanden. Und doch verbergen sich hinter ihrer Unauffälligkeit allerlei Reize. Ein hübscher Wagen, der von zwei rassigen Pferden aus Neuholland gezogen wurde, trug Mrs Aouda und Mr Fogg durch die Parklandschaft Singapurs. Sie rollten auf schönen Straßen in mächtige Haine von sattgrünen Palmen und Nelkenbäumen, deren halb geöffneten Blüten als Gewürz geerntet werden. Pfeffersträucher ersetzten die Dornenhecken der europäischen Feldraine und Sagopalmen und herrlich gewachsene Riesenfarne brachten Abwechslung in das Bild dieses tropischen Gartens. Muskatbäume mit glänzenden Blättern verströmten einen betäubenden Duft. In den Bäumen turnten Scharen von flinken Affen, die Grimassen schnitten, und tiefer im Dschungel wären die Reisenden sicher auf Tiger gestoßen. Der Leser wundert sich vielleicht, dass diese gefürchteten Raubtiere auf der relativ kleinen Insel noch nicht ausgestorben sind. Des Rätsels Lösung: Die Tiere kommen immer wieder aus Malakka über die Meeresstraße herübergeschwommen.

Nach zweistündiger Rundfahrt kehrten Mrs Aouda und ihr Begleiter – der nicht allzu viel von der Landschaft wahrgenommen hatte – in die Stadt zurück. Sie war nichts weiter als eine Ansammlung plumper Häuser, die sich dicht aneinander drängten. Allerdings versöhnten hübsche Gärten, in denen Ananasstauden, Mangobäume und alle begehrten Früchte der Erde gediehen, das Auge des Betrachters.

Um 10 Uhr morgens kehrten Mr Fogg und seine Begleiterin zum Dampfer zurück. Mr Fix war ihnen auf dem ganzen Weg gefolgt und hatte sich wegen der Rundfahrt in große Unkosten stürzen müssen.

Passepartout erwartete seinen Herrn auf dem Deck der *Rangoon.* Er hatte ein paar Dutzend Mangofrüchte gekauft. Sie ähneln mittelgroßen Äpfeln, verbergen aber unter einer dunkelbraunen Außenschicht, die nach innen zu feuerrot wird, köstlich schmelzendes weißes Fruchtfleisch, das Entzücken aller echten Feinschmecker. Passepartout bot die Früchte voll Stolz Mrs Aouda an.

Um 11 Uhr hatte die *Rangoon* genügend Kohle geladen. Die Taue wurden gelöst und wenige Stunden später verloren die Passagiere schon die Berge von Malakka aus den Augen, deren Wälder die schönsten Tiger der Welt beherbergen.
Ungefähr 1 300 Meilen trennen Singapur von der Insel Hongkong. Das kleine britische Territorium liegt vor der Küste Chinas. Phileas Fogg hoffte die Stadt in allerhöchstens sechs Tagen zu erreichen, denn am 6. November sollte ein Schiff nach Yokohama, einem der wichtigsten Häfen Japans, abgehen.
Die *Rangoon* war voll besetzt. In Singapur waren zahlreiche Passagiere neu dazugekommen, die vornehmlich in der zweiten Klasse reisten. Es waren Inder, Bewohner Ceylons, Chinesen, Malaien und auch Portugiesen.
Das Wetter war bisher schön gewesen, änderte sich jetzt aber, denn der Mond stand im letzten Viertel. Manchmal wehte eine steife Brise und es gab hohen Wellengang; aber glücklicherweise kam der Wind aus Südost und beschleunigte noch das Tempo des Dampfers. Wenn es das Wetter erlaubte, ließ der Kapitän die Segel setzen. Die *Rangoon* wurde als Zweimaster aufgetakelt. Ein Focksegel und zwei Marssegel einerseits und die Maschinen andererseits machten sich Wind und Dampf zu Nutze und trieben das Schiff rasch vorwärts.
Die *Rangoon* glitt jetzt bei unruhiger See, die den Passagieren zu schaffen machte, an den Küsten von Annam und Cochinchina entlang. Um die Wahrheit zu sagen, gingen die zahlreichen Fälle von Seekrankheit mehr auf das Konto der *Rangoon* als auf das der rauen See.
Die Dampfer der *Indisch-Orientalischen Schifffahrtsgesellschaft*, die das Chinesische Meer befuhren, hatten einen schwer wiegenden Konstruktionsfehler. Das Verhältnis zwischen Tiefgang und Hohlraum stimmte nicht, sodass sie für das Meer eine leichte Beute waren. Ihr Fassungsvermögen war falsch berechnet, und wenn nur einige Brecher das Deck überspülten, wurde die Fahrt behindert und die Schiffe drohten »abzusaufen«, wie es in der Seemannssprache heißt. Durch diese Konstruktionsschwäche waren die Dampfer dieser Gesellschaft den französischen Postschiffen, zum Beispiel der *Impératrice* oder der

Cabmodge, weit unterlegen. Die französischen Ingenieure hatten ihre Schiffe so konstruiert, dass sie ihr Eigengewicht an Meerwasser vertragen konnten, ohne zu kentern. Bei den Dampfern der *Indisch-Orientalischen Schifffahrtsgesellschaft* dagegen, zu denen die *Golkonda,* die *Korea* und die *Rangoon* gehörten, genügte schon ein Sechstel ihres Eigengewichtes an Meerwasser, um sie untergehen zu lassen.
Wegen des schlechten Wetters mussten an Bord der *Rangoon* allerlei Vorkehrungen getroffen werden. Manchmal wurde mit gerefften Segeln und halber Maschinenkraft gefahren, was zu Zeitverlusten führte. Passepartout regte sich darüber schrecklich auf, während sich Phileas Fogg darum nicht die geringsten Sorgen zu machen schien. Der Franzose wurde nicht müde den Kapitän, den Ingenieur, die Schifffahrtsgesellschaft und überhaupt jeden, der sich mit dem Transport von Personen beschäftigt, zu beschimpfen und zum Teufel zu wünschen. Vielleicht wurde seine Ungeduld noch durch die Erinnerung an jene Gasflamme, die in der Nr. 7 der Savile Row zu London auf seine Kosten brannte, gesteigert.
»Sie können es wohl gar nicht erwarten in Hongkong anzukommen?«, fragte ihn eines Tages der Detektiv.
»Wir sind in Eile«, antwortete Passepartout.
»Sie wollen damit sagen, dass Mister Fogg unbedingt das Postschiff nach Yokohama erwischen muss?«
»Unbedingt.«
»Sie glauben also immer noch an die ominöse Reise um die Erde?«
»Allerdings. Sie etwa nicht?«
»Ich? Keineswegs.«
»Sie können sich aber gut verstellen«, sagte Passepartout und zwinkerte Mr Fix vertraulich mit einem Auge zu.
Der Detektiv stutzte. Er konnte mit Passepartouts Bemerkung nichts anfangen, wurde aber unruhig. Wusste der Franzose über ihn Bescheid? Wie aber hätte der junge Mann herausbekommen sollen, dass er im Auftrag der Polizei arbeitete? Zumindest hegte der Diener irgendeinen Verdacht.
An einem der nächsten Tage wagte sich Passepartout noch weiter vor;

das heißt, seine Zunge ging mit ihm durch und er musste seine Karten aufdecken.

»Wir müssen Sie doch hoffentlich nicht in Hongkong zurücklassen?«, sagte er noch ein wenig boshaft zu Mr Fix.

Fix wurde verlegen.

»Ich weiß noch nicht . . . vielleicht . . .«, stammelte er.

»Mir soll es recht sein, wenn Sie mit uns weiterreisen«, sagte Passepartout. »Ein Angestellter der *Great-Indian-Peninsular*-Eisenbahngesellschaft muss wohl immer auf der Walze sein. Zuerst wollten Sie nur bis Bombay fahren und nun sind Sie schon in China. Nach Amerika ist es gar nicht mehr weit, und eins, zwei, drei, sitzen Sie in Europa.«

Fix studierte das Gesicht seines Gesprächspartners, aber der strahlte ihn so freundlich an, dass der Detektiv es für geraten hielt mitzulachen. Der Franzose war jetzt nicht mehr zu halten.

»Ist wohl recht einträglich, Ihr Beruf?«, fragte er.

»Ja und nein«, antwortete der Detektiv, ohne mit der Wimper zu zucken. »Manche Geschäfte sind gut, andere wieder nicht. Ich reise natürlich nicht auf eigene Kosten.«

»Das habe ich auch wahrhaftig nicht angenommen.« Passepartout lachte schallend.

Als Fix in seine Kabine zurückgekehrt war, setzte er sich hin und überlegte. Er konnte wohl nichts mehr verheimlichen; der Franzose hatte herausbekommen, dass er Detektiv war. Hatte er aber auch seinen Herrn gewarnt? Welche Rolle spielte er in der Affäre? Waren die beiden Männer vielleicht doch Komplizen? Hatten sie von der Verfolgung Wind bekommen, sodass sie sich bei nächster Gelegenheit in Sicherheit bringen würden? Der Detektiv machte ein paar schwere Stunden durch. Bald glaubte er, alles wäre umsonst gewesen, bald hoffte er, Fogg hätte von den Vorgängen um seine Person keine Ahnung; zu einem Schluss kam er aber nicht.

Schließlich kehrte doch Ruhe in seine wirren Gedanken ein und er beschloss offen mit Passepartout zu sprechen. Sollte der Haftbefehl wiederum nicht eingetroffen sein und Mr Fogg in Hongkong endgültig britisches Territorium verlassen wollen, dann musste er sich an

Passepartout halten. Entweder war er ein Komplize seines Herrn, dann würde er diesem die Neuigkeit sofort hinterbringen und Mr Fix musste aufgeben. Oder Passepartout hatte nichts mit dem Diebstahl zu tun und dann musste er daran interessiert sein, sich von dem Bankräuber zu trennen. So lagen also die Dinge für Mr Fix und Passepartout. Über beiden aber schwebte Phileas Fogg in seinem erhabenen Gleichmut. Er vollzog seine mathematisch genau berechnete Kreisbahn um die Erde und nahm von den Sternschnuppen um ihn her keinerlei Notiz.

Um bei diesem Bilde zu bleiben: In allernächster Umgebung befand sich sogar ein aufregendes Gestirn, das einfach eine gewisse Ausstrahlung auf den Planeten Phileas Fogg hätte ausüben müssen. Aber nein! Mrs Aoudas Charme versagte zu Passepartouts Überraschung, und wenn es wirklich auf dem Planeten Fogg Auswirkungen gab, waren sie noch schwerer festzustellen als gewisse Störungen auf dem Uranus, deren Untersuchung wenigstens zur Entdeckung des Neptuns geführt hatte.

Passepartout konnte sich jeden Tag von neuem über Mr Foggs Gleichgültigkeit aufregen, zumal Mrs Aoudas Dankbarkeit gegenüber ihrem Retter so deutlich in ihren Augen geschrieben stand. Phileas Fogg hatte eben doch kein Herz, jedenfalls nicht in amourösen Gefilden. Tapferkeit um der Dame willen hatte er noch aufbringen können, mehr aber war zu viel verlangt!

Passepartout konnte auch nicht feststellen, ob sein Herr überhaupt jemals die Erfolgsaussichten seines Unternehmens in Gedanken erwog. Der Diener jedenfalls sah dauernd schwarz. Eines Tages lehnte er am Schutzgitter des Maschinenraumes und beobachtete den großen Dampfkessel, der jedes Mal aus dem Rhythmus kam, wenn eine mächtige Welle das Schiff so stark anhob, dass die Schraube aus dem Wasser ragte. Dabei zischte dann stets der Dampf aus den Ventilen und der aufgeregte Passepartout schrie wütend.

»Die Ventile sind nicht richtig zugeschraubt! Wir kommen ja gar nicht weiter! Sieht den Engländern ähnlich. Auf einem amerikanischen Dampfer müsste man sitzen! Dann gingen wir vielleicht in die Luft, aber vorwärts kämen wir bestimmt!«

Im achtzehnten Kapitel

sind Phileas Fogg, Passepartout und Mr Fix mit ihren eigenen Angelegenheiten beschäftigt

Während der letzten Tage der Schiffsreise nach Hongkong herrschte sehr schlechtes Wetter. Starker Wind blies unablässig von Nordwesten her und machte der *Rangoon* zu schaffen. Das unstabile Schiff rollte heftig und die Passagiere beobachteten voller Unbehagen die langen gefährlichen Brecher, die der Wind in breiter Form vor sich her trieb.
Vom 3. bis zum 4. November wuchs sich der Wind in Sturm aus. Windböen peitschten das Meer auf. Einen halben Tag lang musste die *Rangoon* beidrehen und bei nur zehn Umdrehungen der Schiffsschraube die Wellen schräg anschneiden, um nicht zu kentern. Alle Segel wurden gerefft, aber die Takelage ächzte auch so noch unter dem Anprall der Windstöße.
Das Schiff verlor natürlich erheblich an Geschwindigkeit, und wenn der Sturm nicht bald aufhörte, mussten die Passagiere mit wenigstens zwanzigstündiger Verspätung rechnen.
Phileas Fogg beobachtete das Schauspiel des wütenden Meeres, das sich gegen ihn verschworen zu haben schien, mit gewohntem Gleichmut. Nicht einen Augenblick lang verdüsterte sich seine Miene und doch musste eine zwanzigstündige Verspätung seinen Reiseplan zunichte machen; denn das Schiff nach Yokohama wäre bei seiner Ankunft in Hongkong bereits ausgelaufen. Aber unser Gentleman

hatte keine Nerven: Er wurde weder ungeduldig noch verdrossen. Fast konnte man glauben, dieser Sturm sei in seinem Reiseprogramm einkalkuliert gewesen. Als Mrs Aouda einmal das Gespräch auf diese Verzögerung lenkte, musste auch sie feststellen, dass Mr Fogg so gleichmütig war wie eh und je.

Fix betrachtete den Sturm aus einem ganz anderen Gesichtswinkel; er war ihm dankbar! Seine Dankbarkeit wäre sogar ins Grenzenlose gewachsen, hätte die *Rangoon* vor den Windböen die Flucht ergreifen müssen. Aber die Verlangsamung der Fahrt genügt vielleicht schon, um einen gewissen Fogg zu mehrtägigem Aufenthalt in Hongkong zu zwingen. Endlich hatte der Himmel ein Einsehen mit den Absichten des Detektivs! Die heftigen Windstöße und Böen machten Mr Fix zwar ein bisschen seekrank, aber was tat das jetzt! Wand sich sein Körper auch unter Anfällen von Übelkeit, sein Herz hüpfte vor unsagbarer Genugtuung.

Passepartout konnte seine Aufregung während dieser Zeit der Prüfungen schlecht verbergen. Bisher hatte alles wunderbar geklappt. Erde und Gewässer schienen seinem Herrn ergeben zu sein, Dampfschiffe und Eisenbahnen dienten ihm willig und Wind und Dampf verhalfen ihm mit vereinten Kräften zu glücklicher Fahrt. Und jetzt? Begann jetzt eine Strähne fehlerhafter Berechnungen? Passepartout gebärdete sich, als sollte er die verwetteten 20 000 Pfund aus der eigenen Tasche bezahlen; er brach regelrecht zusammen. Er wütete gegen den Sturm, er verwünschte die Windböen und am liebsten hätte er das widerspenstige Meer verprügelt. Armer Passepartout!

Fix wiederum hütete sich seine Zufriedenheit über diese Entwicklung der Reise durchblicken zu lassen. Er tat auch gut daran; denn wäre dem Franzosen der Grund zu so seltsamer Befriedigung aufgegangen, hätte Mr Fix ein böses Viertelstündchen erleben müssen.

Passepartout blieb während des Sturmes an Deck der *Rangoon.* Unten hätte er es nicht ausgehalten. Er kletterte sogar mit affenartiger Geschwindigkeit in die Takelage und legte an allen Ecken und Enden mit Hand an; die Matrosen staunten nicht wenig! Wohl hundert Male quälte er den Kapitän, die Offiziere und die Matrosen mit Fragen und hinter seinem Rücken wurde schon über so viel Fassungslosigkeit gelacht. Passepartout wollte ganz genau wissen, wie lange der Sturm dauern werde. Die Befragten schickten ihn jedes Mal zum Barometer, das indes gar nicht daran dachte, zu steigen. Passepartout rüttelte es, aber das Gerät ließ sich weder durch Püffe noch Verwünschungen in seinem unverantwortlichen Verhalten beeinflussen.

Schließlich legte sich der Sturm und im Laufe des 4. November glätteten sich die Wogen. Der Wind drehte um 180 Grad nach Süden und schob das Schiff wieder vor sich her.

Mit dem guten Wetter heiterte sich auch Passepartouts Gemüt auf. Mars- und Focksegel konnten wieder gesetzt werden und die *Rangoon* setzte die Fahrt mit erfreulich hoher Geschwindigkeit fort.

Trotzdem mussten sich die Passagiere damit abfinden, dass nicht der ganze Zeitverlust wettgemacht werden konnte. Erst am 6. November kam um 5 Uhr morgens Land in Sicht. In Mr Foggs Reiseplan war der 5. November als Ankunftstag verzeichnet. Er kam also um 24 Stunden zu spät an und das Schiff nach Yokohama war sicher längst fort.

Um 6 Uhr kam der Lotse an Bord und bezog einen Posten auf der Kommandobrücke, um das Schiff durch die Fahrrinnen in den Hafen von Hongkong zu leiten.

Passepartout hätte den Lotsen für sein Leben gern gefragt, ob das Postschiff nach Yokohama noch im Hafen läge. Er unterließ es aber, um sich nicht die letzte schwache Hoffnung zu zerstören. Stattdessen vertraute er seine Nöte Mr Fix an. Der schlaue Fuchs heuchelte Anteilnahme und meinte tröstlich, Mr Fogg könnte ja mit dem nächsten Dampfer reisen, eine Bemerkung, die Passepartout in helle Wut versetzte.

Mr Fogg dagegen zögerte nicht im Geringsten den Rat des Lotsen einzuholen. Zunächst hatte er seinen *Bradshaw* studiert und nun fragte er den Seemann, ob er ihm die Abfahrtszeit des nächsten Schiffes nach Yokohama nennen könnte.

»Morgen«, sagte der Lotse, »mit dem Morgenhochwasser.«

»Soso«, sagte Mr Fogg und sah nicht im Geringsten verwundert aus. Passepartout hätte den Lotsen am liebsten umarmt, während Fix Mordgelüste bekam.

»Wie heißt das Schiff?«, fragte Mr Fogg.

»Die *Carnatic.*«
»Sollte die *Carnatic* nicht schon am 5. abfahren?«
»Sie haben Recht, mein Herr«, sagte der Lotse, »aber einer ihrer Dampfkessel musste repariert werden, sodass sich die Abfahrt um zwei Tage verschob.«
»Besten Dank«, sagte Mr Fogg und ging gleichmäßig abgemessenen Schrittes hinunter in den Salon des *Rangoon.*
Passepartout aber schüttelte dem Lotsen kräftig die Hand und sagte: »Sie sind ein Prachtkerl!«
Der Lotse hat zeitlebens nicht erfahren, warum ihm seine Auskunft derart warme Freundschaftsbezeigungen eintrug. Auf ein Pfeifensignal hin nahm er seinen Platz auf der Kommandobrücke wieder ein und lenkte den Dampfer durch die unübersehbare Menge von Dschunken, Haus- und Fischerbooten, überhaupt Wasserfahrzeugen jeglicher Art, die die Hafeneinfahrt verstopften.
Um 1 Uhr mittags legte die *Rangoon* am Kai von Hongkong an und die Passagiere gingen an Land.
Diesmal war es also reiner Zufall, dass Mr Foggs Vorhaben nicht scheiterte. Ohne den Maschinenschaden wäre die *Carnatic* tatsächlich am 5. November ausgelaufen und Reisende nach Japan hätten eine Woche bis zur Abfahrt des nächsten Dampfers warten müssen.
Mr Fogg hatte wohl 24 Stunden verloren, aber diese Einbuße hatte innerhalb seines Gesamtreiseplanes kein Gewicht; denn das Postschiff von Yokohama nach San Francisco wartete jeweils auf das Postboot aus Hongkong, sodass der Anschluss in jedem Falle gewährleistet war. Man würde zwar mit Stunden Verspätung in Yokohama abreisen, aber für die Überquerung des Pazifiks waren 22 Tage vorgesehen, in denen Verluste bequem wieder wettgemacht werden konnten. Phileas Fogg hatte also, abgesehen von diesen 24 Stunden, sein Programm einhalten können, und das, obwohl er schon 35 Tage unterwegs war!
Die *Carnatic* sollte erst am 7. November um 5 Uhr früh in See stechen. Mr Fogg blieben demnach sechzehn Stunden, um seine Angelegenheiten zu ordnen, genauer gesagt die Angelegenheiten seiner Reisegefährtin. Nach der Ausschiffung bot er der jungen Frau den Arm und

führte sie zu einer Sänfte. Auf seine Frage nach einer guten Unterkunft empfahlen ihm die Träger das Club-Hotel. Man stieg ein und die Sänfte setzte sich in Bewegung. Passepartout lief hinterher. Nach zwanzig Minuten war man am Ziel. Mrs Aouda bekam ein Zimmer und Mr Fogg wachte darüber, dass es ihr an nichts mangelte. Dann verabschiedete er sich, um den bewussten Vetter aufzusuchen, in dessen Obhut Mrs Aouda in Hongkong zurückbleiben sollte. Passepartout erhielt den Auftrag, der jungen Frau bis zu Mr Foggs Rückkehr Gesellschaft zu leisten.

Phileas Fogg ließ sich zur Börse bringen. Dort konnte man mit Sicherheit die Adresse eines so reichen Kaufherrn, wie es der ehrenwerte Jejeeh war, erfahren.

Mr Fogg wandte sich also an einen der Börsenmakler und hatte Erfolg. Der reiche Parse war ihm bekannt. Leider wusste er auch zu berichten, dass Mrs Aoudas Vetter China schon vor zwei Jahren verlassen hatte. Mit seinem Vermögen war er nach Europa ausgewandert – nach Holland, soviel man gehört hatte –, wo er zahlreiche Verbindungen besaß, die aus seiner Kaufmannstätigkeit herrührten.

Phileas Fogg kehrte in das Club-Hotel zurück. Er ließ sich bei Mrs Aouda melden und eröffnete ihr ohne Umschweife, dass der ehrenwerte Jejeeh nicht mehr in Hongkong, vielleicht aber in Holland lebte. Mrs Aouda konnte kein Wort hervorbringen. Sie presste die Hand an die Stirn und versuchte einige Augenblicke nachzudenken. Schließlich fragte sie mit ihrer sanften Stimme: »Was soll ich jetzt tun, Mister Fogg?«

»Das ist einfach«, antwortete der Gentleman, »Sie fahren nach Europa.«

»Aber ich kann Sie doch nicht länger belasten . . .«

»Sie belasten mich nicht und Ihre Gegenwart stört auch nicht mein Reiseprogramm. Passepartout . . .!«

»Gnädiger Herr?«, antwortete Passepartout.

»Gehen Sie zur *Carnatic* und lassen Sie drei Kabinen reservieren.«

Passepartout eilte überglücklich davon. Die junge Dame war stets so freundlich zu ihm! Und jetzt reiste sie mit Mr Fogg und ihm zusammen weiter!

Im neunzehnten Kapitel

setzt sich Passepartout allzu sehr für seinen Herrn ein und muss die Folgen tragen

Die kleine Insel Hongkong wurde den Engländern nach dem Krieg von 1842 im Vertrag von Nanking zugesprochen. Die kolonisatorisch außerordentlich begabten Briten hatten hier in wenigen Jahren eine blühende Stadt und dazu den Victoria-Hafen geschaffen. Die Insel liegt in der Mündung des Perl-Flusses, nur 60 Meilen von dem portugiesischen Macao auf dem linken Flussufer entfernt. Es war von Anfang an vorauszusehen, dass Hongkong Macao im Wettkampf um die größere Wirtschaftsmacht ausstechen werde. Tatsächlich lag nun der Hauptanteil des chinesischen Transitverkehrs in den Händen der Bewohner des britischen Hongkong. Sah man die Docks, Spitäler, Werften, Lagerhäuser, die gotische Kathedrale, den Regierungspalast und die asphaltierten Straßen, konnte man wahrhaftig meinen, eine Handelsstadt der Grafschaften Surrey oder Kent sei durch den ganzen Erdball hindurchgewandert und ausgerechnet an dieser Stelle Chinas wieder auf der Oberfläche erschienen.

Passepartout schlenderte, die Hände in den Taschen, in Richtung Victoria-Hafen. Unterwegs bestaunte er die Sänften und kleinen zweirädrigen Karren mit aufgezogenem Segel, die im *Reich der Mitte* noch in Mode waren. Um ihn herum drängte sich eine riesige Menschenmenge aus Chinesen, Japanern und Europäern. Abgesehen von Klei-

nigkeiten hätte Passepartout glauben können, er sei noch in Bombay, Kalkutta oder Singapur. Der ganze Erdball wurde offenbar von einem Band englischer Städte umschlungen.
Schließlich kam der Diener zum Victoria-Hafen. Die Perl-Flussmündung wimmelte von Schiffen aller Nationalitäten. Engländer, Franzosen, Amerikaner und Holländer waren hier mit Handels- und Kriegsschiffen vertreten. Dazwischen kreuzten flinke kleine japanische oder chinesische Boote, Dschunken lagen neben Sampans, den chinesischen Hausbooten, und Blumenboote bildeten schwimmende Gärten auf der Wasseroberfläche.
Beim Umherschlendern fiel Passepartout eine Anzahl sehr alter Chinesen auf, die alle in Gelb gekleidet waren. Als er sich bei einem einheimischen Figaro »auf Chinesisch« rasieren ließ, erfuhr er von dem Meister – in sehr gutem Englisch –, dass diese Greise mindestens achtzig Jahre alt waren. Mit dem achtzigsten Geburtstag erwarben sie das Privileg, die gelbe Farbe, die sonst dem Kaiser vorbehalten war, tragen zu dürfen. Passepartout fand diese Regelung äußerst komisch, ohne recht zu wissen, weshalb.
Nach beendeter Rasur ging er zum Anlegeplatz der *Carnatic.* Er war nicht sonderlich erstaunt dort den auf und ab wandelnden Mr Fix zu entdecken. Der Detektiv sah aus, als habe er eine entsetzliche Enttäuschung erlebt. Fein, sagte sich Passepartout, die Sache der Herren vom Reform Club steht schlecht.
Er übersah geflissentlich die bekümmerte Miene des Detektivs und begrüßte ihn mit strahlendem Gesicht.
Mr Fix hatte tatsächlich Grund mit seinem Schicksal zu hadern. Der Haftbefehl war wieder nicht da. Offenbar reiste das Dokument ständig hinter ihm her und würde ihn erst erreichen, wenn er einmal mehrere Tage in der Stadt bleiben konnte. Hongkong war die letzte britische Station auf Mr Foggs Reiseroute, und wenn Fix den Kerl nicht hier auf irgendeine Weise zurückhalten konnte, war er binnen kurzem endgültig über alle Berge.
»Nun, Mister Fix, wie steht es? Kommen Sie mit uns nach Amerika?«, fragte Passepartout.

»Ja«, sagte Fix mit verkniffenem Mund.
»Nicht möglich!« Passepartout lachte schallend. »Ich wusste ja, dass Sie sich nicht von uns trennen können. Kommen Sie, wir müssen unsere Plätze buchen!«
Sie betraten zusammen das Büro der Schifffahrtsgesellschaft und ließen vier Kabinen reservieren. Der Angestellte machte sie darauf aufmerksam, dass die *Carnatic* nach beendeter Reparatur noch an diesem Abend um 8 Uhr und nicht, wie angekündigt, erst am nächsten Morgen auslaufen werde.
»Umso besser!«, sagte Passepartout. »Ich werde gleich Bescheid sagen.«
Da fasste Mr Fix einen gewagten Plan. Er beschloss Passepartout aufzuklären. Nur so bestand vielleicht noch eine Chance Mr Fogg einige Tage in Hongkong aufzuhalten.
Auf dem Rückweg schlug Fix dem Diener eine Erfrischungspause vor. Passepartout nahm die Einladung an. Gleich am Kai gab es eine Taverne, die recht einladend aussah. Mr Fix und Passepartout betraten den hübsch ausgestatteten Schankraum, dessen Hintergrund von einem feldbettähnlichen Gestell mit allerlei Kissen ausgefüllt war. Auf dieser Bettstatt lagen dicht nebeneinander mehrere Schläfer. Etwa 30 Gäste saßen an kleinen Korbtischen. Einige tranken englisches Bier, Ale oder Porter, andere schenkten sich alkoholische Getränke, Gin oder Brandy, aus kleinen Karaffen ein. Fast alle rauchten lange Tonpfeifen, die mit Opiumkügelchen gestopft wurden, denen Rosenessenz beigemischt war. Gelegentlich glitt ein betäubter Raucher unter den Tisch. Dann packten die Kellner den Mann beim Kopf und bei den Füßen, schleppten ihn zu dem Feldbett und legten ihn neben die anderen Schläfer. Fix und Passepartout sahen, dass dort schon an die zwanzig Personen ihren Opiumrausch ausschliefen.
Kein Zweifel! Sie waren in eine Opiumhöhle geraten, mitten unter diese elenden, abgestumpften, abgemagerten, geistig zerrütteten Menschen, denen das geschäftstüchtige England alljährlich Opium im Werte von 10 400 000 Pfund aufdrängte. Schmutzige Millionen, verdient an einem der traurigsten Laster der Menschheit!

Die chinesische Regierung hatte wohl versucht dem Opiumgenuss durch strenge Gesetze Einhalt zu gebieten, aber vergebens: Das Laster verbreitete sich auf dem Weg über die Oberschicht, der es offiziell gestattet war, in das einfache Volk und war nun nicht mehr einzudämmen. Opium wurde im *Reich der Mitte* immer und überall geraucht. Männer und Frauen ergaben sich gleicherweise dem verhängnisvollen Rauschgift. Waren sie erst daran gewöhnt, konnten sie nicht mehr davon lassen, versuchten sie es, bekamen sie furchtbare Magenkrämpfe. Besonders leidenschaftliche Raucher brachten es auf acht Pfeifen täglich und in fünf Jahren waren sie tot.

Die Opiumhöhlen vermehrten sich ständig, sogar in Hongkong. Und Fix und Passepartout waren versehentlich in solch ein »Lokal« geraten! Der Diener hatte kein Geld bei sich, nahm aber eine »freundliche Leihgabe« des Detektivs an, die er bei nächster Gelegenheit zurückerstatten wollte. Zunächst bestellten die beiden zwei Flaschen Portwein und der Franzose bediente sich fleißig. Mr Fix hielt sich zurück, um den jungen Mann umso schärfer beobachten zu können. Sie plauderten über dieses und jenes und stellten immer wieder fest, dass Mr Fix doch einen glänzenden Einfall gehabt hatte, als er ebenfalls eine Kabine auf der *Carnatic* belegte. Bei diesem Namen fiel Passepartout etwas ein. Die Flaschen waren geleert und der Dampfer sollte in ein paar Stunden in See stechen. Er musste endlich seinen Herrn benachrichtigen! Fix hielt ihn zurück.

»Einen Augenblick«, bat er.

»Was gibt es denn noch, Mister Fix?«

»Ich möchte mit Ihnen eine ernste Angelegenheit besprechen.«

»Eine ernste Angelegenheit?«, rief Passepartout. Er beschäftigte sich gerade mit den letzten Tropfen Wein, die noch in seinem Glas zurückgeblieben waren. »Meinetwegen, aber morgen, jetzt habe ich keine Zeit mehr.«

»Sie müssen mich anhören. Es geht um Ihren Herrn«, sagte Fix.

Passepartout blickte auf. Irgendetwas in den Gesichtszügen des Detektivs kam ihm nicht geheuer vor. Er setzte sich wieder und sagte: »Was haben Sie mir denn zu erzählen?«

Fix rückte näher und flüsterte:
»Sie haben bestimmt erraten, wer ich bin.«
»Weiß Gott!« Passepartout lächelte.
»Dann will ich Ihnen die ganze Sache genauer erklären . . .«
»Erklären? Wo ich doch ohnehin Bescheid weiß? Das wäre nicht besonders geistreich, mein lieber Mister Fix. Allerdings, wenn Sie Spaß daran haben . . . Vorneweg muss ich Ihnen aber sagen, dass sich die Herren vollkommen unnötig in so große Kosten gestürzt haben.«
»Unnötig!«, wiederholte Fix. »Sie haben gut reden! Offenbar wissen Sie überhaupt nicht, um welche Summe es geht!«
»Natürlich weiß ich das«, sagte Passepartout. »20 000 Pfund.«
»55 000 Pfund!«, verbesserte Fix und quetschte Passepartouts Hand.
»Was höre ich?«, schrie der Diener. »Wie konnte Mister Fogg wagen 55 000 Pfund . . .! Um Himmels willen, ich muss ihm sofort sagen, dass . . .« Er sprang wieder auf.
»55 000 Pfund«, sagte Fix noch einmal, bestellte schnell eine Flasche Brandy und drückte Passepartout wieder auf den Stuhl nieder.
»Habe ich Erfolg, bekomme ich 2 000 Pfund Belohnung. Wenn Sie mich unterstützen, gebe ich Ihnen davon 500!«
»Sie unterstützen?« Passepartouts Augen waren jetzt unnatürlich weit geöffnet.
»Ja. Sie müssen mir helfen Phileas Fogg ein paar Tage in Hongkong festzuhalten.«
»Wie bitte?«, sagte Passepartout. »Ich höre wohl nicht richtig. Genügt es den Herren noch nicht Mister Foggs Ehrlichkeit zu bezweifeln und ihn bespitzeln zu lassen? Wollen Sie ihm auch noch Hindernisse in den Weg werfen? Ich schäme mich für Sie!«
»Wovon reden Sie eigentlich?«, fragte Fix.
»Ich rede über die Unanständigkeit dieser Herren. Erst Mister Fogg hereinlegen und ihm dann das Geld abnehmen wollen!«
»Genau das haben wir vor!«
»So etwas Hinterhältiges!«, schrie Passepartout. Der Brandy stieg ihm in den Kopf. Mr Fix schenkte wieder ein und der Diener trank, ohne es überhaupt zu merken.

»So etwas Hinterhältiges!«, wiederholte er. »Das wollen Gentlemen sein! Kollegen!«
Fix begriff gar nichts mehr.
»Kollegen! Mitglieder des Reform Club!«, begann Passepartout wieder. »Mein Herr ist ein ehrenwerter Mann, Mister Fix. Das versichere ich Ihnen. Und wenn er eine Wette eingeht, hat er auch die Absicht, sie auf ehrliche Weise zu gewinnen.«
»Wofür halten Sie mich eigentlich?«, fragte Fix und blickte Passepartout scharf an.
»Meiner Treu! Natürlich für den Detektiv, der von den Herren im Reform Club zur Überwachung unserer Reiseroute bestellt wurde – was ich sehr erniedrigend finde! Und noch eines: Ich weiß schon eine ganze Weile, was Sie treiben, aber ich habe mich gehütet Mr Fogg davon zu unterrichten.«
»Der ahnt nichts?«, fragte Fix schnell dazwischen.
»Nichts«, sagte Passepartout und leerte schnell noch ein Gläschen.
Der Detektiv fuhr sich mit der Hand über die Stirn. Er wusste nicht recht, ob es klug war weiterzusprechen. Passepartouts Unkenntnis der Dinge war echt, aber dadurch war das Problem nicht gelöst. Der junge Mann sprach offensichtlich aus voller Überzeugung, war also nicht Komplize seines Herrn, wie Fix bisher befürchtet hatte.
Ist er nicht Komplize, wird er mir schon helfen, sagte er sich und beschloss zum zweiten Male den Diener ins Vertrauen zu ziehen. Er durfte nicht mehr zögern, Fogg musste hier in Hongkong verhaftet werden.
»Hören Sie mal gut zu«, begann er kurz angebunden. »Sie irren sich, wenn Sie mich für einen Detektiv der Herren vom Reform Club halten.«
»Ach nein«, sagte Passepartout und blickte Mr Fix neckisch an.
»Ich bin Polizeiinspektor und erfülle hier einen Auftrag meiner Londoner Behörde . . .«
»Sie . . .? Polizeiinspektor . . .?«
»Bitte schön . . ., hier ist mein Ausweis!«, sagte Fix und zog ein Papier aus der Brieftasche, das vom Chef der Londoner Polizei unterzeichnet war.

Passepartout war erschlagen. Er starrte Fix an und konnte kein Wort herausbringen.
»Die Wette dieses Fogg war nur ein Vorwand, auf den Sie hereingefallen sind – und übrigens auch die Herren vom Reform Club«, sagte Fix. »Der Bursche legt es darauf an, Sie als nichts ahnenden Komplizen mit sich herzumzuschleppen.«
»Aber warum denn?«, fragte Passepartout aufgeregt.
»Das will ich Ihnen sagen. Am 28. September dieses Jahres sind in der Bank von England 55 000 Pfund gestohlen worden. Von dem Täter konnte eine Personenbeschreibung hergestellt werden. Hier, vergleichen Sie mal! Sie passt in allen Einzelheiten auf Ihren Mister Fogg.«
»Jetzt habe ich genug!«, schrie Passepartout und hieb mit seiner kräftigen Faust auf den Tisch. »Mein Herr ist der ehrlichste Mensch der Welt!«
»Was wissen Sie denn schon? Sie kennen ihn ja noch gar nicht richtig. Sind Sie vielleicht nicht erst am Abreisetag in seine Dienste getreten? Ist er vielleicht nicht ganz überstürzt unter einem wahnwitzigen Vorwand und ohne Gepäck, bloß mit einer riesigen Summe in Banknoten, von London abgereist? Und Sie wagen zu behaupten, er sei ein Ehrenmann!«
»Ja, ja«, sagte der arme Bursche ein paar Mal ganz mechanisch.
Passepartout stützte den Kopf schwer in die Hände. Er war nicht wieder zu erkennen und wagte nicht einmal den Polizeiinspektor anzuschauen. Phileas Fogg, Mrs Aoudas Retter, dieser großmütige tapfere Mann – ein Bankräuber! Und was für schwere Anschuldigungen man gegen ihn erhob! Passepartout wehrte sich heftig gegen die leisen Zweifel, die sich nun doch in seine Seele schlichen. Nein, er wollte nicht an die Schuld seines Herrn glauben!
»Was soll ich denn tun?«, fragte er schließlich den Polizeiinspektor. Die Frage kostete ihn viel Mühe.
»Die Sache verhält sich so«, begann Fix. »Ich habe diesen Fogg bis hierher verfolgt, aber der Haftbefehl aus London muss noch eintreffen. Sie sollen mir nun helfen den Mann in Hongkong zurückzuhalten . . .«

»Ich? Da soll mich doch der . . .«

»Und ich teile mit Ihnen die 2 000 Pfund Belohnung, die die Bank von England ausgesetzt hat.«

»Niemals!«, antwortete Passepartout. Er wollte aufstehen, plumpste aber zurück und spürte, dass ihm die Glieder versagten und der Kopf schwirrte.

Er stammelte nur noch ein paar Worte.

»Mister Fix, wenn Sie tatsächlich die Wahrheit gesagt haben . . . wenn mein Herr wirklich der gesuchte Bankräuber ist . . . was ich bestreite . . . ich bin . . . ich habe bei ihm gedient . . . ich weiß, dass er gutherzig und großzügig ist . . . Ich kann ihn nicht verraten, nein . . . nicht um alles Gold der Welt . . . Ich stamme nämlich aus einer Gegend, wo man auf solchen Lohn spuckt!«

»Sie weigern sich?«

»Ich weigere mich!«

»Gut. Tun wir, als hätte ich nichts gesagt, und trinken wir noch ein Gläschen«, schlug Mr Fix vor.

Passepartout spürte, dass der Alkohol immer mehr die Oberhand über ihn gewann. Fix hatte jetzt beschlossen den Diener um jeden Preis von seinem Herrn zu trennen. Er musste Passepartout irgendwie außer Gefecht setzen.

Auf dem Tisch lagen einige gestopfte Opiumpfeifen. Fix drückte Passepartout eine davon in die Hand, der junge Mann griff zu, führte das Mundstück an die Lippen, zündete das Opium an, machte ein paar tiefe Züge – und sackte vornüber. Das Rauschgift hatte bereits gewirkt.

»Endlich«, sagte Mr Fix, als Passepartout endgültig die Sinne schwanden. »Jetzt erfährt dieser Fogg nichts von der vorverlegten Abfahrt der *Carnatic*, und wenn er doch abreisen sollte, muss er wenigstens diesen elenden Franzosen hier lassen.«

Er bezahlte seine Rechnung und verschwand.

◆◆◆◆◆◆◆◆◆◆◆◆◆◆◆◆◆◆◆◆◆◆◆◆◆◆◆

Im zwanzigsten Kapitel

◆

gerät Fix in direkten Kontakt mit Phileas Fogg

Während in der Hafentaverne eine bedrohliche Wendung in Mr Foggs Schicksal eingeleitet wurde, spazierte unser Gentleman selbst mit Mrs Aouda durch die Straßen des englischen Hongkong. Da sich die junge Parsin zur Weiterreise nach Europa bereit erklärt hatte, musste sich Phileas Fogg mit ihrer Ausstattung für die lange Fahrt befassen. Dass ein Engländer nur mit einer Reisetasche versehen eine ganze Weltreise machte, wurde vielleicht noch hingenommen, eine Dame jedoch musste besser ausgerüstet sein. Also blieb nichts weiter übrig, als Kleider und die vielen Kleinigkeiten zu besorgen, die ein weibliches Wesen auf Reisen benötigt. Mr Fogg entledigte sich dieser Aufgabe mit gewohntem Gleichmut und auf die zahlreichen Entschuldigungen der jungen Witwe antwortete er immer mit demselben Satz: »Es geschieht im Interesse meiner Reise und ist einkalkuliert.«
Nach beendetem Einkauf kehrten Mr Fogg und die junge Frau in das Hotel zurück. An der Gästetafel nahmen sie eine ausgezeichnete Mahlzeit ein und dann zog sich Mrs Aouda in ihr Zimmer zurück, um zu ruhen. Beim Verlassen des Speisesaales hatte sie noch einmal »auf Englisch« die Hand ihres unerschütterlichen Ritters gedrückt. Dem ehrenwerten Gentleman stand es nun frei den ganzen Abend mit der Lektüre der *Times* und der *Illustrated London News* zu verbringen.

Endlich wurde es auch für Mr Fogg Zeit zu Bett zu gehen. Eigentlich hätte er sich fragen müssen, warum sein Diener auch jetzt noch nicht ins Hotel zurückgekehrt sei, aber Phileas Fogg wunderte sich grundsätzlich nicht und im Übrigen ging das Schiff sowieso erst am folgenden Morgen ab. Wozu also aufregen?
Am nächsten Morgen klingelte Mr Fogg nach Passepartout, aber der Diener kam nicht.
Niemand vermochte Phileas Foggs Gedanken zu erraten, als man ihm mitteilte, der Franzose sei überhaupt nicht ins Hotel zurückgekehrt. Der Gentleman begnügte sich damit, seine Reisetasche zu ergreifen, Mrs Aouda herunterbitten zu lassen und eine Sänfte zu bestellen.
Es war 8 Uhr. Die *Carnatic* musste die Flut um halb 10 Uhr morgens abwarten, ehe sie in See stechen konnte.
Die Sänfte kam und Mr Fogg und Mrs Aouda bestiegen das bequeme Transportmittel. Ihr Gepäck folgte auf einem Handkarren.
Eine halbe Stunde später kamen die Reisenden am Anlegesteg an und da erfuhr Mr Fogg von der vorverlegten Abfahrt der *Carnatic.* Der Gentleman hatte erwartet hier im Hafen Diener und Schiff vorzufinden und nun waren beide nicht vorhanden.
Er ließ sich nicht die geringste Spur von Enttäuschung anmerken, und als ihn Mrs Aouda beunruhigt anblickte, bemerkte er lediglich:
»Ein kleiner Zwischenfall, gnädige Frau, nichts weiter.«
Ein Mann hatte Mr Fogg schon ein Weilchen aufmerksam beobachtet und trat jetzt an ihn heran. Es war der Detektiv. Fix grüßte Phileas Fogg und sagte: »Sind wir nicht gestern zusammen hier eingetroffen? Sie waren doch auch Passagier der *Rangoon?*«
»Allerdings«, sagte Phileas Fogg frostig, »ich wüsste aber nicht, wo . . .«
»Gestatten Sie mir noch eine Frage«, fuhr Fix fort, »ich hoffte Ihren Diener hier zu treffen . . .«
»Wissen Sie vielleicht, wo er ist?«, fragte die junge Frau lebhaft.
»Was höre ich? Er ist nicht mehr bei Ihnen?« Fix heuchelte Überraschung.
»Wir vermissen ihn seit gestern«, sagte Mrs Aouda. »Ob er wohl allein mit der *Carnatic* abgereist ist?«

»Allein, gnädige Frau?«, sagte der Detektiv. »Aber, gestatten Sie die Frage, wollten Sie den Postdampfer benutzen?«
»Ja.«
»Ich auch, gnädige Frau, und ich bin wirklich sehr enttäuscht. Die Reparaturarbeiten auf der *Carnatic* wurden schneller als vorgesehen beendet und das Schiff hat Hongkong zwölf Stunden früher verlassen, ohne dass die Passagiere benachrichtigt wurden. Jetzt dauert es acht Tage, bis wieder ein Schiff abgeht.«
Bei den Worten »acht Tage« hüpfte das Herz des Detektivs vor Schadenfreude. Acht Tage! Acht Tage musste Phileas Fogg in Hongkong warten! Inzwischen würde der Haftbefehl eintreffen. Das Glück lächelte nunmehr dem Vertreter des Gesetzes.
Wie ein Keulenhieb traf ihn Mr Foggs Antwort.
»Ich meine doch, dass es im Hafen von Hongkong noch andere Schiffe gibt«, sagte der Gentleman ganz ruhig, bot Mrs Aouda den Arm und machte sich auf die Suche nach einem fahrbereiten Dampfer.
Fix war niedergeschmettert, folgte aber dem Paar, als wäre er durch ein Band an Mr Foggs Fersen geheftet. Immerhin sah es so aus, als wolle das Glück sein Lieblingskind Phileas Fogg verlassen. Drei Stunden lang durchstreifte der Gentleman den Hafen in allen Himmelsrichtungen. Er war entschlossen ein Schiff für die Weiterreise nach Yokohama zu mieten, aber wo er auch hinschaute, überall wurden die Schiffe entweder entladen oder beladen, konnten also nicht sofort aufbrechen.
Fix begann wieder zu hoffen.
Phileas Fogg verlor keineswegs die Fassung. Er würde weitersuchen, selbst wenn er bis nach Macao vorstoßen müsste!
Endlich, im Außenhafen, trat ein Seemann auf ihn zu, zog die Mütze und fragte: »Braucht der Herr ein Boot?«
»Könnte Ihr Boot augenblicklich abfahren?«, erkundigte sich Mr Fogg.
»Ja, gnädiger Herr. Es ist das Boot der Lotsenflotille, die Nummer 43!«
»Ist es schnell?«
»Hart am Wind macht es zwischen acht und neun Meilen. Möchten Sie es mal anschauen?«
»Ja.«

»Der Herr wird zufrieden sein. Soll es ein kleiner Ausflug werden?«
»Nein. Eine Seereise.«
»Eine Seereise?«
»Sind Sie bereit mich nach Yokohama zu bringen?«
Der Seemann riss die Augen weit auf und fuchtelte mit den Armen in der Luft herum.
»Der Herr scherzt wohl?«, sagte er.
»Nein. Ich habe die Abfahrt der *Carnatic* verpasst und muss trotzdem spätestens am 14. in Yokohama sein, um das Postschiff nach San Francisco zu erreichen.«
»Es tut mir Leid«, sagte der Lotse, »aber ich kann den Auftrag nicht übernehmen.«
»Ich biete Ihnen 100 Pfund pro Tag und 200 Pfund obendrein, wenn ich rechtzeitig ankomme.«
»Ist das Ihr Ernst?«, fragte der Lotse.
»Mein voller Ernst«, antwortete Phileas Fogg.
Der Seemann trat ein paar Schritte beiseite und schaute auf das Meer hinaus. Offenbar wurde er zwischen dem Verlangen nach der unerhört hohen Geldsumme und der Angst vor der weiten Fahrt hin und her gerissen. Fix stand Todesängste aus.
Inzwischen wandte sich Phileas Fogg an Mrs Aouda.
»Sie werden sich doch nicht fürchten?«, fragte er.
»An Ihrer Seite gewiss nicht, Mister Fogg«, antwortete sie. Der Lotse kam jetzt wieder näher. Er drehte seine Mütze in den Händen.
»Nun, wie steht es?«, fragte Mr Fogg.
»Also, um die Wahrheit zu sagen, gnädiger Herr, ich wage einfach nicht das Leben meiner Leute zu riskieren, auch nicht das Ihre oder meines. Die Fahrt ist zu lang für ein Schiff von weniger als zwanzig Tonnen, ganz zu schweigen von der Jahreszeit. Und wir würden sowieso zu spät kommen. Bis Yokohama sind es 1 650 Meilen.«
»1 600«, korrigierte Mr Fogg.
»Das ist so gut wie dasselbe.« Fix holte tief Atem.
»Aber ich möchte einen anderen Vorschlag machen«, begann der Lotse noch einmal.

»Und das wäre?«, fragte Phileas Fogg.

»Nur bis Nagasaki an der Südspitze von Japan zu fahren. Das macht 1 100 Meilen. Oder vielleicht sollten Sie mit meinem Boot überhaupt nur die 800 Meilen bis Schanghai machen. Dann könnten wir immer in Küstennähe bleiben, was mir sehr angenehm wäre, und wir würden außerdem die Nordströmungen ausnutzen.«

»Ich habe Ihnen doch gesagt, dass ich das amerikanische Postschiff in Yokohama erreichen muss, nicht in Nagasaki und nicht in Schanghai.«

»Warum denn nicht?«, fragte der Lotse. »Das Postschiff nach San Francisco macht doch in Yokohama und vorher in Nagasaki nur Zwischenstation. Sein Ausgangshafen ist doch Schanghai!«

»Sie wissen das ganz sicher?«

»Absolut sicher!«

»Und wann soll das Schiff in Schanghai abfahren?«

»Am 11. um 7 Uhr abends. Uns bleiben also vier Tage. Vier Tage, das macht 96 Stunden. Bei durchschnittlich acht Meilen in der Stunde könnten wir die 800 Meilen bis Schanghai rechtzeitig schaffen, vorausgesetzt natürlich, das Meer ist ruhig und der Wind weht weiter aus Südosten.«

»Wann können wir fahren?«

»In einer Stunde. Ich muss noch Lebensmittel kaufen und das Schiff klarmachen.«

»Abgemacht. Sie sind der Schiffseigner?«

»Ja, gnädiger Herr, John Bunsby, Eigentümer der *Tankadère.*«

»Brauchen Sie einen Vorschuss?«

»Wenn es dem Herrn nichts ausmacht . . .«

»Hier haben Sie 200 Pfund Anzahlung«, sagte Phileas Fogg und wandte sich an den Detektiv. »Wenn Sie an der Fahrt teilnehmen wollen . . .«

»Ich wollte Sie schon um diesen Gefallen bitten«, sagte Fix kurz entschlossen.

»Geht in Ordnung. In einer halben Stunde sind wir an Bord.«

»Und was wird aus dem armen Burschen?«, fragte Mrs Aouda, die sich fortwährend mit Passepartouts Verschwinden beschäftigte.

»Ich werde alles Menschenmögliche für ihn tun«, versicherte Phileas Fogg.

Während der nervöse, unruhige, wütende Fix schon zum Lotsenboot ging, suchten Phileas Fogg und Mrs Aouda die Polizeistation von Hongkong auf. Mr Fogg hinterließ dort eine Beschreibung seines Dieners und eine Geldsumme, die für die Heimreise ausreichte. Dieselben Formalitäten erledigte er noch einmal auf dem französischen Konsulat. Dann kehrte er mit seiner Begleiterin zum Außenhafen zurück.
Es schlug 3 Uhr. Das Lotsenboot Nr. 43 hatte genügend Proviant aufgenommen und die Mannschaft war an Bord. Die Reise konnte beginnen.
Die *Tankadère* war ein hübscher kleiner Schoner von ungefähr 20 Bruttoregistertonnen mit schmalem Bug und schnittigem Schiffskörper. Man hätte sie fast für eine Rennjacht halten können. Spiegelblanke Kupferbeschläge, galvanisierte Eisenteile und das blitzblank gescheuerte Deck bewiesen, dass John Bunsby sich gut auf die Schiffsführung verstand. Die *Tankadère* war mit Gaffel-, Fock-, Vorstag-, Klüver- und Gaffeltoppsegel ausgerüstet und konnte bei Rückenwind noch die Breitfock setzen. Sie war allem Anschein nach sehr schnell. Bei Wettfahrten der Lotsenboote hatte sie schon mehrmals Preise errungen.
Die Mannschaft der *Tankadère* bestand aus dem Schiffseigentümer John Bunsby und vier Matrosen. Alle fünf gehörten zu der kühnen Sorte von Seeleuten, die sich bei Wind und Wetter aufs Meer hinauswagten, um andere Schiffe in den Hafen zu geleiten. Natürlich kannten sie das Meer wie ihre Westentasche. John Bunsby mochte etwa 45 Jahre alt sein. Der kräftige sonnengebräunte Mann mit dem lebhaften Blick und den energischen Gesichtszügen trat so sicher auf und verstand sich so ausgezeichnet auf sein Handwerk, dass auch der ängstlichste Passagier noch Vertrauen zu ihm fassen musste.
Mrs Aouda und Phileas Fogg gingen an Bord. Fix war schon da. Vom Achterdeck ging es hinunter in einen quadratischen Raum, um dessen Wände eine Polsterbank lief. Über die Bank waren an den Wänden Rahmen für Hängematten befestigt und die Mitte des Raumes füllte

ein Tisch aus, über dem eine Sturmlaterne hing. Nicht viel, aber einladend.

»Es tut mir Leid, dass ich Ihnen nichts Besseres bieten kann«, sagte Mr Fogg zu Fix, der sich wortlos verbeugte. Der Polizeiinspektor empfand es als Demütigung von diesem Fogg Gefälligkeiten annehmen zu müssen.

»Ein verdammt höflicher Spitzbube«, sagte er sich, »aber Spitzbube bleibt Spitzbube!«

Zehn Minuten nach 3 Uhr stach die *Tankadère* in See. Die englische Flagge flatterte am Mast hoch über den Passagieren, die jetzt an Deck gekommen waren. Mr Fogg und Mrs Aouda suchten mit den Blicken noch einmal den Kai ab: Passepartout war nicht zu entdecken.

Fix stand immer noch Angst aus. Er hatte den unglückseligen Burschen schlecht genug behandelt und sollte ihn der Zufall noch zum Hafen führen, gäbe es eine Auseinandersetzung, die für den Detektiv bestimmt nicht angenehm wäre. Aber der Franzose kam nicht; er stand wohl immer noch unter der Einwirkung des Opiums.

Schließlich erreichte die *Tankadère* das offene Meer, bekam Wind in die Segel und begann in langen Schwüngen über die Wellen zu gleiten.

Im einundzwanzigsten Kapitel

läuft der Eigentümer der »Tankadère« Gefahr eine Belohnung von 200 Pfund einzubüßen

Die Seereise über 800 Meilen auf dem kleinen Zwanzigtonner, noch dazu in dieser Jahreszeit, war ein rechtes Abenteuer. Die chinesischen Küstengewässer sind wegen ihrer heftigen Winde zu allen Jahreszeiten tückisch, aber während der Äquinoktien werden sie ausgesprochen gefährlich und man war noch in den ersten Novembertagen.
Zweifellos wäre es für den Lotsen vorteilhaft gewesen seine Passagiere bis nach Yokohama zu bringen, denn er bekam für jeden einzelnen Reisetag eine beträchtliche Geldsumme. Seine Vernunft aber war stärker. Bei diesem Wetter war es schon kühn genug, wenn nicht sogar tollkühn, die Fahrt nach Schanghai zu wagen. Allerdings setzte John Bunsby ein wohl begründetes Vertrauen in seine *Tankadère,* die leicht wie eine Möwe über die Wogen glitt.
Während der letzten Tagesstunden manövrierte das Schiff immer noch in den launischen Gewässern vor Hongkong, aber es hielt sich wunderbar, ganz gleich, ob es hart am Wind oder mit Rückenwind fuhr. Beim Erreichen des offenen Meeres war Phileas Fogg an den Lotsen herangetreten und hatte gesagt: »Ich brauche Sie wohl nicht zu bitten so schnell wie möglich zu fahren.«
Und John Bunsby hatte geantwortet: »Der Herr kann sich auf mich verlassen. Wir haben so viele Segel gesetzt, wie der Wind zulässt. Die

Gaffeltoppsegel würden nichts bewirken. Sie könnten uns höchstens am schnellen Vorankommen hindern.«

»Das ist Ihre Angelegenheit, nicht meine. Ich verlasse mich auf Sie«, war alles, was Phileas Fogg zu entgegen hatte.

Jetzt stand er an Deck, kerzengerade und breitbeinig wie ein echter Seemann, und beobachtete das Meer.

Mrs Aouda saß im Heck des Schiffes. Die Reise in dem zerbrechlichen Fahrzeug und auf einem Meer, das jetzt bei einbrechender Nacht doppelt düster aussah, erregte sie tief. Über ihrem Kopf blähten sich die weißen Segel wie Flügel, die sie in die unbekannte Ferne trugen. Das ganze Schiff schien vom Wind getrieben durch die Lüfte zu schweben.

Dann wurde es endgültig Nacht. Der Mond stand noch im ersten Viertel und sein schwaches Licht verlosch bald wieder in den Nebelschwaden, die über dem Horizont lagerten. Von Osten her jagten Wolken heran und hatten den Himmel schon teilweise bedeckt.

Der Lotse stellte seine Positionslichter auf. Diese Vorsichtsmaßnahme war in viel befahrenen Küstengewässern unerlässlich. Es gab häufig Zusammenstöße und bei der hohen Geschwindigkeit der *Tankadère* genügte schon ein leichter Stoß, um eine Katastrophe herbeizuführen.

Fix saß im Bug und döste vor sich hin. Er hatte bemerkt, dass Mr Fogg nicht gerade gesprächig war, und hielt sich lieber abseits. Außerdem widerstand ihm der Gedanke an eine Unterhaltung mit diesem Kerl. Genug, dass er seine Hilfe in Anspruch nehmen musste! Dann wieder dachte der Detektiv über die kommenden Ereignisse nach. Ganz bestimmt würde Fogg in Yokohama gleich das Postschiff nach San Francisco besteigen und nach Amerika abdampfen. In dem riesigen Land konnte er leicht untertauchen. Amerika, das bedeutete Straflosigkeit und Sicherheit für den Dieb. Wie gut der Kerl sich das ausgedacht hatte!

Anstatt sich in England gleich nach Amerika einzuschiffen – was jeder gewöhnliche Spitzbube versucht hätte –, war Fogg erst einmal um drei Viertel des Erdballs gesegelt, um die Polizei abzuschütteln und dann seelenruhig in Amerika die gestohlenen Tausender der Bank von England verzehren zu können.

Was sollte Fix tun, wenn sie erst einmal in Amerika wären? Den Mann laufen lassen? Nein! Hundertmal nein! Nicht einen Fußbreit wollte der Detektiv diesem Fogg von der Seite weichen, bis er einen Auslieferungsbefehl erwirkt hatte. Das war seine Pflicht und die würde er erfüllen, koste es, was es wolle. Immerhin war wenigstens schon der Diener von seinem Herrn getrennt. Nachdem Fix den Franzosen ins Vertrauen gezogen hatte, durften sich Herr und Diener um keinen Preis mehr begegnen.

Phileas Fogg machte sich übrigens auch Gedanken über Passepartouts rätselhaftes Verschwinden. Nachdem er alle Möglichkeiten erwogen hatte, kam er zu dem Schluss, dass sich der Diener höchstwahrscheinlich im allerletzten Augenblick auf der *Carnatic* eingeschifft hatte. Mrs Aouda war derselben Meinung. Ihr tat der freundliche Bursche, dem sie so viel verdankte, herzlich Leid. Vielleicht würde man Passepartout in Yokohama wieder treffen. Auf jeden Fall aber konnte man dort in Erfahrung bringen, ob er sich an Bord der *Carnatic* befunden hatte.

Gegen 10 Uhr frischte der Wind plötzlich auf. Vielleicht war es besser die Segel zu reffen? Der Lotse beobachtete den Himmel sehr aufmerksam und beschloss die Leinwand an ihrem Platz zu lassen. Bei dem ausgezeichneten Tiefgang des Schiffes bildeten die Segel auch jetzt noch keine Gefahr und sollte es Böen geben, konnten sie immer noch schnell gerefft werden.

Um Mitternacht stiegen Mrs Aouda und Mr Fogg in die Kajüte hinunter. Fix war schon vorangegangen und hatte sich in einer der Hängematten zur Ruhe gelegt. Der Lotse und seine Männer blieben die ganze Nacht über an Deck. Am nächsten Morgen – es war der 8. November – hatte das Boot bei Sonnenaufgang schon 100 Meilen zurückgelegt. Das Log wurde häufig ausgeworfen und zeigte eine Durchschnittsgeschwindigkeit von acht bis neun Meilen in der Stunde an. Die Segel wurden mächtig vom Wind gebläht und die *Tankadère* erreichte ihre Höchstgeschwindigkeit.

Wenn der Wind nicht umschlug, bestand gute Aussicht auf eine erfolgreiche Fahrt.

Den ganzen Tag über entfernte sich das Schiff nicht allzu weit von der Küste. Es nutzte die hier entlanglaufenden Strömungen aus. Das Festland lag in höchstens fünf Meilen Entfernung an Backbord, und wenn die Wolkendecke gelegentlich aufriss, sah man das unregelmäßige Profil der Küste. Da der Wind vom Land her blies, beruhigte sich das Meer ein wenig, was der *Tankadère* zustatten kam. Boote ihrer Größenordnung leiden besonders unter Brandungswellen, die ihre Geschwindigkeit herabsetzen, sie »töten«, wie die Seeleute sagen.

Gegen Mittag ließ die Brise ein wenig nach. Der Wind kam jetzt aus Südosten und der Lotse ließ die Gaffeltoppsegel hissen. Zwei Stunden später mussten sie aber wegen des erneut aufkommenden Windes wieder gestrichen werden.

Mr Fogg und Mrs Aouda blieben glücklicherweise von Seekrankheit verschont. Sie konnten mit gutem Appetit Konserven und Schiffszwieback genießen und forderten Fix auf an ihren Mahlzeiten teilzunehmen. Der Detektiv konnte nicht ablehnen. Er wusste nur zu gut, dass der Magen – genau wie das Schiff – einen gewissen Ballast braucht; aber die Einladung wurmte ihn. Auf Kosten dieses Kerls zu reisen und von seiner Verpflegung zu leben, das war beinahe unanständig. Schließlich aß er doch mit – lächerlich wenig, aber er aß.

Sowie die Mahlzeit beendet war, hielt er es für nötig Phileas Fogg beiseite zu nehmen.

»Mein Herr«, begann er, wobei ihm das »Herr« sehr weh tat. Lieber hätte er den »Herrn« verhaftet, doch er fuhr fort: »Es war sehr freundlich von Ihnen mir diese Fahrgelegenheit zu bieten. Meine Mittel sind zwar weniger reichlich als die Ihren bemessen, aber ich zahle natürlich meinen Anteil . . .«

»Das ist erledigt«, sagte Mr Fogg.

»Keineswegs. Ich bestehe darauf . . .«

»Nein«, sagte Mr Fogg. Sein Tonfall ließ keine weiteren Einwände zu. »Das fällt unter ›Allgemeine Ausgaben‹.«

Fix verbeugte sich. Mr Foggs Worte verschlugen ihm den Atem. Er zog sich in den Bug des Schiffes zurück, ließ sich dort nieder und sprach den ganzen Tag über kein Wort mehr.

Inzwischen kam das Schiff gut voran und John Bunsby war zuversichtlich. Er versicherte Mr Fogg mehrmals, dass man rechtzeitig in Schanghai eintreffen werde, und sein Passagier antwortete lediglich, dass er ebenfalls damit rechne. Die ganze Mannschaft des kleinen Schoners legte sich mächtig ins Zeug. Die versprochene Belohnung war zu verlockend. Nicht eine Leine ließen sie durchhängen. Nicht ein Segel gab es, das nicht ganz vorschriftsmäßig gehisst war. Der Mann am Ruder gestattete sich nicht eine einzige unnötige Zickzacklinie. Bei einer Regatta des Königlichen Jacht-Clubs hätte man nicht sorgfältigere Manöver beobachten können.

Am Abend stellte der Lotse mit Hilfe des Logs fest, dass seit Hongkong 220 Meilen zurückgelegt waren. Phileas Fogg durfte also hoffen von Yokohama an sein Programm wieder planmäßig durchführen zu können. Es sah so aus, als werde sich der erste ernsthafte Zwischenfall, der ihm seit London zugestoßen war, nicht weiter nachteilig auswirken.

In der ersten Morgenstunde des folgenden Tages erreichte die *Tankadère* die Funkien-Straße zwischen der großen Insel Formosa und dem chinesischen Festland und passierte damit den Wendekreis des Krebses. Das Meer war sehr rau in dieser Gegend, Gegenströmungen bildeten zahllose Wirbel und die *Tankadère* büßte Geschwindigkeit ein. Sie musste gegen die kurzen Brecher ankämpfen und es war schwierig sich an Deck auf den Beinen zu halten.

Bei Tagesanbruch wurde der Wind stärker; es sah fast nach Sturm aus. Auch das Barometer kündigte einen kurz bevorstehenden Wetterumschwung an. Seine Tageskurve war unregelmäßig und das Quecksilber schwankte launisch. Im Südosten sah man lange Schlagwellen, die geradezu nach Sturm »rochen«. Am Vorabend war die Sonne hinter einem roten Dunstschleier untergegangen, während das Meer unheimlich phosphoreszierte.

Der Lotse prüfte längere Zeit den drohenden Himmel und murmelte zwischen den Zähnen ein paar unverständliche Worte.

Einmal, als er zufällig Mr Fogg begegnete, sagte er mit gesenkter Stimme: »Darf ich offen mit dem Herrn reden?«

»Natürlich«, entgegnete Phileas Fogg.

»Nun denn also, es wird Sturm geben.«

»Aus Nord oder Süd?«, war alles, was Mr Fogg wissen wollte.

»Süd. Sehen Sie nur: Da kommt ein richtiger Taifun auf.«
»Von Süden her? Umso besser. Der schiebt uns in die gewünschte Richtung!«
»Wenn Sie die Lage so betrachten, habe ich nichts weiter hinzuzufügen«, sagte der Lotse.
John Bunsbys Vorahnungen trogen nicht. Zu weniger vorgerückter Jahreszeit wäre der Taifun als Funken sprühendes Feuerwerk vorbeigezogen, um die Ausdrucksweise eines berühmten Meteorologen zu gebrauchen, aber um die herbstliche Tagundnachtgleiche musste man sehr viel Schlimmeres befürchten.
Der Lotse traf schon jetzt seine Vorkehrungen. Er ließ alle Segel reffen, die Rahen und den Mast des Gaffeltoppsegels niederlassen und den Klüverbaum in Sicherheit bringen. Die Lukendeckel wurden sorgfältig abgedichtet, sodass kein Wassertropfen in das Schiffsinnere dringen konnte. Ein einziges Vorstagsegel aus starker Leinwand sollte den Schoner vor dem Wind halten. Und dann hieß es abwarten.
John Bunsby hatte seine Passagiere gebeten die Kajüte aufzusuchen. Aber der enge Raum, der fast luftdicht abgeschlossen war, glich jetzt einem ungemütlichen Gefängnis, das obendrein heftig schwankte. Mr Fogg, Mrs Auoda und selbst Mr Fix zogen den Aufenthalt an Deck vor.
Gegen 8 Uhr brachen Sturm und Regen mit ungeheurer Kraft über das Schiff herein. Trotz ihres kümmerlichen Vorstagsegels flog die *Tankadère* wie eine Feder daher, von Sturmböen getrieben, deren Heftigkeit jeder Beschreibung spottete. Wollte man ihre Geschwindigkeit mit dem vierfachen Tempo einer Lokomotive unter Volldampf vergleichen, hätte man noch untertrieben.
Den ganzen Tag über jagte das Schiffchen mit den Riesenwogen in nördlicher Richtung. Noch gelang es ihm das wilde Tempo der Wellen einzuhalten. Fast zwanzigmal schon hatte sich ein Wasserberg hinter dem Heck der *Tankadère* aufgetürmt und gedroht das Schiff im Niederstürzen zu begraben, aber jedes Mal war es John Bunsby gelungen durch ein geschicktes Steuermanöver das Verderben abzuwenden. Immer wieder wurden die Passagiere von dem aufspritzenden Gischt überschüttet, doch sie ließen keinen Klagelaut hören. Nur Fix haderte

mit seinem Schicksal; die tapfere Mrs Aouda dagegen hielt den Blick fest auf Phileas Fogg geheftet, dessen Kaltblütigkeit sie wieder einmal bewunderte. Doch sie war seiner würdig und trotzte an seiner Seite dem Unwetter. Mr Fogg selbst sah wieder einmal so aus, als hätte er den Taifun in seinem Reiseprogramm einkalkuliert.

Während des Tages hatte die *Tankadère* ihren Nordkurs einhalten können; aber wie man schon befürchtet hatte, drehte der Wind am Abend und blies nun aus Nordwest. Die Wogen rannten längsseits gegen den Schoner an und earfen das Schiff wie einen Spielball hin und her. Die ungeheure Gewalt des Meeres musste jeden in Todesangst versetzen, der nicht wusste, mit welcher Sorgfalt die Teile eines Schiffes zusammengefügt werden.

Mit Einbruch der Nacht wurde das Unwetter noch wilder. Je finsterer es wurde, desto höher heulte der Sturm und selbst John Bunsby verlor die Zuversicht. Es war wohl an der Zeit Land anzulaufen. Er beriet sich mit seiner Besatzung, ging dann zu Mr Fogg und sagte:

»Ich glaube, gnädiger Herr, wir sollten einen Hafen anlaufen.«

»Der Meinung bin ich auch«, entgegnete Mr Fogg.

»Dann ist es ja gut«, sagte der Lotse. »Aber welchen?«

»Ich wüsste nur einen«, sagte Phileas Fogg.

»Das wäre . . .?«

»Schanghai.«

Einige Augenblicke lang begriff der Lotse weder den Sinn dieser Antwort noch die Hartnäckigkeit, die darin verborgen lag. Dann brüllte er zurück: »Der Herr hat Recht! Nach Schanghai geht die Reise!«

Und die *Tankadère* wurde unerschütterlich weiter auf Nordkurs gehalten.

Die Nacht war furchtbar! Wie durch ein Wunder blieb der kleine Schoner vor dem Untergang bewahrt. Zweimal war es fast so weit und die Wellen hätten alles von Bord gerissen, wären die Haltetaue nicht so stark gewesen.

Mrs Aouda war jetzt vollkommen erschöpft, aber ihr entschlüpfte kein Klagelaut. Mehrmals musste sich Mr Fogg über sie werfen, um sie vor der Gewalt der hereinstürzenden Wellen zu schützen.

Dann wurde es wieder hell. Noch immer tobte der Sturm mit unverminderter Kraft, aber er hatte wieder auf Südost gedreht und begünstigte das Vorankommen der *Tankadère*. Allerdings prallten jetzt Brecher aus Nordwest- und Südost-Richtung aufeinander und ein weniger stabiles Schiff als die *Tankadère* wäre zwischen ihnen zermalmt worden.

Für kurze Augenblicke zerriss die Nebelwand und man sah die Küste, aber kein einziges Boot. Die *Tankadère* war ganz allein draußen auf See.

Um die Mittagsstunde gab es Anzeichen von Wetterberuhigung, die bis Sonnenuntergang immer deutlicher wurden. Der Sturm war wohl nur deshalb so schnell vorüber, weil er sich gleich mit voller Wucht ausgetobt hatte. Die Passagiere waren vollkommen erschöpft, aber sie konnten jetzt endlich wieder ein wenig essen und ruhen.

Die Nacht war verhältnismäßig friedlich. Die unteren Segel konnten wieder gesetzt werden und der Schoner glitt mit hoher Geschwindigkeit über die Wellen. Am nächsten Tag, dem 11. November, kam bei Morgengrauen Land in Sicht.

John Bunsby versicherte, dass man keine 100 Meilen mehr von Schanghai entfernt wäre.

Keine 100 Meilen mehr, aber auch nur noch ein Tag, um sie zu bewältigen! Noch an diesem Abend musste Mr Fogg in Schanghai sein, wenn er das Postschiff nach Yokohama nicht verpassen wollte. Hätte die *Tankadère* durch den Sturm nicht mehrere Stunden verloren, wäre sie in diesem Augenblick nur noch 30 Meilen vom Ziel entfernt gewesen.

Der Wind ließ merklich nach und mit ihm glücklicherweise auch der heftige Wellengang. Der Schoner konnte nun alle Segel setzen und schoss so schnell durch die Wellen, dass das Wasser am Bug aufschäumte.

Zur Mittagszeit trennten die *Tankadère* immer noch 45 Meilen vom Ziel. Sechs Stunden noch, um den Hafen vor der Abfahrt des Postschiffes nach Yokohama zu erreichen!

An Bord verbreitete sich Unruhe. Man wollte um jeden Preis rechtzeitig ankommen. Jedem – Phileas Fogg natürlich ausgenommen – klopfte das Herz vor Ungeduld. Neun Meilen in der Stunde musste der kleine Segler jetzt im Durchschnitt zurücklegen, aber der Wind legte sich immer mehr und war schließlich nur noch eine unregelmäßige Brise, die in Böen vom Festland her blies und die Wasseroberfläche nur für kurze Augenblicke kräuselte.

Doch der Schiffskörper war leicht, die Leinwand reich bemessen und aus feinstem Material und so reagierte die *Tankadère* auf jeden noch so launischen Windstoß. Außerdem nützte sie die Strömung aus, sodass John Bunsby um 6 Uhr melden konnte, die Mündung des Jangtsekiang sei nur noch höchstens 10 Meilen entfernt. Die Stadt selbst liegt mindestens 12 Meilen landeinwärts.

Um 7 Uhr lagen immer noch drei Meilen vor den Reisenden. Dem Lotsen entfuhr ein kräftiger Fluch. Die Extrabelohnung von 200 Pfund war auf dem besten Wege zu entwischen. Er schickte einen vorsichtigen Blick zu Mr Fogg hinüber. Der blieb vollkommen ungerührt und doch hing sein ganzes Vermögen in diesem Augenblick an einem seidenen Faden.

Da schob sich auch schon ein langer schwarzer Gegenstand ins Blickfeld, über dem eine Rauchfahne hing: das amerikanische Postschiff! Es hatte Schanghai pünktlich verlassen.

»Verflucht!«, schrie John Bunsby und zerrte verzweifelt am Steuerruder.

»Signale geben!«, sagte Phileas Fogg ganz ruhig.

Im Bug der *Tankadère* gab es eine kleine Bronzekanone. Mit ihr wurden an Nebeltagen Warnsignale abgefeuert.

Diese Kanone bekam eine mächtige Ladung und der Lotse hielt schon eine glühende Kohle an das Zündloch.

Da sagte Mr Fogg: »Notsignal setzen!«

Die Flagge wurde auf Halbmast gesetzt, was »Schiff in Not« bedeutet. Man durfte hoffen, dass der amerikanische Dampfer darauf aufmerksam würde und für kurze Zeit von seiner Route abginge, um dem Schoner zu Hilfe zu kommen.

»Feuer!«, sagte Mr Fogg.

Mit Donnergetöse löste sich der Schuss aus der kleinen Bronzekanone.

◆◆◆◆◆◆◆◆◆◆◆◆◆◆◆◆◆◆◆◆◆◆◆◆◆◆

Im zweiundzwanzigsten Kapitel

◆

muss Passepartout einsehen, dass man ohne Geld in der Tasche selbst bei den Antipoden nicht leben kann

Die *Carnatic* hatte Hongkong am 6. November um 6.30 Uhr abends verlassen und war mit aller Kraft in Richtung Japan gedampft. Sie führte eine volle Ladung Stückgut und Passagiere mit. Zwei Kabinen im Heck waren leer geblieben. Man hatte sie auf den Namen Phileas Fogg gebucht.

Am Morgen nach der Abfahrt war zur Überraschung der Leute im Vordeck ein zerzauster Passagier mit stierem Blick und schwankendem Gang aus der zweiten Klasse aufgetaucht. Er hatte sich bis zu einem umgelegten Mastbaum geschleppt und war darauf niedergesunken. Dieser Passagier war Passepartout und hier ist der Bericht über seine letzten Erlebnisse.

Gleich nachdem der Detektiv die Opiumhöhle verlassen hatte, war der fest schlafende Passepartout von zwei Kellnern zu den anderen Schläfern auf das große Bett geschleppt worden. Aber selbst seine wüstesten Opiumträume konnten eine gewisse fixe Idee nicht auslöschen; er wachte schon nach drei Stunden wieder auf und kämpfte verbissen gegen die Benommenheit in seinem Kopf an. Da fiel es ihm wieder ein: Er hatte seine Pflicht versäumt! Mühselig kletterte er vom Bett der Träumer, taumelte vorwärts, musste sich an der Wand stützen, fiel, erhob sich wieder und erreichte doch endlich, vom Instinkt

getrieben, den Ausgang der Opiumhöhle. Dabei heulte er unablässig – noch immer wie im Traum: »Die *Carnatic*! Die *Carnatic*!«
Und da lag das Schiff, abfahrbereit, Rauchwolken ausstoßend. Nur noch wenige Schritte, Passepartout sprang auf die Pontonbrücke, konnte noch gerade über das Achterdeck auf die *Carnatic* klettern, taumelte weiter und brach schließlich auf dem Vordeck bewusstlos zusammen. Die Matrosen waren dergleichen Szenen gewohnt. Ein paar von ihnen trugen den armen Burschen hinunter in eine Kabine der zweiten Klasse, und als Passepartout am nächsten Morgen endlich wieder aufwachte, befand er sich schon 150 Meilen weit entfernt vom chinesischen Festland. Und nun saß er an Deck der *Carnatic* und pumpte sich die frische Seeluft in vollen Zügen in die Lungen. Er wurde nüchtern und versuchte Klarheit in seine Gedanken zu bringen, was allerdings noch recht mühselig war. Schließlich tauchten in der Erinnerung der letzte Abend auf, die vertraulichen Eröffnungen des Detektivs, die Opiumhöhle und was sonst damit zusammenhing.
»Ich muss ganz fürchterlich berauscht gewesen sein«, sagte er sich schließlich. »Was soll bloß Mr Fogg von mir denken? Na, auf jeden Fall habe ich das Schiff nicht verpasst. Das ist die Hauptsache.«
Dann fiel ihm Fix ein und er fügte hinzu: »Den sind wir hoffentlich los. Nach allem, was er mir vorgeschlagen hat, kann er es einfach nicht riskieren uns auf der *Carnatic* zu begegnen. Man stelle sich vor: Ein Polizeibeamter, ein richtiger Detektiv, schleicht auf Schritt und Tritt hinter meinem Herrn her, der angeblich den Geldraub in der Bank von England begangen haben soll! Dass ich nicht lache! Wenn Mister Fogg ein Bankräuber ist, bin ich ein Mörder!«
Passepartout ging mit sich zu Rate. Sollte er Mr Fogg die ganze Geschichte wieder erzählen? Wäre es angebracht, ihn über die Rolle des Mr Fix aufzuklären? Oder durfte er bis zur Rückkehr nach London warten, um ihm dann erst zu verraten, dass ihm ein Beamter der Londoner Polizei um den ganzen Erdball gefolgt war? Herr und Diener würden noch viel über diesen Fix zu lachen haben. Nun, die Sache musste noch einmal überdacht werden. Im Augenblick hatte er nur

eine Pflicht: Er musste sich zu Mr Fogg begeben und für sein unverantwortungsloses Verhalten um Vergebung bitten.
Passepartout erhob sich. Das Meer war unruhig und das Schiff schwankte heftig. Die treue Seele war noch nicht ganz fest auf den Beinen und hatte alle Mühe auf das Achterdeck zu gelangen.
Er schaute sich um: von seinem Herrn oder Mrs Aouda keine Spur!
»Nun ja«, sagte er sich schließlich, »Mrs Aouda pflegt um diese Zeit noch zu schlafen. Und Mister Fogg wird, wie üblich, Whist-Partner gefunden haben.«
Passepartout ging also auf der Suche nach seinem Herrn in den Salon hinunter. Kein Mr Fogg! Nun blieb dem Diener nur noch eines zu tun übrig: Er musste den Zahlmeister nach Mr Foggs Kabinennummer fragen. Der Offizier kannte keinen Passagier dieses Namens.
Passepartout wollte einfach nicht begreifen und sagte hartnäckig:
»So hören Sie doch! Es handelt sich um einen großen, sehr zurückhaltenden Herrn, der kaum spricht. In seiner Begleitung ist eine junge Dame . . .«
»Wir haben überhaupt keine junge Dame an Bord. Wenn Sie mir nicht glauben wollen – bitte, hier ist die Passagierliste. Sehen Sie doch selber nach!«
Passepartout überflog die Liste. Der Name seines Herrn war darauf nicht verzeichnet.
Ihm schwindelte. Dann durchzuckte ihn ein Gedanke.
»Deswegen! Dieses Schiff ist wohl nicht die *Carnatic?*«, sagte er.
»Aber natürlich«, sagte der Zahlmeister.
»Auf dem Weg nach Yokohama?«
»Allerdings.«
Passepartout hatte einen Augenblick lang geglaubt, er wäre auf das falsche Schiff geraten. Aber nun war er doch auf der *Carnatic* und obendrein sicher, dass sich Mr Fogg nicht an Bord befand.
Der Diener sank auf einen Sessel; er war erschlagen! Und plötzlich dämmerte es ihm. Er wusste wieder, dass die Abfahrtszeit des Dampfers vorverlegt worden war und dass er seinen Herrn deswegen benachrichtigen wollte, es aber nicht getan hatte. Ihn ganz allein traf

also die Schuld, wenn Mr Fogg und Mrs Aouda das Schiff verpasst hatten!
Das heißt, ein anderer trug noch mehr Schuld an diesem Malheur, nämlich der Schuft, der ihm den Opiumrausch verschafft hatte, um ihn von seinem Herrn zu trennen und Mr Fogg in Hongkong zurückzuhalten. Jawohl, er hatte den Schachzug des Detektivs durchschaut! Und nun? Nun war Mr Fogg ausweglos ruiniert, wurde verhaftet und sogar eingesperrt und die Wette war verloren.
Passepartout raufte sich die Haare. Wenn er diesen Fix jemals zu fassen bekäme, er wollte es dem Kerl schon heimzahlen!
Als die erste Niedergeschlagenheit vorüber war, riss sich Passepartout zusammen und bedachte seine Lage. Beneidenswert war sie keinesfalls. Er reiste nun also nach Japan, würde dort auch mit einiger Sicherheit ankommen, aber wie sollte er aus dem Land wieder hinauskommen? Seine Taschen waren leer. Er besaß nicht einen Shilling, nicht einen einzigen Penny. Immerhin waren die Überfahrt und die Verpflegung an Bord schon im Voraus bezahlt worden. Vor ihm lagen also noch fünf oder sechs Tage, ehe er einen Entschluss fassen musste.
Es wäre untertrieben, wollte man seine Art zu speisen als »essen und trinken« bezeichnen. Während der ganzen Reise stopfte er Nahrung in sich hinein, als wäre Japan eine Wüste, in der er kein Krümchen Nahrung mehr finden würde. Er aß sozusagen für seinen Herrn, Mrs Aouda und für seine eigene Person zugleich.
Am 13. November erreichte die *Carnatic* mit dem Morgenhochwasser den Hafen von Yokohama.
An dieser wichtigen Pazifik-Station machten alle Dampfer Halt, die den Post- und Personenverkehr zwischen Nordamerika, China, Japan und dem Malaiischen Archipel besorgten.
Yokohama liegt in der Yeddo-Bucht, heute Tokio-Bucht genannt, nicht weit von der gleichnamigen ungeheuer großen zweiten Hauptstadt des japanischen Kaiserreiches entfernt, in der einst der Shogun als weltlicher Herrscher regierte, während das mächtige Kyoto den göttlichen Mikado beherbergte.
Die *Carnatic* bahnte sich zwischen den zahllosen Schiffen aller Natio-

nalitäten den Weg zur Anlegestelle nahe am Hafendamm und an den Lager- und Zollschuppen.
Passepartout betrat das geheimnisvolle Land der »Sonnensöhne« ohne die geringste Begeisterung. Ihm blieb nichts weiter übrig, als sich vom Zufall und aufs Geratewohl durch die Straßen der Stadt treiben zu lassen.
Zunächst befand er sich in einem vollkommen europäischen Viertel, das sich mit seinen Straßen, Plätzen, Dockanlagen und Handelsniederlassungen vom Vorgebirge bis zum Fluss hinunter erstreckte. Die Häuser waren niedrig und hatten Balkone über eleganten Säuleneingängen. Wie zuvor in Hongkong und Kalkutta wimmelte um Passepartout herum ein buntes Rassengemisch, Amerikaner, Engländer, Chinesen, Holländer, und es gab Händler, die alles nur Erdenkliche verkauften und kauften. Der Franzose fühlte sich unter ihnen so fremd, als wäre er in das Land der Hottentotten verschlagen worden. Noch gab es einen Ausweg aus seiner unglücklichen Lage: Er konnte sich beim französischen oder englischen Konsulat in Yokohama melden; aber es behagte ihm nicht dort seine Geschichte erzählen zu müssen, die so eng mit dem Schicksal seines Herrn verknüpft war. Ehe er diesen Weg ging, wollte er doch lieber noch alle anderen Möglichkeiten ausschöpfen.
Als er das Europäerviertel hinter sich ließ, hatte ihm der Zufall noch immer keinen Ausweg beschert. Er geriet jetzt in den japanischen Teil der Stadt und war entschlossen notfalls bis nach Yeddo vorzustoßen. Er befand sich nun also im Bezirk Benten, so benannt nach einer Meeresgöttin, die auf den umliegenden Inseln verehrt wird. Durch herrliche Tannen- und Zedernalleen gelangte Passepartout zu heiligen Schreinen in fremdartigem Baustil. Brückchen verbargen sich unter Bambus und Schilfdickichten und hundertjährige melancholische Zedern breiteten ihr weit ausladendes Astwerk schützend über zahlreiche Tempel. Er sah Klöster, in denen buddhistische Priester oder Anhänger des Konfuzius still vor sich hin lebten, und er lief durch unendlich lange Straßenzüge, in denen Scharen porzellanhäutiger rotwangiger Kinder tollten, die geradewegs aus einem japanischen

Wandschirm herausgesprungen zu sein schienen. Zwischen den Kleinen spielten kurzbeinige Pudelhündchen und sehr träge anschmiegsame, schwanzlose Katzen mit fahlgelbem Pelz.
In den Straßen herrschte ein wahres Ameisengekribbel, ein unaufhörliches Kommen und Gehen. Bonzen entlockten ihren Tamburinen dumpfe Töne und bewegten sich in Prozessionen mitten durch das Gewühl von Yakuninen, Zoll- und Polizeibeamten mit spitzen Lackhelmen und zwei Dolchen im Gürtel, Soldaten mit geschultertem Gewehr in blau-weiß gestreiften Uniformröcken aus Baumwolle und Angehörigen der kaiserlichen Armee in wattierten seidenen Waffenröcken, über denen ein Panzerhemd getragen wurde. Kurz, es gab Militärpersonen aller Gattungen, denn der Japaner schätzte den Soldatenberuf gerade so sehr, wie ihn der Chinese verachtete. Neben den Soldaten fielen die Bettelmönche, fromme Brüder in langen Gewändern, auf. Der Durchschnittsbürger war klein, hatte glattes ebenholzschwarzes Haar, einen runden Kopf, einen langen Oberkörper und dünne Beine. Der Fächer der Hautfarben reichte vom dunkelsten Kupferbraun bis zu mattem Weiß; aber es gab kein Gelb wie bei den Chinesen, von denen sich die Japaner in wesentlichen Zügen unterscheiden.
Zwischen den Wagen, Sänften, Pferden, Trägern, segelbespannten Schubkarren, *Norimons* mit gelackten Seitenwänden und weichen *Kangs,* Tragen aus Bambusrohr, trippelten auch einige Japanerinnen einher. Ihre winzigen Füße steckten in Stoffschuhen oder Strohsandalen, wenn sie nicht auf hohen fein geschnitzten Holzsohlen balancierten. Passepartout fand die Frauen nicht besonders hübsch. Verhangene Augen, flache Brust, geschwärzte Zähne, wie es die Mode verlangte – das war nicht nach seinem Geschmack! Aber ihre Nationaltracht, den Kimono, wussten sie mit Eleganz zu tragen. Um dieses schlafrockähnliche Gewand wanden sie eine Seidenschärpe, die auf dem Rücken in einer raffiniert gebundenen Schleife zusammengehalten wurde.
Die modernen Französinnen hatten ihnen wohl diese Mode abgeguckt!
Passepartout lief mehrere Stunden durch das bunt scheckige Men-

schengetümmel. Hier und da warf er einen Blick in die fremdartigen, von Waren überquellenden Kramläden und in die Basare, in denen die Erzeugnisse japanischer Goldschmiedekunst zuhauf lagen. Er kam an bänder- und fähnchengeschmückten Speisehäusern vorüber, die er nicht betreten durfte, an Teehäusern, in denen mit der Tasse duftenden warmen Wassers Saki gereicht wurde, ein Likör, den man aus gärendem Reis gewann. Auch hier gab es »Tabakstuben«, aber man rauchte tatsächlich sehr feinen Tabak und nicht Opium. In Japan war es so gut wie unbekannt.

Schließlich gelangte Passepartout hinaus in die unendlich weiten Reisfelder. Dort draußen gab es herrliche Kamelienbäume – nicht etwa nur Sträucher –, deren letzte Blüten süßen Duft verströmten. In den Gärten wuchsen Bambussträucher, Kirschbäume und Pflaumen- und Apfelbäume, die von den Japanern eher wegen ihrer Blütenpracht als wegen der Früchte gezogen wurden. Furcht erregende Vogelscheuchen und lärmende Windrädchen hielten Sperlinge, Tauben, Raben und andere gefiederte Räuber von den Obstbäumen fern. Wohin man auch schaute, überall gab es Krähen, Enten, Sperber, Wildgänse und vor allem Kraniche, die von den Japanern hoch in Ehren gehalten werden, denn sie gelten als Sinnbilder für Langlebigkeit und Glück. Kaum eine Riesenzeder, die nicht einen herrlichen Adler beschirmte, keine Trauerweide, unter deren Blattwerk nicht ein Reiher auf einem Bein melancholisch vor sich hin döste.

Passepartout streifte immer weiter ziellos umher.

Einmal entdeckte er ein paar Veilchen im Grase und sagte traurig: »Dies wäre also mein Abendessen!«

Er roch an den Blüten, aber sie dufteten nicht.

Pech gehabt!, dachte er.

Unser junger Freund hatte zwar vorsichtshalber an Bord der *Carnatic* noch einmal ein gewaltiges Frühstück verzehrt, aber nach dem stundenlangen Umherwandern knurrte jetzt sein Magen. Ihm war übrigens aufgefallen, dass es in den japanischen Metzgerläden weder Hammel-, noch Ziegen- oder Schweinefleisch gab und er wusste auch schon, dass Ochsen nur als Zugtiere in der Landwirtschaft verwendet werden durften und ihre Tötung als religiöser Frevel betrachtet wurde. Um Fleischspeisen musste es also schlecht bestellt sein. Aber was tat es: Sein Magen wäre auch schon mit einem Stückchen Wildschweinbraten, Hirsch, Rebhuhn, Wachtel oder sonst einem Geflügel zufrieden gewesen.

Es wurde finster. Passepartout kehrte in das japanische Viertel von Yokohama zurück und irrte weiter ziellos durch die Straßen. Inzwischen waren überall bunte Laternen angezündet worden. Gaukler unterhielten das Publikum mit ihren Kunststückchen und Sterngucker lockten Schaulustige zu ihren Fernrohren, die unter freiem Himmel aufgebaut waren. Schließlich landete er wieder am Hafenbecken, über dem zahlreiche Lichtpünktchen tanzten. Die Fischer draußen auf dem Wasser lockten ihre Beute mit Harzfackeln in die Nähe der Boote.

Schließlich wurde es still in den Straßen. Die Menschen verschwanden in den Häusern und allein die Yakuninen machten ihre Runde. Wenn so ein prächtig uniformierter Offizier und seine Begleiter vorüberschritten, wollten sie unserem Passepartout wie Gesandte mit ihrem Gefolge scheinen. Und so wiederholte er vergnügt bei jeder Begegnung mit einem dieser glanzvollen Trüppchen:

»Sieh da! Noch eine Gesandtschaft – und sicher gerade im Aufbruch nach Europa!«

Im dreiundzwanzigsten Kapitel

bekommt Passepartout eine unmäßig lange Nase

Der nächste Tag brach an. Passepartout war inzwischen todmüde und halb verhungert. Er musste jetzt etwas zu essen bekommen, je schneller, desto besser. Noch immer hatte er seine Uhr, die er zu Geld machen konnte, aber er wäre lieber hungers gestorben, als dass er sich von ihr getrennt hätte. Die Natur hatte ihn aber mit einer kräftigen, wenn auch nicht gerade edlen Stimme beschenkt; und jetzt war der Augenblick gekommen aus dieser Gabe Kapital zu schlagen. Passepartout kannte ein paar französische und englische Liedchen und er beschloss damit sein Glück zu versuchen. Die Japaner waren sicher Musikliebhaber; sonst gäbe es nicht so viele Zimbel-, Trommel- und Tamburinspieler unter ihnen. Sie würden also die Darbietungen eines europäischen Künstlers zu schätzen wissen.

Vielleicht war es aber noch ein wenig zu früh am Morgen für ein Konzert. Wer weiß, ob die unversehens aus dem Schlaf gerissenen Musikliebhaber nicht mit anderer Münze als mit jenen Metallstückchen zahlen würden, die das Bildnis des Mikado trugen.

Passepartout beschloss vorsichtshalber noch ein paar Stunden zu warten. Während er weiterschlenderte, bekam er Bedenken wegen seines Aussehens. Für einen Straßensänger war er zu fein angezogen. Er musste seinen Anzug gegen Kleider vertauschen, die besser zu seiner Rolle passten. Überdies würde ihm der Tausch auch noch ein

Sümmchen einbringen, das ihm augenblicklich zur Stillung des wütenden Hungers dienen sollte.
Der Plan war gefasst; nun hieß es ihn auch auszuführen. Nach langem Suchen fand Passepartout einen Trödler, dem er sein Begehren verständlich machte. Der Händler fand Gefallen an dem europäischen Anzug und bald darauf verließ der Franzose den Laden in einem abgetragenen japanischen Gewand, zu dem eine turbanähnliche Kopfbedeckung gehörte, die vor Alter alle Farben eingebüßt hatte. In einer Tasche klimperten dazu noch ein paar Münzen.
Ich stelle mir einfach vor, es wäre Karneval, dachte Passepartout.
Im Augenblick kannte unser »japanischer« Freund nur ein Ziel: das nächstbeste bescheidene Teehaus! Aber die Mahlzeit, die aus etwas Geflügelfleisch und ein paar Portionen Reis bestand, war bestenfalls ein Frühstück und das Mittagsmahl blieb weiterhin ein ungelöstes Problem. Jedenfalls speiste Passepartout so ausgiebig wie möglich und dann ging er mit sich zu Rate.
»Bloß jetzt nicht den Kopf verlieren!«, ermahnte er sich.
»Diese Lumpen hier kann ich schwerlich gegen noch japanischere vertauschen. Es bleibt nichts weiter übrig: Ich muss auf dem allerschnellsten Weg von diesem *Land der aufgehenden Sonne* Abschied nehmen. Ich werde ihm allerdings keine Träne nachweinen.«
Er beschloss sich im Hafen nach Schiffen umzusehen, die nach Amerika fuhren. Vielleicht konnte er sich als Koch oder Diener verdingen. Lohn wollte er nicht verlangen, wenn man ihm nur freie Überfahrt und Verpflegung gewährte. Von San Francisco aus wollte er sich schon weiterhelfen. Nur musste er eben erst auf irgendeine Weise die 4 700 Meilen Pazifik hinter sich bringen, die Japan von der Neuen Welt trennten.
Passepartout war nicht der Mann, der eine Aufgabe auf die lange Bank schob. Er begab sich unverzüglich zum Hafen; aber je näher er den Docks kam, desto unausführbarer schien ihm der zunächst so einfache Plan. Warum sollte man gerade an Bord eines amerikanischen Dampfers um einen Koch oder Diener verlegen sein? Und wer konnte ihm in seinem zerlumpten Aufzug überhaupt Vertrauen schenken? Womit sollte er sich empfehlen? Wessen Referenzen konnte er vorweisen?

Er grübelte nach und plötzlich fiel sein Blick auf ein großes Plakat, das von einem Clown durch die Straßen von Yokohama getragen wurde. Die Ankündigung auf dem Plakat war in Englisch abgefasst. Passepartout las:

Der ehrenwerte William Batulcar
und seine
japanischen Akrobatik-Künstler!
Die langnasigen Langnasen
mit direkter Beschwörung des Gottes Tingu!
Allerletzte Vorstellungen
vor der Abreise
in die Vereinigten Staaten von Amerika
Große Attraktion!

»Die Vereinigten Staaten!«, jubelte Passepartout. »Genau das Richtige für mich!«
Er lief dem Plakatträger nach und bald war er wieder im Japanerviertel. Eine Viertelstunde später stand er vor einem mächtigen Gebäude, auf dessen Dach mehrere Bündel farbiger Fähnchen flatterten. Die Außenfronten des Hauses waren mit schreiendbunten Plakaten verkleidet, auf denen man eine Jongleurtruppe sah.
Hier war also die Wirkungsstätte des ehrenwerten Batulcar, einer Art Barnum in Kleinformat, unter dessen Direktion eine ganze Truppe von Gauklern, Jongleuren, Clowns, Akrobaten, Seiltänzern und Turnern ihre letzte Vorstellungen vor der Weiterreise nach Amerika gab. Passepartout betrat die säulengeschmückte Eingangshalle und verlangte Mr Batulcar zu sprechen. Der erschien auch gleich höchstpersönlich.
»Sie wünschen?«, fragte er Passepartout, den er zunächst für einen Japaner hielt.
»Können Sie einen Diener brauchen?«, erkundigte sich der Franzose.
»Einen Diener?«, rief der kleine Barnum und ließ die Finger in seinem dichten grauen Kinnbart spielen. »Ich habe zwei gehorsame, zuverlässige Diener, die mir noch nie untreu geworden sind und sogar

umsonst arbeiten, wenn ich sie nur ernähre ... Hier, das sind meine Diener!«
Bei diesen Worten hob er seine kräftigen Arme, aus denen die Adern so dick wie Kontrabasssaiten hervorsprangen.
»Sie haben also keine Verwendung für mich?«
»Keine.«
»Verflixt! Ich wäre zu gern mit Ihrer Truppe weitergereist.«
»Ach, darauf wollen Sie hinaus«, sagte der ehrenwerte Batulcar. »Sie sind genauso wenig Japaner, wie ich ein Affe bin. Warum laufen sie in diesem Aufzug herum?«
»Man kleidet sich so, wie es die Mittel erlauben.«
»Stimmt. Sie sind doch Franzose, wie?«
»Ja, Pariser ... aus Paris!«
»Dann müssten Sie eigentlich Grimassen schneiden können.«
Passepartout ärgerte sich, dass man seine Nationalität mit dieser Fähigkeit in Verbindung brachte. »Weiß Gott«, sagte er, »wir Franzosen verstehen uns zwar aufs Fratzenziehen, aber auch nicht besser als die Amerikaner.«
»Na schön. Als Diener will ich Sie nicht haben, aber ich könnte Sie als Clown anstellen. Das ist nun einmal so: In Frankreich beschäftigt man ausländische Clowns und im Ausland französische.«
»Soso!«
»Ach, noch eine Frage: Sind Sie kräftig?«
»Ganz besonders nach dem Essen.«
»Und singen können Sie auch?«
»Ja«, antwortete Passepartout.
Schließlich hatte er früher einmal bei Straßenkonzerten mitgewirkt.
»Auch im Kopfstand, wenn dabei ein Drehkreisel auf der rechten Fußsohle und ein Säbel auf der linken balanciert werden muss?«
»Donnerschlag!«, rief Passepartout. Er dachte an seine frühesten Versuche auf diesem Gebiet.
»Das wäre alles«, sagte der ehrenwerte Batulcar.
Passepartouts Vertrag wurde *hic et nunc* geschlossen.
Endlich hatte er ein Unterkommen gefunden. Er war als »Mädchen für

alles« in die berühmte japanische Akrobatentruppe aufgenommen. Nicht gerade sehr schmeichelhaft für ihn, aber noch vor Ablauf einer Woche würde er nach San Francisco reisen.
Der ehrenwerte Batulcar kündigte die Drei-Uhr-Vorstellung mit großem Brimborium an. Die schallkräftigen Hauptinstrumente des japanischen Orchesters, kleine und große Trommeln, lärmten am Eingang. Verständlicherweise hatte Passepartout nicht mehr Zeit zum Proben gefunden. Wegen seiner breiten Schultern war er zum Untermann der »menschlichen Traube« ausersehen worden. Dies war die Hauptnummer der Langnasen des Gottes Tingu und zugleich Abschluss der gesamten Vorstellung.
Schon um 3 Uhr waren die Zuschauer herbeigeströmt. Europäer und Einheimische, Chinesen und Japaner, Männer, Frauen und Kinder drängten sich auf den schmalen Sitzbänken und in den Logen gegenüber der Bühne. Die Musiker waren jetzt vom Eingang hereingekommen und das komplette Orchester mit seinen Gongs, Tamtams, Klappern, Flöten, Tamburinen und großen Trommeln veranstaltete einen ohrenbetäubenden Lärm.
Die Vorstellung bot alles, was bei dergleichen Veranstaltungen üblich ist. Allerdings müssen wir zugeben, dass die Japaner auf diesem Gebiet in der Welt nicht ihresgleichen finden. Einer der Künstler war mit einem Fächer und Papierschnitzeln ausgerüstet und zeigte das bekannte, überaus anmutige Schmetterlings- und Blumenspiel. Ein zweiter schrieb mit dem bläulichen Rauch seiner Pfeife blitzschnell Wörter in die Luft, die an die Adresse des Publikums gerichtet waren. Wieder ein anderer jonglierte mit brennenden Kerzen, die er nacheinander, wenn sie vor seinem Mund vorüberglitten, ausblies und aneinander wieder anzündete, ohne seine kreisenden Bewegungen zu unterbrechen.
Die Vorführungen eines Kreiselspielers grenzten an ein Wunder. Unter seinen Händen schienen die kleinen singenden Dinger lebendig zu werden. Sie rannten auf Eisenrohren entlang, liefen über Säbelschneiden und hauchdünne Drähte, die quer über die Bühne gespannt waren, sie schnurrten um große Kristallgefäße herum, erklommen Bambus-Leiterchen und liefen sternförmig auseinander, wobei sich

ihre verschieden hohen Summtöne zu fremdartig-harmonischen Klängen vereinigten. Andere Künstler jonglierten mit den Kreiseln, ließen sie in der Luft tanzen, schleuderten sie mit Holzschlägern in die Höhe – und sie drehten sich und drehten sich, sie verschwanden in Rocktaschen, wurden wieder hervorgezogen und drehten sich noch immer, bis endlich ein verborgener Mechanismus ausgelöst wurde und jeder Kreisel in einer Funkengarbe zu verglühen schien.
Die Beschreibung der atemberaubenden Kunststücke der Akrobaten und Turner wollen wir uns ersparen. Natürlich absolvierten auch diese Künstler ihre Übungen auf der Leiter, mit der Balancierstange, auf der Kugel und der Tonne mit bewundernswerter Exaktheit. Die Hauptsensation aber war zweifellos der Balanceakt der Langnasen-Truppe. Dergleichen hatte man selbst in Europa noch nie gesehen.
Die Langnasen bildeten eine Körperschaft, die sich direkt unter den Schutz des Gottes Tingu gestellt hatte. Sie kleideten sich wie mittelalterliche Herolde und trugen ein gewaltiges Flügelpaar zwischen den Schulterblättern. Das Erstaunliche an ihnen aber waren die künstlichen langen Nasen, die aus fünf, sechs oder gar zehn Fuß langen Bambusrohren bestanden, und noch erstaunlicher vielleicht war der Gebrauch, den sie von diesen Ungetümen machten. Manche der Anhängsel waren gerade, andere gekrümmt, es gab glatte und auch warzenbesetzte darunter. Sie waren fest am Kopf des Trägers angebracht und dienten als Unterlage für die Kraftakte der Turner. Etwa zwölf dieser Jünger des Gottes Tingu legten sich flach auf den Rücken und ihre Kameraden begannen auf den Nasen, die wie Blitzableiter himmelwärts gerichtet waren, herumzuspringen und ganz unglaublich schwierige Kunststücke zu vollführen.
Als Krönung der Vorstellung stand eine menschliche Pyramide auf dem Programm. Fünfzig Langnasen würden den Wagen der Götting Jaggernaut darstellen. Üblicherweise kletterten die Akrobaten bei dergleichen Pyramiden einander auf die Schultern. Die Männer des ehrenwerten Batulcar aber schafften das Wunder allein mit Hilfe ihrer Nasen.
Einer der Untermänner aus dem »Wagen« hatte kürzlich die Truppe verlassen und da der Posten lediglich Kraft und Geschicklichkeit erforderte, war Passepartout zum Ersatzmann ausersehen worden.

Dem armen Burschen war ganz elend zu Mute, als er in das mittelalterliche Kostüm schlüpfen musste. Erinnerungen an Jugenderlebnisse wurden wach, als ihm das bunte Gefieder auf dem Rücken hing und die sechs Fuß lange Nase im Gesicht klebte. Aber ohne die Nase kein Broterwerb! Was half also das Jammern!

Passepartout ging hinaus auf die Bühne und legte sich wie einige seiner Langnasen-Kollegen als Untermann für den Wagen der Jaggernaut auf den Boden. Seine Nase ragte gen Himmel. Dann kam eine zweite Abteilung hereinmarschiert und kletterte auf die Nasen der Untermänner. Eine dritte Gruppe kam, eine vierte. Die menschliche Pyramide wuchs dem Dach des Theaters entgegen und die einzigen Bindeglieder bestanden in den Nasenspitzen.

Der Applaus schwoll an, das Orchester machte einen Höllenlärm . . ., da geschah es: Der ganze Aufbau geriet ins Wanken, das Gleichgewicht ging verloren, weil eine Nase in der untersten Etage einen Fehler gemacht hatte, und da stürzte der kunstvolle Bau auch schon wie ein Kartenhaus in sich zusammen.

Passepartout war der Sündenbock! Er hatte seinen Posten einfach verlassen, mit einem Satz sprang er über die Rampe – übrigens ohne seine Flügel zu benutzen –, kletterte in den rechten Rang hinauf, fiel einem der Zuschauer zu Füßen und rief einmal über das andere: »Mein Herr! Ich habe meinen Herrn gefunden!«

»Sie hier?«

»Ja, ich!«

»Dann können wir ja gleich zum Hafen gehen.«

Mr Fogg, Mrs Aouda, die in seiner Begleitung war, und Passepartout liefen eilends durch die Gänge des Theaters zum Ausgang. Dort erwartete sie schon der wutschäumende ehrenwerte Batulcar und verlangte eine Entschädigung »in bar«. Phileas Fogg besänftigte ihn mit einer Hand voll Banknoten. Um 6.30 Uhr, genau zur Abfahrtszeit, gingen Mr Fogg und Mrs Aouda an Bord des amerikanischen Postschiffes. Hinter ihnen drein schritt der geflügelte Passepartout mit seiner sechs Fuß langen Nase, die er in der Eile noch nicht hatte ablegen können.

Im vierundzwanzigsten Kapitel

wird die Reise über den Pazifischen Ozean beschrieben

Was sich vor der Hafeneinfahrt von Schanghai ereignet hatte, kann der Leser sicher erraten. Das Postschiff nach Yokohama war auf die Notsignale der *Tankadère* aufmerksam geworden und der Kapitän hatte seinen Dampfer auf den kleinen Schoner zugesteuert. Gleich darauf war der Schiffseigentümer John Bunsby um 550 Pfund reicher; Phileas Fogg hatte ihm den vereinbarten Fahrpreis bezahlt. Dann war unser Gentleman mit seinen Reisebegleitern, dem Detektiv und Mrs Aouda, an Bord des Dampfers gegangen, um nach Nagasaki und Yokohama weiterzureisen.

Das Schiff hatte das Reiseziel planmäßig noch am Vormittag des 14. November erreicht, und während Fix sich selbst überlassen blieb, waren Mr Fogg und Mrs Aouda zur *Carnatic* gegangen und hatten zu ihrer großen Freude – genauer gesagt Mrs Aoudas Freude, denn Mr Fogg ließ seine Gefühle wieder einmal nicht erkennen – in Erfahrung gebracht, dass der Franzose Passepartout am Tag vorher in Yokohama eingetroffen war.

Phileas Fogg musste noch am Abend desselben Tages nach San Francisco aufbrechen. So war er sofort auf die Suche nach seinem Diener gegangen, hatte beim französischen und englischen Konsulat Erkundigungen eingezogen und sich in den Straßen Yokohamas umgesehen; vergebens! Vom Zufall oder einer Vorahnung getrieben, war er schließlich in das Etablissement des ehrenwerten Batulcar eingetreten. Er hätte seinen Diener in dem grotesken »Herold«-Kostüm gewiss nicht wieder erkannt, aber der Blick des rücklings auf dem Boden liegenden Passepartout war auf Mr Fogg dort oben in der Galerie gefallen. Die lange Nase hatte einen Augenblick gezittert, der menschliche Turmbau war aus dem Gleichgewicht geraten und . . . nun, die Folgen kennen wir ja.

Passepartout erfuhr diese Einzelheiten aus Mrs Aoudas Mund. Sie berichtete ihm auch von der Reise auf der *Tankadère,* wobei sie einen gewissen Fix erwähnte.

Bei der Nennung des Namens zuckte Passepartout nicht einmal mit der Wimper. Nein, noch war nicht der rechte Augenblick gekommen, um seinem Herrn zu enthüllen, was sich zwischen ihm und dem Polizeibeamten zugetragen hatte. Er ging sogar so weit sich ganz allein für seinen unverantwortlichen Opiumrausch in Hongkong zu beschuldigen.

Mr Fogg hörte sich Passepartouts Bericht kommentarlos an. Dann räumte er dem Burschen so viel Kredit ein, dass er sich an Bord des Dampfers anständigere Kleidungsstücke besorgen konnte. Passepartout entledigte sich eiligst seiner Nase und des Flügelpaares und in weniger als einer Stunde war der Sektenbruder des Gottes Tingu wieder in einen gewöhnlichen Menschen zurückverwandelt.

Das Postschiff nach San Francisco gehörte der *Pacific Mail Steam Company* und hieß *General Grant.* Es war ein gewaltiger Raddampfer von 2 500 Bruttoregistertonnen. Seine gute technische Ausrüstung gestattete eine hohe Fahrtgeschwindigkeit. Über dem Deck hob und senkte sich ein mächtiger Hebelarm, der am einen Ende mit einer Kolbenstange, am anderen mit einer Kurbelwelle verbunden war. Die Kurbelwelle übersetzte die gradlinigen Bewegungen des Hebelarmes in kreisförmige und übertrug sie direkt auf die Achsen der Schaufelräder. Die *General Grant* war als Dreimastbark aufgetakelt und ihr großzügig bemessenes Segelwerk unterstützte noch die Dampfmaschinen. Bei einer Geschwindigkeit von zwölf Meilen in der Stunde

konnte die Fahrt über den Pazifik kaum länger als 21 Tage dauern. Phileas Fogg durfte also hoffen am 2. Dezember in San Francisco einzutreffen, am 11. bereits in New York zu sein und am 20., also noch einige Stunden vor Anbruch des bedeutungsvollen 21. Dezember, nach London zurückzukehren.
An Bord des Dampfers befanden sich zahlreiche Passagiere. Neben einigen Engländern sah man zahlreiche Amerikaner, ein ganzes Auswandererheer chinesischer Kulis und ein paar Offiziere der indischen Kolonialarmee, die während ihres Urlaubs eine Weltreise machten. Die Überfahrt verlief ohne Zwischenfall. Die großen Schaufelräder und die mächtigen Segel sorgten dafür, dass das Schiff kaum rollte, und der Pazifische oder Stille Ozean hielt, was sein Name versprach. Mr Fogg war so ruhig und wenig gesprächig wie immer. Seine junge Reisegefährtin indessen fühlte sich ihm immer mehr durch Bande verknüpft, die über bloße Dankbarkeit hinausgingen. Phileas Foggs schweigsame und großmütige Natur beeindruckte sie mehr, als sie sich eingestehen wollte. Unmerklich hatten sich in ihre Seele tiefere Empfindungen geschlichen, die der rätselhafte Fogg jedoch keineswegs zur Kenntnis nahm.
Mrs Aouda hatte begonnen an Phileas Foggs Reiseplänen warmen Anteil zu nehmen und so erregte sie sich auch über alle Zwischenfälle, die den Erfolg der Reise in Frage stellen konnten. Sie plauderte oft mit Passepartout, der sehr wohl erriet, was Mrs Aouda im geheimsten Kämmerlein ihres Herzens bewegte. Der treue Bursche war jetzt wieder felsenfest von der Wohlanständigkeit seines Herrn überzeugt und konnte sich nicht genug tun die Ehrbarkeit, die Großmut und den Opfersinn des Phileas Fogg zu loben. Er zerstreute Mrs Aoudas Befürchtungen über den Ausgang des Unternehmens und versicherte ihr, dass der schlimmste Teil der Reise, zu dem auch die schwer überschaubaren Länder China und Japan gehörten, nunmehr hinter ihnen läge. Bald konnte man den Fuß wieder auf zivilisiertes Land setzen und dann bedürfe es nur noch einer einzigen Bahnfahrt von San Francisco nach New York und einer Schiffsreise von New York nach London und schon wäre diese unmögliche Reise um die Erde

innerhalb der vorgeschriebenen Frist zu einem glücklichen Ende gebracht.

Nach neuntägiger Schiffsreise hatte Phileas Fogg eine Strecke zurückgelegt, die – von London aus gemessen – genau dem halben Erdumfang entsprach.

Am 23. November passierte die *General Grant* den 180. Längengrad, auf dem – natürlich auf der entgegengesetzten Hälfte der Erdkugel – die Londoner spazieren gehen. Zugegeben, von 80 zugestandenen Reisetagen hatte Mr Fogg bereits 52 verbraucht, sodass ihm nur noch 28 Tage verblieben. Wir müssen aber bedenken, dass tatsächlich schon mehr als zwei Drittel der Reiseroute hinter ihm lagen, wenn er auch erst genau die Hälfte aller Längengrade überschritten hatte. Denn zu welchen Umwegen war er gezwungen gewesen! Von London war er im Zickzackkurs nach Aden, von Aden nach Bombay gereist und weiter hatte die Reiseroute über Kalkutta, Singapur und schließlich Yokohama geführt. Wie einfach, wenn man immer dem 50., also dem Londoner Breitengrad, rundherum um den Erdball folgen könnte. 12 000 Meilen hätte die ganze Strecke nur betragen; aber Phileas Fogg musste sich den eigenwilligen Verkehrswegen unterwerfen und 26 000 Meilen in Kauf nehmen, von denen er an diesem 23. November ungefähr 17 500 bewältigt hatte. Jetzt endlich lag eine glatte Strecke vor ihm und Fix war auch nicht mehr im Wege.

Der 23. November brachte Passepartout noch eine freudige Überraschung. Wir erinnern uns: Der Dickkopf hatte auf seinem berühmten Familienerbstück beharrlich die Londoner Uhrzeit beibehalten und schlechtweg behauptet, alle anderen Uhren, die ihm auf der Reise begegneten, gingen falsch. An diesem Tage nun stimmte seine Uhrzeit wieder genau mit der Schiffsuhrzeit überein, und das, obwohl er kein bisschen an seinem guten Stück herumgestellt hatte!

Wir verstehen Passepartouts Genugtuung. Was dieser Fix wohl dazu sagen würde? Aber der Kerl war ja nicht da.

»Mir so einen ganzen Sack voll Unsinn über Meridiane und Sonne und Mond erzählen zu wollen!«, schimpfte Passepartout. »Was die Leute immer zusammenfaseln. Wenn man auf solche Ratschläge hörte, käme die Uhrzeit vielleicht durcheinander! Ich wusste ja genau, dass sich die Sonne eines schönen Tages besinnen und wieder nach meiner Uhrzeit richten werde.«

Und doch beging Passepartout einen Denkfehler. Wäre sein Zifferblatt wie bei italienischen Uhren in 24 Stundenabschnitte aufgeteilt gewesen, hätte er keinerlei Anlass zum Triumph gehabt. Die Zeiger seiner Uhr hätten 9 Uhr abends, also die 21. Stunde nach Mitternacht angezeigt, die Bordchronometer aber zeigten 9 Uhr morgens. Diese Abweichung um zwölf Stunden entsprach genau der Zeitdifferenz zwischen London und dem 180. Längengrad.

Fix wäre vielleicht im Stande gewesen die physikalischen Fakten dieses Phänomens zu erklären, aber Passepartout hätte sie nicht begriffen oder richtiger, nicht begreifen wollen. Im Übrigen war diese Spekulation überflüssig; denn sollte das Unmögliche möglich werden und Fix plötzlich an Bord auftauchen, so würde Passepartout in seinem gerechten Zorn ein ganz anderes Thema zur Sprache bringen.

Wo befand sich eigentlich Fix in diesem Augenblick? Fix war nirgendwo anders als an Bord der *General Grant!*

In Yokohama hatte er sich für kurze Zeit von Mr Fogg getrennt und war sofort zum britischen Konsulat geeilt. Der Haftbefehl für Phileas Fogg war da! Das 40 Tage alte Dokument war seit Bombay dauernd hinter dem Detektiv hergereist, von Hongkong nach Yokohama sogar mit der *Carnatic,* weil man den Beamten auf diesem Schiff vermutete. Man stelle sich die Enttäuschung des Detektivs vor! Er hatte den Haftbefehl, aber es war zu spät. Fogg war nicht mehr auf britischem Territorium und jetzt musste erst ein Auslieferungsverfahren in Gang gebracht werden.

Und wennschon!, sagte sich Fix, nachdem sein erster Groll verflogen war, hier ist der Haftbefehl zu nichts nütze, in England aber umso mehr. Der Schuft scheint tatsächlich zu glauben, er hätte die Polizei endgültig in die Irre geführt und könnte nach Hause zurückkehren. Auch nicht schlecht. Ich bleibe ihm auf den Fersen. Nur das Geld! Ich will dem Himmel danken, wenn überhaupt noch ein bisschen übrig bleibt. Der Kerl hat doch wahrhaftig schon mehr als 5 000 Pfund für

Fahrtkosten, Belohnungen, Prozesskosten, Geldstrafen, den Elefanten und was sonst noch hinausgeworfen. Nun ja, die Bank von England kann es sich eben leisten!

Nach dieser Überlegung buchte Fix auf der *General Grant* einen Platz für die Weiterreise. Er war bereits an Bord, als Mr Fogg und Mrs Aouda den Dampfer bestiegen. Natürlich war er arg überrascht, als er in dem seltsamen Herold Passepartout erkannte. Seine schönen Pläne sollten nicht durch eine Auseinandersetzung mit dem Franzosen verdorben werden. Also musste er sich schleunigst in seine Kabine zurückziehen. Als er sich schließlich doch hinauswagte, hoffte er in der Menge der Passagiere von seinem Gegner nicht erkannt zu werden. Und nun passierte es: An diesem 23. November standen sich Passepartout und Fix plötzlich auf dem Vordeck Auge in Auge gegenüber.

Der Franzose sprang dem Detektiv ohne jede Warnung an die Kehle und deckte den unglückseligen Mann so mit Boxhieben ein, dass kein Zweifel mehr an der Überlegenheit der französischen Boxtechnik über die englische bestehen konnte. Amüsierte amerikanische Zuschauer schlossen sogleich Wetten auf den Franzosen ab.

Als Passepartout endlich sein Mütchen gekühlt hatte, fühlte er sich beruhigt und erleichtert. Fix war böse zugerichtet, erhob sich aber, blickte seinem Gegner in die Augen und sagte kühl: »Fertig?«

»Ja, wenigstens im Augenblick.«

»Dann kommen Sie mit. Ich muss mit Ihnen sprechen.«

»Ich pfeife drauf . . .«

»Es geht um Ihren Herrn.«

Passepartout war von so viel Kaltblütigkeit doch beeindruckt, folgte dem Polizeibeamten und setzte sich mit ihm in eine Ecke auf dem Vorschiff.

»Sie haben mich verprügelt«, begann Fix. »Na gut, aber jetzt bin ich dran und Sie hören mir zu. Bisher habe ich als Mister Foggs Gegner gehandelt, von nun an mache ich sein Spielchen mit.«

»Endlich!«, rief Passepartout. »Sie halten ihn jetzt also auch für einen Ehrenmann?«

»Nein«, erwiderte Fix eisig, »ich halte ihn für einen Schurken. Bleiben

Sie doch endlich ruhig sitzen und lassen Sie mich ausreden! Solange Phileas Fogg auf britischem Boden war, hatte ich ein Interesse daran, ihn bis zum Eintreffen des Haftbefehls aufzuhalten. Ich habe mein Bestes getan. In Bombay habe ich die Priester gegen ihn ins Spiel gebracht, in Hongkong habe ich Ihnen zu dem Opiumrausch verholfen und Sie von Ihrem Herrn getrennt. Ich habe erreicht, dass er das Postschiff nach Yokohama verpasste . . .«

Passepartout hörte mit geballten Fäusten zu.

»Und jetzt scheint dieser Fogg nach England zurückzukehren«, fuhr Mister Fix fort. »Es soll mir sehr recht sein. Ich folge ihm. Aber von nun an werde ich ihm mit demselben Eifer alle Hindernisse aus dem Weg räumen, mit dem ich sie zuvor ersonnen habe. Sie verstehen, ich habe meine Methode geändert, weil die Sache es verlangt. Ich brauche wohl nicht mehr darauf hinzuweisen, dass die ganze Angelegenheit für Sie genauso wichtig ist wie für mich. Erst in England werden Sie erfahren, ob Sie einem Verbrecher oder einem Ehrenmann dienen.«

Passepartout hatte sehr aufmerksam zugehört. Er war überzeugt, dass es der Detektiv ehrlich meinte.

»Wir sind also wieder Freunde?«, fragte Fix.

»Freunde? Nein. Verbündete, das reicht«, sagte Passepartout. »Und natürlich unter dem Vorbehalt näherer Prüfung. Beim geringsten Anzeichen von Verrat drehe ich Ihnen den Hals um.«

»Einverstanden«, sagte der Polizeibeamte ganz ruhig.

Am 3. Dezember, also elf Tage später, glitt die *General Grant* durch die Golden-Gate-Bucht in den Hafen von San Francisco hinein. Mr Foggs Reiseplan stimmte immer noch: Er hatte keinen Tag gewonnen und keinen verloren.

Im fünfundzwanzigsten Kapitel

erhält der Leser einen flüchtigen Eindruck von San Francisco und erlebt ein »Meeting«

Um 7 Uhr morgens betraten Mr Fogg, Mrs Aouda und Passepartout amerikanischen Boden – sofern man den schwimmenden Kai, an dem die Ausschiffung stattfand, als »Boden« bezeichnen kann. Diese Anlagen heben und senken sich mit Flut und Ebbe und ermöglichen das Beladen und Entladen der Schiffe zu jedem Zeitpunkt. Schiffe aller Größenordnungen und Nationalitäten lagen hier vor Anker, darunter jene mehrstöckigen Dampfer, die den Sacramento und seine Nebenflüsse befuhren. Auf dem Kai wurden Handelswaren aus Mexiko, Peru, Chile, Brasilien, Europa, Asien und von den pazifischen Inseln gestapelt.

Passepartout war glücklich endlich in Amerika zu sein. Vor lauter Freude wollte er mit einem eleganten und ziemlich riskanten Sprung auf amerikanischem Boden landen, aber die Planken der Landungsbrücke waren verfault und er brach um ein Haar hindurch. Vor Schreck über diese Begrüßung stieß er einen lauten Schrei aus, der einen ganzen Schwarm Kormorane und Pelikane aufscheuchte, die die schwimmenden Kais bevölkerten.

Gleich nach der Ankunft zog Mr Fogg Erkundigungen über die Abfahrt des nächsten Zuges nach New York ein. Er ging um 6 Uhr abends. Man konnte also einen ganzen Tag lang die Hauptstadt

Kaliforniens besichtigen. Mr Fogg und Mrs Aouda stiegen in eine Droschke, Passepartout durfte auf dem Kutschbock Platz nehmen und schon rollte der Wagen – zum Fahrpreis von drei Dollar – dem Hotel *International* entgegen.

Von seinem erhöhten Sitz aus betrachtete Passepartout neugierig die große amerikanische Stadt. Sie hatte lange Straßenzüge, hübsche Reihen niedriger Häuser, Kirchen, die den Stil der angelsächsischen Gotik nachahmten, riesige Dockanlagen und Lagerhäuser in Holz- und Ziegelkonstruktion, die Palästen glichen. In den Straßen drängten sich zahlreiche Fahrzeuge, Omnibusse und so genannte »Straßenbahnen«. Auf den Bürgersteigen wimmelte es nicht nur von Amerikanern, sondern auch von Chinesen und Indern und wen man sonst noch braucht, um eine Bevölkerung von mehr als 200 000 Menschen zusammenzubringen.

Passepartout kam aus dem Staunen nicht heraus. Er hatte geglaubt hier noch das legendäre San Francisco von 1849 vorzufinden, die Stadt der Banditen, Brandstifter und Mörder, die der Goldrausch hergetrieben hatte, die Pilgerstätte aller Entwurzelten, die hier um Goldstaub pokerten, den Revolver in der einen und das Messer in der anderen Hand. Diese »herrlichen Zeiten« waren also vorüber; San Francisco hatte sich in eine große Handelsstadt verwandelt. Der hoch aufragende Turm des Rathauses, auf dem eine Wachmannschaft ständig Dienst tat, beherrschte das ganze Stadtbild. Straßen und Alleen waren rechtwinklig angelegt und umschlossen Grünflächen und einmal auch eine Chinesenstadt, die aussah, als wäre sie aus dem *Reich der Mitte* in Spielzeugschachteln hertransportiert und wieder aufgebaut worden. Wo waren die Sombreros geblieben und die beliebten roten Hemden der Goldgräber? Statt federngeschmückter Indianer gab es zahlreiche Zylinder und schwarze Anzüge, deren Träger mit rastlosem Eifer ihren Geschäften nachgingen. Die Montgomery Street spielte die Rolle der Regent Street in London, des Boulevard des Italiens in Paris und des Broadway in New York. Hier, wie auch in einigen anderen Straßen, gab es wundervolle Geschäfte, die in ihren Schaufenstern Waren aus aller Welt anboten.

Als die Reisegesellschaft endlich im Hotel *International* eintraf, hatte Passepartout das Gefühl England niemals verlassen zu haben.
Im Erdgeschoss des Gebäudes gab es eine riesige Bar, eine Art offenen Buffets, das allen Passanten gratis zugänglich war. Getrocknetes Fleisch, Muschelsuppe, Gebäck und Chester durften verzehrt werden, ohne dass der Gast seine Börse strapazieren musste. Er bezahlte lediglich seine Getränke, das Bier, seinen Portwein oder seinen Sherry, den er als Erfrischung zu sich genommen hatte. Passepartout fand diese Methode sehr »amerikanisch«.
Die Restaurationsräume des Hotels waren elegant eingerichtet. Mr Fogg und Mrs Aouda ließen sich an einem der Tische nieder und wurden von ebenholzschwarzen Negern bedient, die wunderbare Gerichte in winzig kleinen Schüssn auftrugen.
Nach dem Frühstück machte sich Phileas Fogg mit Mrs Aouda auf den Weg zum Amtssitz des englischen Konsuls, um die übliche Eintragung in seinen Pass vornehmen zu lassen. Vor dem Hotel wartete der Diener. Passepartout schlug vor ein paar Dutzend *Enfield*-Karabiner und einige Colts anzuschaffen, ehe man sich auf die große Fahrt mit der Pazifik-Eisenbahn wagte. Ihm waren Geschichten über Sioux-Indianer und Pawnies zu Ohren gekommen, die wie gewöhnliche Wegelagerer Eisenbahnzüge überfielen. Mr Fogg fand dergleichen Vorsichtsmaßnahmen überflüssig, gestattete aber Passepartout nach Gutdünken zu verfahren. Dann setzte er seinen Weg fort.
Er hatte noch keine 200 Schritt zurückgelegt, als ihm ein »unglücklicher Zufall« Mr Fix über den Weg schickte. Der Polizeibeamte heuchelte tiefstes Erstaunen. Wie? Mr Fogg und er waren mit dem gleichen Schiff über den Pazifik gekommen und hatten sich niemals an Bord getroffen? Wie dem auch sei, er, Mr Fix, schätze sich überglücklich den Mann wiederzusehen, dem er so viel verdankte; und da ihn seine Geschäfte nach Europa riefen, wäre er entzückt die Weiterreise in so angenehmer Gesellschaft machen zu dürfen.
Mr Fogg entgegnete, im Gegenteil, die Ehre sei ganz seinerseits; und Fix, der sein Opfer auf keinen Fall aus den Augen verlieren wollte, bat

an der Besichtigung dieser hochinteressanten Stadt teilnehmen zu dürfen.

So schlenderten also Mrs Aouda, Mr Fogg und Fix durch die Straßen von San Francisco. Sie waren bald in der Montgomery Street, in der tosender Verkehr herrschte. Zahllose Menschen drängten sich auf den Gehsteigen, mitten auf dem Fahrdamm und sogar zwischen den Straßenbahnschienen, obwohl unablässig Straßenbahnen und Omnibusse hin und her fuhren. Die Menge hielt die Geschäftseingänge und alle Fenster besetzt und selbst auf den Dächern erblickte man Menschentrauben. Reklame-Männer machten mitten im Gewühl mit ihren Plakaten die Runde. Fähnchen und Reklame-Spruchbänder flatterten im Wind. Überall wurde gelärmt und geschrien.

»Hurra für Kamerfield! Hurra für Mandiboy!«, tönte es von allen Seiten. Ein *Meeting* wurde veranstaltet. Fix behauptete das jedenfalls und sagte zu Mr Fogg: »Vielleicht wäre es klüger, um diese Menschenmenge hier einen Bogen zu machen. Bei dergleichen Veranstaltungen kann man höchstens ein paar Püffe abbekommen.«

»Sie haben ganz Recht«, meinte Phileas Fogg. »Püffe bleiben Püffe, auch wenn sie aus politischen Gründen ausgeteilt werden.«

Fix hielt es für geraten zu dieser Bemerkung höflich zu lächeln. Um das Gewühl zu vermeiden, aber trotzdem etwas zu sehen, zogen sich Mrs Aouda, Phileas Fogg und Fix auf eine Treppe zurück, die zu einer Terrasse im oberen Teil der Montgomery Street gehörte. Gegenüber, auf der anderen Straßenseite, war unter freiem Himmel zwischen einem Kohlenhof und einem Petroleumlager ein großer Versammlungsplatz eingerichtet worden, auf den die Menschen aus allen Himmelsrichtungen zuströmten.

Phileas Fogg konnte nicht in Erfahrung bringen, welchem Zweck die Versammlung dienen sollte. Ging es vielleicht um die Ernennung eines hohen Zivil- oder Militärbeamten? Sollte ein Staatsgouverneur oder ein Kongressmitglied gewählt werden? Nach der Aufregung zu urteilen, die sich der ganzen Stadt bemächtigt hatte, musste jedenfalls etwas Wichtiges im Gange sein.

Da entstand auch schon heftige Bewegung in der Menschenmenge, alle Hände flogen in die Luft, geballte Fäuste fuhren auf und nieder, es wurde laut gebrüllt. Offenbar vollzog man auf diese nachdrückliche Art irgendeine Abstimmung. Die Menschenmassen begannen zurückzufluten, es gab Stauungen, Fahnen schwankten, verschwanden einen Augenblick im Gewühl und tauchten zerfetzt wieder auf. Die Wellenbewegungen der Menschenmenge reichten jetzt bis zum Fuß der Terrassentreppe und den Zuschauern schien es, als würde das Meer auf- und abhüpfender Köpfe von Windböen aufgerührt. Die Zahl der Zylinder nahm zusehends ab und die verbleibenden schienen seltsam geschrumpft zu sein.

»Es handelt sich offensichtlich um ein Meeting, bei dem eine äußerst wichtige Frage zur Debatte steht«, bemerkte Fix. »Ich würde mich nicht wundern, wenn es immer noch um die Alabama-Affäre ginge, die eigentlich beendet ist.«

»Vielleicht«, sagte Mr Fogg und schwieg weiter.

»Jedenfalls bekämpfen sich hier zwei Kandidaten«, begann Fix wieder, »ein gewisser Kamerfield und ein Mann namens Mandiboy.«

Mrs Aouda, die sich auf Mr Foggs Arm stützte, betrachtete verwundert den Tumult zu ihren Füßen. Fix wollte sich gerade bei einem seiner Nachbarn nach dem Grund all der Aufregung erkundigen, da nahm der Lärm spürbar zu, Hurrageschrei und Verwünschungen verdoppelten sich und die Fahnenstangen verwandelten sich in Angriffswaffen. Noch mehr Hände flogen hoch, noch mehr Fäuste drohten. Die Fahrgäste der eingekeilten Kutschen und Omnibusse begannen wilde Prügeleien, alles Bewegliche wurde zum Wurfgeschoss; Stiefel und Schuhe sausten in hohem Bogen durch die Luft und es hörte sich so an, als mischten sich bereits die landesüblichen Revolverschüsse in das Geschrei der Menschenmenge.

Das Volk drängte jetzt zur Treppe hin, überflutete schon die untersten Stufen. Eine der beiden Parteien musste offenbar den Rückzug antreten, aber ob es die Mandiboy-Leute oder die Kamerfield-Anhänger waren, ließ sich nicht feststellen.

Fix wollte um jeden Preis verhindern, dass »sein« Mann einen Fausthieb abbekam oder sonst irgendwie in unliebsame Verwicklungen geriet.

»Ich meine, wir sollten gehen«, schlug er vor. »Falls hier eine englisch-amerikanische Frage zur Debatte steht und wir als Engländer erkannt werden, sieht es böse für uns aus.«
»Ein englischer Staatsbürger . . .«, begann Mr Fogg, aber er konnte den Satz nicht beenden.
Hinter ihm auf der Terrasse erscholl ohrenbetäubendes Geschrei.
»Hipp, hipp, hurra für Mandiboy!«, brüllte die Menge.
Es waren Mandiboys Parteigänger, die die Kamerfield-Leute aus der Flanke angreifen wollten.
Mr Fogg, Mrs Aouda und Fix befanden sich somit zwischen den Fronten. Zur Flucht war es zu spät und an Widerstand war auch nicht zu denken, denn die Angreifer kämpften mit eisenbeschlagenen Stöcken und Totschlägern. Phileas Fogg und Fix konnten nur versuchen ihre junge Begleiterin zu schützen. Sie selbst wurden mächtig verprügelt. Mr Fogg gab sich aber noch immer so phlegmatisch wie sonst. Zu seiner Verteidigung hatte er lediglich die natürlichen Waffen, die der Schöpfer jedem Engländer verleiht: seine Fäuste; aber auch die bewirkten nichts. Ein riesiger breitschultriger Kerl mit fuchsigem Kinnbart und gerötetem Gesicht, offenbar der Anführer der Truppe, hielt Mr Fogg seine gewaltige Faust unter die Nase. Unserem Gentleman wäre es schlecht ergangen, hätte sich Fix nicht geopfert und an seiner Statt den Hieb empfangen. Von dem Zylinder des Detektivs blieb noch ein flaches Brett übrig, unter dem augenblicks eine mächtige Beule anschwoll.
»Yankee!«, sagte Mr Fogg und schenkte seinem Gegner einen Blick voller Verachtung.
»Englishman!«, gab der zurück.
»Wir sprechen uns noch!«
»Von mir aus! Sie heißen?«
»Phileas Fogg. Und Sie?«
»Oberst Stamp W. Proctor.«
Nach diesem Wortwechsel brach die Flut über Mr Fogg und seine Begleiter herein. Fix wurde umgerissen und seine Kleidung zerfetzt, aber er erlitt keine ernsthaften Verletzungen. Sein Reisemantel be-

stand schon bald nur noch aus zwei ungleichen Hälften und seine Beinkleider erinnerten an die Hosen gewisser Indianer, die – nach ihrer neuesten Mode – vor Gebrauch den Hosenboden herausschneiden. Mrs Aouda war nichts passiert und abgesehen von der Beule des Detektivs war man noch gut davongekommen.
»Ich danke Ihnen«, sagte Mr Fogg zu Fix, als sie die Menschenmenge hinter sich gelassen hatten.
»Nichts zu danken«, entgegnete der Detektiv. »Aber kommen Sie doch bitte mit.«
»Wohin?«
»In ein Bekleidungsgeschäft.«
Fix hatte Recht: Dieser Besuch war angezeigt. Phileas Fogg und Fix sahen in ihren zerfetzten Kleidern aus, als hätten sie sich für Kamerfield und Mandiboy in die Schlacht gestürzt.
Eine Stunde später waren die Herren wieder geziemend gekleidet und frisiert. Sie kehrten zum *International* zurück.
Passepartout wartete schon auf seinen Herrn. Er hatte inzwischen ein halbes Dutzend handlicher sechsschüssiger Revolver mit automatischer Zündung erworben. Als er Fix in Mr Foggs Gesellschaft entdeckte, verdüsterte sich seine Miene. Sie heiterte sich wieder auf, als ihm Mrs Aouda in wenigen Worten über die jüngsten Zwischenfälle berichtete. Fix verhielt sich also wirklich nicht mehr als Feind, er war, wie versprochen, Verbündeter.
Nach beendetem Dinner ließ Mr Fogg einen Wagen rufen, um mit seinen Gefährten und dem Gepäck zum Bahnhof zu fahren. Beim Einsteigen sagte er zu Fix: »Der Oberst Proctor ist Ihnen wohl nicht mehr über den Weg gelaufen?«
»Nein«, antwortete Fix.
»Dann werde ich später nach Amerika zurückfahren und ihn aufsuchen«, sagte Phileas Fogg kalt. »Es geht nicht an, dass sich ein englischer Staatsbürger derartig beleidigen lässt.«
Der Polizeibeamte lächelte und gab keinen Kommentar. Wir aber lernen noch einen neuen Zug an Mr Fogg kennen: Wie viele Engländer seiner Klasse lehnte er das Duell auf englischem Boden ab und schlug

sich, wenn die Ehre eine Auseinandersetzung mit Waffen erforderte, lieber im Ausland.

Um 5.45 Uhr erreichte die Reisegesellschaft den Bahnhof. Der Zug war bereits eingefahren.

Mr Fogg wollte gerade einsteigen, als er einen Beamten erblickte. Er ging zu ihm hinüber und sagte: »Wissen Sie wohl, warum es heute diesen kleinen Aufruhr in der Stadt gab?«

»Das war doch ein Meeting, mein Herr.«

»Aber die Leute schienen mir recht aufgeregt zu sein.«

»Ach nein, es war wirklich nur eine Wahlversammlung.«

»Wer sollte denn gewählt werden? Der kommandierende General?«

»Nein, mein Herr, der Friedensrichter.«

Nach dieser Antwort stieg Phileas Fogg in seinen Eisenbahnwagen und der Zug ging unter Volldampf auf die Fahrt.

◆◆◆◆◆◆◆◆◆◆◆◆◆◆◆◆◆◆◆◆◆◆◆◆◆◆◆

Im sechsundzwanzigsten Kapitel

◆

reisen Phileas Fogg und seine Gefährten im Expresszug auf der Pazifik-Eisenbahnlinie

»Von Ozean zu Ozean«, sagen die Amerikaner und beschreiben mit diesen vier Worten die gewaltige Eisenbahnlinie, die die Vereinigten Staaten in ihrer ganzen Breite durchläuft. Genau betrachtet, ist die Pazifik-Bahnlinie allerdings in zwei große Abschnitte unterteilt. Die Zentral-Pazifik-Linie reicht von San Francisco bis Ogden und die Union-Pazifik-Linie von Ogden bis Omaha. Von Omaha aus gibt es fünf weitere Strecken nach New York. New York und San Francisco sind also durch einen ununterbrochenen Schienenstrang verbunden, der nicht weniger als 3 786 Meilen misst. Zwischen dem Pazifik und Omaha durchquert die Bahn Gebiete, die zur Zeit unserer Erzählung noch von Indianern und wilden Tieren unsicher gemacht wurden. Um 1845 haben hier die aus Illinois vertriebenen Mormonen mit der Besiedlung der ungeheuer ausgedehnten Gebiete begonnen.

Früher brauchte man selbst unter günstigsten Verhältnissen sechs Monate für die Reise von New York nach San Francisco.

Für Mr Fogg sollte das Unternehmen nur noch sieben Tage dauern.

Im Jahre 1862 wurde der Bau der Eisenbahnlinie zwischen dem 41. und dem 42. Breitengrad beschlossen. Die Abgeordneten aus den Südstaaten, die eine Linienführung durch ihre eigenen Gebiete anstrebten, hatten vergeblich protestiert. Der unvergessene Präsident Lincoln selbst hatte

Omaha im Staate Nebraska zur Kopfstation der neuen Eisenbahnlinie bestimmt. Die Bauarbeiten waren unverzüglich begonnen und mit jenem typisch amerikanischen Elan vorangetrieben worden, der gänzlich frei ist von Pedanterie und Bürokratie. Bei aller Schnelligkeit wurde aber äußerst sorgfältig gearbeitet. In der Prärie wuchs der Schienenstrang täglich etwa anderthalb Meilen. Eine Lokomotive brachte auf dem tags zuvor verlegten Abschnitt die neuen Schienen für die nächste Arbeitsetappe heran und die nächste Teilstrecke konnte im selben Tempo folgen.

Von der Pazifik-Linie gehen mehrere Abzweigungen in die Staaten Iowa, Kansas, Colorado und Oregon. Von Omaha aus läuft die Bahnlinie am linken Ufer des Platte-Flusses entlang bis zur Einmündung des Nord-Platte-Flusses, biegt dann mit dem Süd-Platte-Fluss nach Süden, durchquert die Gebiete von Laramie und des Wasatch-Gebirges, schlägt einen Bogen um den Großen Salzsee, berührt Salt Lake City, die Hauptstadt der Mormonen, gräbt sich darauf in das Tuilla-Tal und geht weiter an der Wüste entlang, vorbei am Cedar- und Humboldt-Bergland, am Humboldt-Fluss und der Sierra Nevada, um endlich bei Sacramento zum Pazifik hinabzuklettern. Nirgendwo auf der ganzen Strecke, also auch nicht in den Rocky Mountains, ist das Gefälle stärker als 112 Fuß pro Meile.

So lief das lange Schienenpaar, auf dem die Züge sieben Tage in einer Richtung rollten. Jetzt sollte es dem ehrenwerten Phileas Fogg dazu verhelfen, am 11. Dezember das Postschiff von New York nach Liverpool zu erreichen. Zumindest hoffte das unser Weltreisender.

Der Eisenbahnwagen, in dem Mr Fogg reiste, glich einem lang gestreckten Omnibus, der auf zwei Drehgestellen mit jeweils vier Rädern ruhte. Diese Konstruktion erlaubte einen sehr kleinen Wendekreis, den man für scharfe Kurven brauchte. Im Innern des Wagens fehlten die üblichen Abteile. Stattdessen gab es an den Längswänden entlang zwei Reihen Sitze, die senkrecht zur Achse standen. In der Mitte blieb ein Gang frei, über den die Reisenden zu den Waschräumen und sonstigen Einrichtungen der einzelnen Wagen gelangten. Außerdem waren sämtliche Wagen durch kleine Brücken miteinander verbunden, sodass die Fahrgäste von einem Ende des Zuges zum andern spazieren und auch bequem die Salonwagen, die Aussichtswagen und die Restaurant- und Caféwagen

erreichen konnten. Es fehlte eigentlich nur noch ein Theaterwagen; aber den wird es gewiss eines Tages auch noch geben.
Über die Verbindungsbrücken kamen und gingen unablässig Buch- und Zeitungsverkäufer, die ihre Ware anpriesen. Auch Händler mit alkoholischen Getränken, Lebensmitteln und Rauchwaren machten gute Geschäfte.
Der Zug war um 6 Uhr abends von der Oakland-Station abgefahren und kurz danach brach auch schon die Dunkelheit an. Die Nacht war kalt und der düstere wolkenbehangene Himmel verhieß Schnee. Der Zug kam nicht gerade schnell voran. Berücksichtigte man die Haltezeiten auf den Stationen, schaffte er nicht mehr als zwanzig Meilen in der Stunde. Doch musste diese Geschwindigkeit ausreichen, um die Vereinigten Staaten in der fahrplanmäßig vorgesehenen Zeit zu durchqueren.
Im Wagen wurde wenig gesprochen. Müdigkeit verbreitete sich unter unseren Reisenden und bald würden sie alle schlafen. Passepartout hatte einen Platz neben dem Detektiv bekommen, aber er verzichtete auf jede Unterhaltung. Seit den Ereignissen in Hongkong war die Beziehung zwischen den beiden Männern merklich kühl geworden; keine Sympathie mehr, keine Vertraulichkeiten. Fix gab sich zwar wie zuvor, aber Passepartout übte äußerste Zurückhaltung. Er lag auf der Lauer, um seinem ehemaligen Freund beim geringsten Verdacht auf Verrat an die Kehle zu springen.
Eine Stunde nach Abfahrt des Zuges begann der Schnee tatsächlich zu fallen – feine weiße Flocken, die den Zug glücklicherweise nicht aufhalten konnten. Durch die Fensterscheiben sah man jetzt nur noch eine endlose weiße Fläche von solcher Reinheit, dass die weißen Dampfwolken der Lokomotive dagegen grau wirkten.
Um 8 Uhr betrat ein Steward den Wagen und meldete, es sei Zeit zur Nachtruhe. Der Wagen verwandelte sich in wenigen Minuten in einen Schlafwagen; die Sitze wurden zu Liegeflächen, denn die Rückenlehnen ließen sich nach hinten klappen und mit Hilfe eines raffinierten Mechanismus kam das Bettzeug zum Vorschein. Schon waren die provisorischen Schlafkabinen fertig und jeder Fahrgast konnte sich obendrein hinter dichten Vorhängen, die ihn vor neugierigen Blicken schützten,

auf seinem bequemen Bett ausstrecken. Die Betttücher waren schneeweiß und die Kopfkissen einladend weich; man brauchte sich nur hinzulegen und einzuschlummern, was dann auch jedermann tat. Während der Zug durch Kalifornien ratterte, schliefen die Reisenden so bequem, als lägen sie in den Kabinen eines großen Überseedampfers.
Das Gebiet zwischen San Francisco und Sacramento ist fast eben. Der Zug befuhr hier die sogenannte Zentral-Pazifik-Linie, die ostwärts läuft, bis sie auf den Schienenstrang von Omaha stößt.
Von San Francisco bis zur Hauptstadt Kaliforniens hält die Bahnlinie ihre Nordostrichtung ein, dann folgt sie dem American River, der in die San-Pablo-Bucht mündet. Für die 120 Meilen lange Strecke zwischen den beiden großen Städten benötigte der Zug sechs Stunden. Gegen Mitternacht fuhr er durch Sacramento, aber die Reisenden lagen im tiefen ersten Schlaf und nahmen gar nichts von der kalifornischen Regierungshauptstadt wahr, deren Kaianlagen, breite Straßen, moderne Hotels, Plätze und Kirchen durchaus sehenswert sind.
Hinter Sacramento passierte der Zug noch die Stationen Junction, Roclin, Auburn und Colfax und dann ging es hinein in das Massiv der Sierra Nevada. Um 7 Uhr früh war Cisco erreicht. Eine Stunde später wurde der provisorische Schlafwagen wieder in einen gewöhnlichen Reisewagen zurückverwandelt und die Fahrgäste konnten die malerische Berglandschaft betrachten, die vor den Fenstern vorüberflog. Der Schienenstrang passte seinen Lauf den Gegebenheiten der Sierra an. Bald presste er sich in die Flanke eines Berges, bald überbrückte er tiefe Abgründe, dann wieder lief er hinunter in enge, unübersehbar lang gestreckte Schluchten oder er umging scharfe Biegungen mit weit ausholenden, eleganten Kurven. Die Lokomotive, mit einer blitzblanken Warnglocke und einem »Kuhfänger« ausgerüstet, den sie gleich einem Sporn vor sich her schob, funkelte wie ein Reliquienschrein. Ihr Schornstein spie rote Funkengarben aus, ihre Rauchschwaden ringelten sich um die dunklen Tannen längs der Strecke und das Pfeifen und Stampfen des Dampfkessels mischte sich mit dem Getöse der Wildbäche und Wasserfälle.
Auf diesem Reiseabschnitt gab es fast keine Tunnels und Brücken. Der

Schienenstrang war der Natur angepasst und schmiegte sich meistens in die Bergflanken, anstatt unbedingt den kürzesten Weg zu wählen. Gegen 9 Uhr gelangte der Zug durch das Carson-Tal in den Staat Nevada. Die Nordostrichtung wurde immer noch beibehalten. Um die Mittagsstunde gab es in Reno einen Aufenthalt von zwanzig Minuten, sodass die Reisenden aussteigen und eine Mahlzeit einnehmen konnten.

Ein Stück hinter Reno bog der Schienenstrang für ein Weilchen nach Norden ab, um dem Humboldt-Fluss zu folgen, schwenkte dann wieder mit dem Strom nach Osten und begleitete ihn fast bis zu seiner Quelle im Humboldt-Bergland, das am Ostrand des Staates Nevada liegt.

Nach der Mahlzeit nahmen Mr Fogg und seine Reisegefährten ihre Plätze im Wagen wieder ein. Bequem in den Sitzen zurückgelehnt, betrachteten sie das vorübereilende, niemals gleichförmig werdende Landschaftsbild. Am Horizont türmten sich Berge, davor lagen Prärien, durchzogen von schäumenden *Creeks*. Manchmal schienen sich Dämme durch die Ebene zu bewegen. Das waren große Bisonherden, die für die Eisenbahnzüge zu unüberwindlichen Hindernissen werden konnten, wenn sie, dicht gedrängt, zu tausenden die Schienen überquerten. Dem Zugführer blieb dann nichts weiter übrig, als die Lokomotive zu stoppen, bis der Weg – oft erst nach Stunden – wieder frei war.

Und genau so ein Zwischenfall ereignete sich um 3 Uhr nachmittags. Eine Herde von 10 000 bis 12 000 Bisons versperrte den Weg. Der Lokomotivführer hatte noch versucht die unübersehbare Kolonne bei herabgesetzter Geschwindigkeit mit dem »Kuhfänger« beiseite zu drücken, doch vergebens.

Die Herde wich nicht von den Schienen und der Zug musste anhalten. Die Wiederkäuer – von den Amerikanern übrigens fälschlich »Büffel« genannt – zogen geruhsam des Weges. Ab und zu brüllten sie durchdringend. Die Tiere waren größer als europäische Stiere. Neben ihren kurzen Beinen und dem kurzen Schwanz fiel vor allem der muskulöse bucklige Nacken auf. Die Hörner waren weit gespreizt und Kopf, Hals und Schultergürtel bedeckte eine langzottige Mähne. Wenn die Bisons erst einmal eine bestimmte Laufrichtung eingeschlagen hatten, waren sie durch nichts mehr abzulenken. Es gab kein Hindernis, das diesen Sturzbach lebenden Fleisches aufzuhalten vermochte.

Die Reisenden standen auf den Verbindungsstegen zwischen den Wagen und betrachteten das seltsame Schauspiel. Nur der Mann, den der Aufenthalt am meisten treffen musste, blieb an seinem Platz. Phileas Fogg erwartete mit stoischer Ruhe den Abzug der Tiere. Passepartout dagegen war fuchsteufelswild wegen der Verzögerung. Er hätte am liebsten sein ganzes Waffenarsenal in die Herde entleert. »Unglaublich, dieses Land!«, schrie er. »Hat man so etwas schon erlebt? Gewöhnliche Rindviecher halten Eisenbahnzüge auf und gehen auch noch so langsam, als bildeten sie nicht das geringste Verkehrshindernis! Solche Zwischenfälle hat Mr Fogg bestimmt nicht in seinem Programm vorgesehen. Und dieser trottelige Lokomotivführer fährt nicht einmal mit seiner Maschine in diesen langweiligen Haufen hinein!«

Der Lokomotivführer hatte tatsächlich einen solchen gewaltsamen Angriff auf die Herde unterlassen und er wusste auch, warum er das tat. Zweifellos wäre eine Reihe von Tieren durch den »Kuhfänger« zerquetscht worden, aber trotz aller Kraft hätte die Lokomotive bald stecken bleiben müssen, die Wagen wären entgleist und damit hätte die Reise ihr Ende gehabt.

Stattdessen wartete er geduldig. Die verlorene Zeit musste eben später durch erhöhte Geschwindigkeit wieder wettgemacht werden. Drei volle Stunden trotteten die Bisons über die Schienen und erst mit einbrechender Nacht wurde der Weg wieder frei. Während die letzten Tiere noch vor der Lokomotive vorbeizogen, verschwand die Spitze der Herde schon am südlichen Horizont.

Erst um 8 Uhr abends konnte der Zug mit der Überquerung des Humboldt-Berglandes beginnen und es war schon halb 10 Uhr, als er Utah erreichte, das geheimnisvolle Gebiet der Mormonen am Großen Salzsee.

Im siebenundzwanzigsten Kapitel

nimmt Passepartout bei einer Geschwindigkeit von zwanzig Meilen pro Stunde eine Lektion in mormonischer Geschichte

Während der Nacht vom 5. zum 6. Dezember legte der Zug etwa 50 Meilen in südöstlicher Richtung zurück. Dann wandte er sich nach Nordosten und fuhr auf den Großen Salzsee zu.

Gegen 9 Uhr morgens trat Passepartout auf das Verbindungsbrückchen seines Wagens hinaus, um Luft zu schöpfen. Es war kalt und der Himmel blieb bedeckt, aber Schnee fiel nicht mehr. Durch die Nebelschleier hindurch sah er die seltsam vergrößerte Sonnenscheibe wie ein riesiges Goldstück am Himmel hängen. Als er sich gerade damit vergnügte, ihren Preis in englischen Pfund auszurechnen, wurde er in seinen Überlegungen gestört.

Ein komisch aussehender Kauz, der in Elko zugestiegen war, erschien in der Wagentür. Er war hoch gewachsen, hatte einen schwarzen Bart, dunkelbraune Gesichtshaut und trug schwarze Strümpfe, einen schwarzen Zylinder, eine schwarze Weste, schwarze Beinkleider, eine weiße Krawatte und Handschuhe aus Hundeleder. Man konnte ihn für einen Geistlichen halten. Er lief durch den ganzen Zug und klebte mit jeweils einer Oblate einen handgeschriebenen Aufruf an die Wagentüren. Dem Text zufolge erlaubte sich der »Älteste« William Hitch, seines Zeichens mormonischer Missionar, seine Anwesenheit im Zug Nr. 48 zu einem Vortrag über das Mormonentum zu benutzen. Die

Veranstaltung werde zwischen 11 und 12 Uhr im Wagen Nr. 117 stattfinden. Alle Gentlemen, die sich über das Mysterium der Religion der »Heiligen der Letzten Tage« zu unterrichten wünschten, sollten herzlich willkommen sein.
»Das muss ich mir anhören«, sagte Passepartout, der vom Mormonentum nicht viel mehr wusste, als dass die Vielweiberei zu seinen Grundregeln gehörte.
Die Nachricht verbreitete sich schnell unter den annähernd 100 Reisenden im Zug. Dreißig von ihnen lockte das Thema, sie fanden sich um 11 Uhr im Wagen Nr. 117 ein. Passepartout thronte in der vordersten Reihe der Gläubigen. Weder sein Herr noch Fix hatten sich die Mühe gemacht der Einladung Folge zu leisten.
Zur angekündigten Zeit erhob sich der »Älteste« William Hitch. Mit gereizter Stimme, als erwarte er schon im Voraus Widerspruch, begann er zu reden.
»Und ich sage Ihnen«, rief er mit Donnerstimme, »dass Joe Smith ein Märtyrer ist, dass sein Bruder Hiram ein Märtyrer ist und dass die Unionsregierung mit ihrer Verfolgung der Propheten auch aus Brigham Young einen Märtyrer machen wird. Wer könnte wagen seine Stimme zu erheben, um das Gegenteil zu behaupten?«
Niemand wagte dem Missionar zu widersprechen. Seine pathetische Rede wollte gar nicht zu seinen ruhigen Gesichtszügen passen; aber er hatte wohl Recht: Die Mormonen mussten zu jenem Zeitpunkt harte Prüfungen über sich ergehen lassen. Die Regierung der Vereinigten Staaten hatte gerade einen Sieg über die ihre Unabhängigkeit liebenden Fanatiker errungen. Utah war Bundesstaat geworden und musste sich den Gesetzen der Regierung unterwerfen. Gleichzeitig war Brigham Young unter der Anklage der Rebellion und Vielweiberei ins Gefängnis gesteckt worden. Von diesem Augenblick an verstärkten die Schüler des Propheten ihre Aktivität und kämpften, zunächst durch das gesprochene Wort, gegen die Anordnungen der Regierung. Wie wir sehen, ging der »Älteste« William Hitch sogar so weit, in Eisenbahnzügen Bekehrungsversuche zu machen.
Er begann nun mit heftig schwankender Stimme und wilden Gesten

die Geschichte des Mormonentums von ihren Anfängen in biblischer Vorzeit den Zuhörern darzustellen.
»Und in Israel war ein Prophet vom Stamme Josephs, der brachte die Gesetze der neuen Religion unter das Volk und er gab seinen Auftrag weiter an seinen Sohn Morom.«
Im weiteren Verlauf der Darstellung erfuhren die Zuhörer noch, wie viele Jahrhunderte später das kostbare Gesetzbuch aus dem Ägyptischen übertragen wurde von einem Mann namens Joseph Smith jun., Farmer im Staate Vermont. 1825 war das Jahr seiner Berufung, da ihm ein himmlischer Bote erschienen war, um ihm das Buch des Herrn in die Hände zu legen.
Einige Zuhörer verließen jetzt den Wagen; der historische Rückblick des Missionars langweilte sie zu sehr. Aber William Hitch war nicht aufzuhalten. Er erzählte nun, wie Smith jun. im Bunde mit seinem Vater, seinen beiden Brüdern und einigen Schülern die Religion der »Heiligen der Letzten Tage« begründete, wie die Anhängerschaft nicht nur in Amerika, sondern auch in England, Skandinavien und Deutschland immer mehr wuchs, dass nicht nur Handwerker, sondern auch zahlreiche Leute aus gehobenen Berufen zu den Mitgliedern der Kirche zählten. Er berichtete von der Niederlassung, die die »Heiligen der Letzten Tage« in Ohio gründeten, und dass zum Preise von 200 000 Dollar eine Kirche errichtet wurde, der die Gründung der Stadt Kirkland folgte, dass Smith ein unternehmender Bankier wurde und von einem einfachen Museumshüter aus der Mumienabteilung einen Papyrus bekommen hatte, auf dem in der Handschrift Abrahams und mancher berühmter Ägypter eine Geschichte verzeichnet war.
Der historische Abriss zog sich allzu sehr in die Länge und die Zuhörerreihen lichteten sich. Schließlich lauschten nur noch knapp zwanzig Personen den Ausführungen des »Ältesten«. Der ließ sich durch den Hörerschwund nicht beeindrucken. In aller Ausführlichkeit erzählte er jetzt, dass Joe Smith im Jahre 1837 Bankrott machte und von den geprellten Aktionären geteert und gefedert wurde, dass er wenige Jahre später in Independence im Staate Missouri wieder auftauchte und in höherem Ansehen stand als je zuvor, dass er zum Oberhaupt einer

blühenden Gemeinde wurde, die nicht weniger als 3 000 Mitglieder zählte, und dass er schließlich, vom Hass der Ungläubigen verfolgt, in den Wilden Westen Amerikas fliehen musste.

Nun waren nur noch zehn Zuhörer übrig geblieben. Passepartout zählte zu diesen Getreuen. Er lauschte den Erzählungen des Missionars mit weit aufgesperrten Ohren und erfuhr noch, dass Smith nach langer Verfolgung im Staate Illinois wieder in der Öffentlichkeit erschien, 1839 am Mississippi Nauvoo-la-Belle gründete, dessen Einwohnerschaft auf 25 000 Seelen anwuchs und Smith zum Bürgermeister machte, dass er 1843 bei den Präsidentschaftswahlen der Vereinigten Staaten kandidierte und schließlich in Carthage in einen Hinterhalt geriet, ins Gefängnis geworfen und von einer maskierten Mörderbande umgebracht wurde.

An diesem Punkt der Erzählung gab es nur noch einen Zuhörer: Passepartout. Der »Älteste« blickte den Franzosen unverwandt an und fuhr mit seiner faszinierenden Geschichte fort. Passepartout wurde darüber belehrt, dass dem ermordeten Smith in dem erleuchteten Propheten Brigham Young ein Nachfolger erwuchs, der zwar Nauvoo verließ, aber an den Ufern des Großen Salzsees, inmitten dieses herrlichen fruchtbaren Landes Utah, direkt an dem Weg, den die Auswanderer nach Kalifornien nahmen, eine neue Kolonie gründete, die sich dank der mormonischen Polygamie ungeheuer rasch ausdehnte.

»Und deswegen verfolgt uns der Kongress mit seinem Neid!«, schloss William Hitch. »Deswegen haben die Kongress-Soldaten den Boden von Utah mit Füßen getreten und unser Oberhaupt, den Propheten Brigham Young, wider alle Gerechtigkeit ins Gefängnis geworfen. Wir sollen uns der Gewalt beugen? Niemals! Man hat uns aus Vermont verjagt und wir mussten Illinois, Ohio, Missouri und Utah verlassen, aber wir werden noch ein unabhängiges Gebiet finden und dort unsere Zelte aufschlagen. Und Sie, mein Getreuer, werden Sie Ihre Heimstatt unter unserer Flagge aufschlagen?«

Flammende Blicke trafen den einzigen Zuhörer des Missionars.

»Nein«, sagte Passepartout tapfer und floh aus dem Raum, sodass der besessene Prediger allein in der Wüste zurückblieb.

Während der Versammlung war der Zug gut vorangekommen. Um halb eins erreichte er die Nordwestspitze des Großen Salzsees. Von diesem Punkt aus ließ sich ein großer Teil des Binnenmeeres überschauen, das übrigens auch »Totes Meer« genannt wird. Es gibt sogar einen amerikanischen Jordan, der in den herrlichen See mündet. Welch ein Anblick! Wilde salzüberkrustete Felsen mit tiefen Einschnitten umrahmen die unendliche Wasserfläche, die sich früher noch viel weiter erstreckte; aber im Laufe der Zeit ist der Wasserstand bei gleichzeitig zunehmender Tiefe des Sees gesunken, sodass die Ufer mehr und mehr aufeinander zutraten.

Der Große Salzsee ist ungefähr 70 Meilen lang und 35 Meilen breit. Er liegt 3 800 Fuß über dem Meeresspiegel. Damit unterscheidet er sich wesentlich vom Toten Meer in Palästina, das 1 200 Fuß unter dem Meeresspiegel liegt. Der Salzgehalt des amerikanischen Binnenmeeres ist beträchtlich. Das Wasser enthält aufgelöste Stoffe in einer Menge, die ein Viertel seines Eigengewichtes ausmachen. Das spezifische Gewicht des Salzsee-Wassers wird mit 1 170 angegeben, wenn man für destilliertes Wasser 1 000 annimmt. Fische können hier nicht leben. Werden sie vom Jordan, vom Weber-Fluss oder anderen *Creeks* hereingespült, sterben sie binnen kurzem; aber die Behauptung, ein Mensch könne in diesem See nicht untertauchen, ist unwahr.

Die Ländereien in der Umgebung des Sees wirkten sehr gepflegt. Die Mormonen verstehen sich gut auf die Landwirtschaft. Sechs Monate später hätten die Reisenden hier ein bewegtes Landschaftsbild bewundern können: Koppeln für die Haustiere, Getreidefelder, Mais- und Hirseanbauflächen neben fetten Weiden, überall Wildrosenhecken, Akazien und Euphorbien. Jetzt aber lag das Land noch unter einer dünnen Schneedecke.

Um 2 Uhr hielt der Zug in Ogden. Da der Fahrplan einen vierstündigen Aufenthalt vorsah, hatten Mr Fogg, Mrs Aouda und ihre beiden Reisegefährten reichlich Zeit auf einer kleinen Nebenbahnlinie von Ogden in die »Stadt der Heiligen« zu fahren. Zwei Stunden genügten vollauf für die Besichtigung dieses ganz und gar amerikanisch wirkenden Ortes. Wie so viele andere Städte war auch diese im Schachbrettmuster angelegt. Den langen graden Häuserzeilen hing tatsächlich die »dumpfe Trauer rechter Winkel« an, wie Victor Hugo es einmal ausdrückte. Auch der Gründer der »Stadt der Heiligen« war dem typisch angelsächsischen Hang zur Symmetrie erlegen. In diesem absonderlichen Land, dessen Menschen ganz offensichtlich noch nicht den hohen Stand ihrer öffentlichen Einrichtungen erreicht hatten, gab es alles gewissermaßen »im Quadrat«, die Städte, die Häuser – und auch die Verrücktheiten.

Um 3 Uhr schritt unsere Reisegesellschaft also durch die Straßen der Hauptstadt, die sich vom Ufer des Jordans bis zu den ersten welligen Ausläufern des Wasatch-Gebirges erstreckte. Sie konnten kaum Kirchen entdecken, dafür aber, als Sehenswürdigkeiten, das Haus des Propheten, das Gericht und das Zeughaus. Die Häuser waren oft aus bläulichem Ziegelstein gemauert und hatten Veranden und Galerien. Sie lagen in Gärten, die von Akazien, Palmen und Johannisbrotbäumen umsäumt wurden. Um die Stadt herum lief eine Mauer aus Lehm und Steinbrocken, die man im Jahre 1853 errichtet hatte. In der Hauptstraße, in der auch der Markt stattfand, gab es einige fahnengeschmückte Hotels, darunter das *Salt Lake House.*

Mr Fogg und seinen Begleitern fiel die geringe Zahl der Passanten auf. Die Straßen waren nahezu menschenleer, wenn man vom Kirchenbezirk absah, den die Reisenden erst nach der Durchquerung mehrerer umzäunter Stadtviertel erreichten. Es gab verhältnismäßig viel Frauen, was auf die Eigenart der mormonischen Familienstruktur zurückzuführen war. Man soll allerdings nicht glauben, dass alle Mormonen polygam lebten, sie hatten jedoch ein Recht darauf. Vielleicht muss man noch anmerken, dass die weibliche Bevölkerung von Utah besonders heiratswütig war, denn ihre Religion lehrte, dass ledig gebliebene Frauen der Seligkeit des mormonischen Himmels nicht teilhaftig werden konnten. Die bedauernswerten Geschöpfe sahen keineswegs glücklich und zufrieden aus. Einige Frauen – offenbar die wohlhabenden – trugen zu einer Haube oder einem sehr bescheidenen Kopftuch schwarzseidene Jacken, die in der Taille offen getragen wurden. Alle übrigen waren in einfachen Kattun gekleidet.

Der eingefleischte Junggeselle Passepartout empfand beim Anblick der Mormoninnen, die also jeweils zu mehreren einen einzigen Mann glücklich machten, tiefes Unbehagen. Er kam aber nicht umhin die Männer als die Hauptleidtragenden zu bedauern. Welch eine schreckliche Aufgabe gleich mehrere Damen auf einmal durch die Höhen und Tiefen des Menschenlebens ins mormonische Paradies zu steuern! Und obendrein würde man dann noch in den Gefilden der Seligen für immer und ewig mit ihnen vereint. Dass der glorreiche Smith die höchste Zier dieses einseitigen Ortes war, machte die Sache nicht angenehmer. Nein, Passepartout verzichtete gern darauf, zu den Auserwählten zu gehören. Dabei glaubte er feststellen zu können, dass ihn die Damen der Stadt mit beunruhigenden Blicken bedachten; aber vielleicht irrte er sich.

Jedenfalls war er froh, dass der Besuch in der »Stadt der Heiligen« bald abgebrochen wurde. Wenige Minuten vor 4 Uhr bestiegen unsere Reisenden den Zug, der sie nach Ogden zurückbringen sollte.

Das Abfahrtssignal ertönte, die Antriebsräder der Lokomotive machten ein paar Leerlaufbewegungen und dann begann der Zug zu rollen, erst langsam, dann immer schneller und schneller. Plötzlich ertönte ein Ruf. »Halt! Anhalten!«, schrie jemand; aber ein fahrender Zug lässt sich nicht ohne weiteres stoppen. Der Rufer war offenbar ein Mormone, der sich verspätet hatte. Er lief, was seine Lungen hergaben. Zu seinem Glück gab es am Bahnhof weder Türen noch Sperren. So preschte er auf den Schienen hinter dem Zug her, sprang auf das Trittbrett des letzten Wagens und sank völlig atemlos auf einen Sitz. Passepartout hatte die gefährlichen Turnübungen des Nachzüglers mit Anteilnahme verfolgt. Sein Interesse an dem Mann wuchs noch beträchtlich, als er erfuhr, dass dieser Bürger Utahs nach einer häuslichen Fehde auf dem Eisenbahnwege die Flucht ergreifen wollte.

Als der Mormone wieder zu Atem gekommen war, erlaubte sich Passepartout nach der Anzahl seiner Ehefrauen zu fragen.

Nach seiner wilden Flucht zu urteilen, hatte der Herr doch sicher zwanzig davon.

»Oh nein, mein Lieber«, sagte der Mormone und reckte die Arme gen Himmel, »ich habe bloß eine, aber die genügt!«

Im achtundzwanzigsten Kapitel

gelingt es Passepartout nicht der Stimme der Vernunft Gehör zu verschaffen

Der Zug verließ Ogden und die Region um den Großen Salzsee. Eine Stunde lang ging die Reise jetzt in nördlicher Richtung bis zum Weber-Fluss. Insgesamt hatte man seit San Francisco bereits ungefähr 900 Meilen zurückgelegt.

Am Weber-Fluss musste der Zug nach Osten abbiegen und das zerklüftete Wasatch-Gebirge überwinden. Der Streckenabschnitt zwischen diesem Massiv und den Rocky Mountains hatte den amerikanischen Ingenieuren seinerzeit die größten Kopfschmerzen bereitet. Die Regierung musste hier pro Meile 48 000 Dollar an Subventionen veranschlagen, während für ebene Gebiete nur 16 000 Dollar pro Meile vorgesehen waren. Wie wir schon sagten, hatten die Ingenieure der Landschaft nirgendwo Gewalt angetan. Vielmehr war es ihnen gelungen sich mit viel Einfühlungsgabe den Naturgegebenheiten anzupassen. Nur ein einziges Mal auf der ganzen Strecke vom Pazifik bis in die Große Ebene hinunter musste ein 14 000 Fuß langer Tunnel gebaut werden.

Am Großen Salzsee lag der bisher höchste Punkt der Bahnlinie. Von dort ging es in einem lang gestreckten Bogen hinunter in das Bitter-Creek-Tal und dann neuerlich bergan bis zur Wasserscheide von Pazifik und Atlantik. In diesem Bergland gab es zahlreiche

Flussläufe. Über den Muddy, den Green und viele andere führten kleine Brücken.
Je mehr man sich dem Reiseziel näherte, desto ungeduldiger wurde Passepartout und auch Fix wünschte sehnlichst das Ende der Reise durch den unberechenbaren amerikanischen Kontinent herbei. Er befürchtete dauernd Verspätungen und Unfälle und hatte es eiliger als selbst Mr Fogg wieder nach England zu kommen.
Um 10 Uhr abends gab es einen kurzen Aufenthalt in Fort Bridger und zwanzig Meilen weiter befand sich der Zug schon auf dem Boden des Staates Wyoming, wie das alte Dakota heute heißt. Das Tal des Bitter Creek, in dem ein Teil des Colorado-Flussnetzes seinen Ursprung hat, musste seiner ganzen Länge nach durchquert werden. Am nächsten Tag, dem 7. Dezember, gab es einen Aufenthalt von fünfzehn Minuten in Green River. Die ganze Nacht über hatte es geschneit und gleichzeitig geregnet; aber dieser Matsch bildete für den Zug keine Gefahr. Dennoch war Passepartout wegen des schlechten Wetters ständig beunruhigt. Er hatte nicht ganz Unrecht. Größere Schneemengen konnten tatsächlich die Räder blockieren und den Reiseplan gefährden.
»Welch ein verrückter Einfall mitten im Winter auf die Reise zu gehen«, schimpfte er. »Konnte mein Herr nicht bis zum Sommer warten? Die Erfolgsaussichten wären weit besser gewesen!«
Während sich die treue Seele wegen des bewölkten Himmels und der sinkenden Temperaturen Sorgen machte, wurde Mrs Aouda von schlimmeren Befürchtungen geplagt. Während des Aufenthaltes im Bahnhof von Green River waren einige Reisende ausgestiegen, um sich draußen auf dem Bahnsteig Bewegung zu verschaffen, und die junge Frau hatte unter ihnen jenen Obersten Stamp W. Proctor wieder erkannt, der sich damals während der Wahlversammlung in San Francisco so flegelhaft gegen Mr Fogg aufgeführt hatte. Mrs Aouda lehnte sich auf ihrem Platz zurück, so weit es ging. Sie wollte nicht erkannt werden.
Das Auftauchen des Obersten bedrückte die junge Frau zutiefst. Sie fühlte sich immer enger ihrem Retter verbunden, der sich tagaus,

tagein hingebungsvoll ihrer annahm, wenn er dabei auch keine Miene verzog. Offenbar war sie sich selbst noch gar nicht über die Gefühle im Klaren, die sie Phileas Fogg entgegenbrachte. Sie sprach von Dankbarkeit, meinte aber mehr, wenn sie es auch nicht zugab. Kein Wunder, dass sich ihr Herz zusammenkrampfte, als sie den Grobian wieder erkannte, von dem Mr Fogg früher oder später Genugtuung verlangen wollte. Der reine Zufall musste den Obersten in diesen Zug geführt haben. Was half alles Grübeln: Der Mann war hier und durfte Mr Fogg um keinen Preis unter die Augen kommen.

Als der Zug weiterfuhr, schlummerte Phileas Fogg ein wenig. Mrs Aouda nutzte den günstigen Augenblick und setzte Fix und Passepartout über die Gefahr ins Bild.

»Wie? Proctor ist hier im Zug?«, rief Fix. »Da können Sie ganz beruhigt sein. Verehrteste, ehe der Mann an diesen . . . äh, Mister Fogg gerät, werde ich mein Mütchen an ihm kühlen. Immerhin hat er mich am schwersten beleidigt.«

»Oberst hin, Oberst her, ich nehme mir den Kerl auch noch vor«, versicherte Passepartout.

»Ach, Mister Fix«, sagte Mrs Aouda. »Mister Fogg wird die Rache keinem anderen überlassen. Er hat versichert, dass er nach Amerika zurückreisen und den Grobian suchen werde. Wenn ihm der Oberst jetzt zu Gesicht kommt, gibt es einen bösen Zusammenstoß. An die Folgen mag ich gar nicht denken. Er darf diesen Proctor einfach nicht treffen.«

»Sie haben Recht, Gnädigste«, sagte Fix. »Wenn sich die beiden Männer begegnen, kann alles verloren sein. Ob Sieger oder Besiegter, Mister Fogg würde auf jeden Fall Zeit verlieren und . . .«

»Und damit hätten die Herren vom Reform Club gewonnen«, sagte Passepartout. »In vier Tagen sollen wir in New York sein. Wenn mein Herr unseren Wagen nicht mehr verlässt, müsste eine Begegnung mit dem vermaledeiten Amerikaner zu vermeiden sein. Nun, wir werden schon dafür sorgen, dass . . .«

Er unterbrach die Rede, denn Mr Fogg erwachte und schaute wieder durch das schneeverkrustete Fenster hinaus in die Landschaft. Ein wenig später wandte sich Passepartout noch einmal an den Polizeibeamten und fragte so leise, dass Mr Fogg und Mrs Aouda ihn nicht hören konnten: »Sie wollen sich allen Ernstes für ihn schlagen?«

»Ich werde alles daransetzen, ihn lebend nach Europa zurückzubringen«, sagte Fix ganz schlicht, aber in einem Ton, der keinen Zweifel an seiner Entschlossenheit aufkommen ließ.

Passepartout lief es ein bisschen kalt über den Rücken, aber sein Glaube an Mr Fogg war unerschütterlich.

Nun musste ein Mittel ersonnen werden, um Phileas Fogg in seinem Eisenbahnwagen zurückzuhalten und eine Begegnung zwischen ihm und dem Obersten zu verhindern. Allzu schwer konnte das nicht sein, denn wie wir wissen, machte er niemals überflüssige Bewegungen und neugierig war er auch nicht. Mr Fix glaubte bald einen Weg gefunden zu haben.

»Die Zeit wird lang auf einer derartig weiten Reise«, sagte er.

»Ja, aber sie geht auch vorüber«, antwortete unser Gentleman.

»Haben Sie nicht während der Schiffsreisen immer Whist gespielt?«, begann der Detektiv wieder.

»Ganz recht«, erwiderte Phileas Fogg. »Aber hier ist das nicht möglich. Ich habe weder Karten noch Partner.«

»Da können wir Abhilfe schaffen. Karten kann man sicher kaufen. In amerikanischen Eisenbahnzügen gibt es einfach alles. Und Partner? Vielleicht, dass die junge Dame zufällig . . .«

»Aber gewiss, Mister Fix. Keine englische Erziehung ohne das Whist-Spiel!«

»Und ich darf mir schmeicheln kein ganz übler Spieler zu sein«, fügte der Detektiv hinzu. »Da hätten wir also drei. Mit einem Strohmann müsste es gehen.«

»Wenn Sie möchten, mein Herr . . .«, sagte Phileas Fogg.

Er war glücklich wieder seine Lieblingsbeschäftigung betreiben zu können, selbst wenn es in einem Eisenbahnwagen geschah.

Passepartout musste den Steward um Rat fragen und bald kam er mit zwei kompletten Kartenspielen, Notizzetteln, Spielmarken und einem tuchbezogenen Spieltisch zurück. Nichts fehlte, das Spiel konnte beginnen. Mrs Aouda war keine schlechte Spielerin und der gestrenge Mr Fogg spendete ihr sogar gelegentlich Lob. Der Polizeibeamte war tatsächlich erstklassig, ein würdiger Partner Mr Foggs.

»Jetzt haben wir ihn festgenagelt«, sagte sich Passepartout. »Er wird sich nicht mehr vom Platz rühren.«

Um 11 Uhr vormittags erreichte der Zug in 7 524 Fuß Höhe über dem Meeresspiegel die Station von Passe Bridger, das die Wasserscheide zwischen den beiden großen Ozeanen bildet und gleichzeitig einer der höchstgelegenen Punkte der Eisenbahnlinie durch die Rocky Mountains ist. Nach ungefähr 200 Meilen Talfahrt befanden sich die Reisenden in der weiten Ebene, die sich bis zum Atlantik erstreckt und der Anlage eines Schienenweges keinerlei Hemmnisse entgegensetzte.

Hier, am Rande des Atlantischen Beckens, entspringen etliche *Rios,* direkte oder indirekte Nebenflüsse des Nord-Platte-Flusses. Um den ganzen nördlichen und östlichen Horizont erblickten die Reisenden wie eine mächtige halbkreisförmige Bastion den Nordteil der Rocky Mountains mit dem hoch aufragenden Laramie Peak. Zwischen dem Gebirge und der Eisenbahnlinie sahen sie eine weite Ebene, die von vielen Wasserläufen durchzogen wurde. Rechts vom Schienenweg erhoben sich die untersten Stufen eines Bergmassivs, das weit nach Süden hinunterreichte bis zum Quellgebiet des Arkansas, dessen Wassermassen in den Missouri strömen.

Um halb 1 Uhr erspähten die Reisenden für einen kurzen Augenblick Fort Halleck, das die ganze Gegend beherrschte. In wenigen Stunden würde man endgültig die Region der Rocky Mountains verlassen haben. Es war kaum anzunehmen, dass sich jetzt noch ein Zwischenfall ereignete, nachdem die schwierigste Strecke überwunden war. Inzwischen hatte es aufgehört zu schneien. Dafür herrschte beißender Frost. Große Vögel flogen beim Herannahen der Lokomotive erschreckt auf, aber sonst sah man keine Tiere; weder Bären noch Wölfe zeigten sich in der Ebene. Hier war nun die vollkommen nackte Wüste.

Nach einem schmackhaften Mittagsmahl, das im Wagen selbst

serviert wurde, hatten Mr Fogg und seine Partner gerade wieder ihr niemals endendes Whist-Spiel aufgenommen, da ertönte ein gellendes Pfeifensignal und der Zug stand.

Passepartout steckte den Kopf aus der Tür, konnte aber nicht den Grund für diesen plötzlichen Aufenthalt entdecken.

Eine Station war auch nicht in Sicht.

Mrs Aouda und Mr Fix mussten einen Augenblick lang befürchten, dass Mr Fogg aus dem Wagen steigen könnte. Er begnügte sich aber damit, seinen Diener aufzufordern einmal nachzuschauen, was passiert sei.

Passepartout sprang aus dem Wagen. Draußen auf den Schienen hatten sich bereits etwa 40 Fahrgäste versammelt, unter ihnen auch Oberst Stamp W. Proctor.

Der Zug hatte vor einem Rotlichtsignal halten müssen. Der Lokomotivführer und der Zugführer stritten sich mit einem Streckenwärter. Der Mann war vom Stationsvorsteher in Medicine Bow, der nächsten Haltestelle, ausgeschickt worden, um den Zug abzufangen. Mehrere Reisende, darunter auch der großsprecherische Oberst, begannen sich in die Auseinandersetzung einzumischen.

Passepartout fing ein paar Worte des Streckenwärters auf. »Nein, Sie kommen auf gar keinen Fall hinüber«, sagte der Mann. »Die Brücke von Medicine Bow ist beschädigt und würde unter dem schweren Zug endgültig zusammenbrechen.«

Besagte Brücke war eine Hängekonstruktion über einem Wildbach. Bis dorthin war es noch etwa eine Meile. Der Streckenwärter war überzeugt, dass die Brücke in aller Kürze zusammenbrechen musste; mehrere Halteseile seien schon gerissen und die Benutzung schien unmöglich. Der Mann übertrieb sicher nicht, wenn er die Situation so schwarz malte. Man musste außerdem bedenken, dass die Amerikaner eher zu sorglos als zu vorsichtig sind. Also tat man gut daran, seine Warnung ernst zu nehmen.

Passepartout erstarrte.

Er knirschte mit den Zähnen und wagte nicht seinem Herrn die Wahrheit zu sagen.

»Na hören Sie mal«, schrie der Oberst, »sollen wir vielleicht hier warten, bis wir im Schnee Wurzel geschlagen haben?«
»Die Station von Omaha ist schon unterrichtet worden, Herr Oberst«, sagte der Zugführer. »Man wird uns einen Zug entgegenschicken, aber der kann kaum vor 6 Uhr in Medicine Bow eintreffen.«
»Sechs Uhr«, rief Passepartout entsetzt.
»Eher bestimmt nicht«, bestätigte der Zugführer noch einmal. »Aber wir brauchen die Zwischenzeit ohnehin, um zu Fuß zur Station zu gehen.«
»Zu Fuß!« tönte es von allen Seiten.
»Wie weit ist es denn bis zu dieser Station?« fragte einer der Reisenden.
»Zwölf Meilen, wenn wir erst den Fluss überquert haben.«
»Zwölf Meilen, noch dazu im Schnee!«, rief Stamp W. Proctor.
Der Oberst begann wilde Verwünschungen auszustoßen. Er beschimpfte die Eisenbahngesellschaft und den Zugführer und der wütende Passepartout war nahe daran, in sein Lied einzustimmen. Hier war ein Hindernis, vor dem die Macht der Banknoten seines Herrn versagte.
Nach und nach erregten sich alle Fahrgäste des Zuges über den Zwischenfall. Nicht nur, dass man sich verspätete; viel schwerer wog die Aussicht fast fünfzehn Meilen zu Fuß durch die schneebedeckte Ebene wandern zu müssen. Im ganzen Zug hörte man erregte Stimmen. Die Reisenden jammerten oder fluchten. Nur einer blieb ruhig; Phileas Fogg war so in sein Spiel versunken, dass er die Vorgänge draußen einfach nicht wahrnahm.
Passepartout stand nun vor der Aufgabe seinem Herrn Bericht zu erstatten. Mit hängendem Kopf ging er zu Mr Foggs Wagen zurück, aber noch ehe er eingestiegen war, hörte er, wie der Lokomotivführer, ein waschechter Yankee namens Forster, einen Vorschlag machte.
»Meine Herren«, rief der Mann mit erhobener Stimme, »ich wüsste noch ein Mittel, um über die Brücke zu kommen.«
»Über die Brücke?«, wiederholte einer der Reisenden.
»Über die Brücke.«

»Mit diesem Zug hier?«, fragte der Oberst.
»Mit unserem Zug.«
Passepartout war stehen geblieben, um auch nicht ein Wort des Lokomotivführers zu verpassen.
»Aber die Brücke soll doch kurz vor dem Einsturz stehen!«, warf der Zugführer ein.
»Und wennschon!«, antwortete Forster. »Wenn wir den Zug mit Höchstgeschwindigkeit über die Brücke jagen, könnten wir es schaffen.«
»Donnerschlag!«, entfuhr es Passepartout.
Einige Reisende begeisterten sich sofort für diesen Plan. Am meisten war der Oberst Proctor davon eingenommen. Der alte Hitzkopf fand sogleich, der Vorschlag sei durchaus vernünftig, und er wusste auch gleich zu erzählen, dass die Ingenieure ohnehin früher einmal geplant hätten Eisenbahnzüge mit rasender Geschwindigkeit über die Flussläufe springen zu lassen und die Brücken einzusparen.
Um es kurz zu machen: Alle Reisenden stimmten schließlich für den Vorschlag des Lokomotivführers.
»Unsere Chancen stehen fünfzig zu fünfzig«, meinte ein Fahrgast.
»Sechzig zu vierzig«, behauptete ein zweiter.
»Achtzig! . . . Achtzig zu zwanzig!«
Passepartout bekam es mit der Angst zu tun. Er war zwar bereit allerlei zu wagen, um über den Medicine Creek hinüber zu kommen, aber der Plan des Lokomotivführers war ihm doch allzu »amerikanisch«. Außerdem war ihm eine viel einfachere Lösung eingefallen. Unbegreiflich, dass noch niemand an diese zweite Möglichkeit gedacht hatte.
»Mein Herr«, sagte er zu einem Reisenden, der ihm den Rücken zukehrte, »der Vorschlag des Lokomotivführers kommt mir doch ein wenig gewagt vor. Ich hätte . . .«
»Achtzig zu zwanzig«, sagte der Angesprochene und drehte sich nicht einmal zu Passepartout um.
»Gewiss«, erwiderte Passepartout und versuchte es mit einem anderen Fahrgast. »Aber überlegen Sie doch einmal, man müsste doch nur . . .«

»Überlegen? Wozu!«, sagte der Herr achselzuckend. »Der Lokomotivführer ist doch überzeugt, dass wir es schaffen.«
»Das bezweifle ich ja gar nicht«, begann Passepartout zum dritten Mal. »Natürlich kommen wir hinüber, aber wäre es nicht klüger . . .«
»Höre ich richtig? Klüger!«, schrie Oberst Proctor. Er hatte Passepartouts Worte zufällig aufgefangen und geriet außer sich. »Mit Höchstgeschwindigkeit machen wir das, verstanden? Mit Höchstgeschwindigkeit!«
»Ich weiß, natürlich verstehe ich . . .«, stammelte Passepartout immer wieder. »Aber wenn Sie das Wort ›klüger‹ so sehr stört, könnten wir auch ›natürlicher‹ sagen . . .«
Wieder brachte er den Satz nicht zu Ende.
»Wer? Was? Wie denn? Was hat der komische Kerl bloß mit seinem ›natürlich‹?« Die Reisenden konnten sich gar nicht beruhigen und der arme Passepartout sah ein, dass er sich kein Gehör verschaffen konnte.
»Sie haben wohl Angst?«, höhnte der Oberst.
»Ich und Angst?«, schrie Passepartout. »Meinetwegen! Ich werde Ihnen beweisen, dass ein Franzose nicht weniger amerikanisch ist als Sie selbst.«
»Alles einsteigen!«, rief der Zugführer.
»Das ist alles, was ihnen einfällt! Einsteigen! Sofort!« Passepartout war empört und murmelte: »Die können mich aber nicht daran hindern, meinen Plan für natürlich zu halten. Warum nicht erst die Reisenden zu Fuß über die Brücke schicken und den Zug folgen lassen?« Aber niemand war da, um diesen klugen Vorschlag zu würdigen. Ob man ihn befolgt hätte, ist ohnehin sehr fraglich.
Die Fahrgäste hatten sich in die Wagen zurückbegeben. Auch Passepartout saß wieder auf seinem Platz. Er ließ kein Wort über die jüngsten Ereignisse verlauten und die Whist-Spieler waren nach wie vor ins Spiel versunken.
Gleich darauf hörte man ein schrilles Pfeifensignal. Der Lokomotivführer hatte auf Rückwärtsgang geschaltet und wie ein Springer, der Anlauf nehmen muss, rollte die Lokomotive fast eine Meile

zurück. Wieder gab es ein gellendes Signal und der Zug fuhr vorwärts: Er wurde schneller und schneller, so schnell, dass einem angst und bange werden musste. Aus der Lokomotive drang nur noch ein lang gezogener ohrenbetäubender Pfeifton; die Kolben machten zwanzig Stöße in der Sekunde, die Radachsen begannen in den Schmieröllagern zu rauchen. Der Zug raste jetzt mit einer Geschwindigkeit von 100 Meilen pro Stunde und die Reisenden spürten, dass die Räder kaum noch die Schienen berührten. Die hohe Geschwindigkeit hob das Gewicht des Zuges auf.
Und das Wagnis gelang! Es ging blitzschnell. Niemand hatte die Brücke überhaupt wahrgenommen! Der Zug war, fast möchte man sagen, von einem Ufer zum anderen gesprungen! Erst fünf Meilen jenseits der Bahnstation gelang es dem Lokomotivführer die Geschwindigkeit zu drosseln.
Unmittelbar hinter dem durchjagenden Zug aber waren die Trümmer der Brücke mit lautem Getöse in die reißenden Gewässer des Medicine Bow gestürzt.

◆◆◆◆◆◆◆◆◆◆◆◆◆◆◆◆◆◆◆◆◆◆◆◆◆◆◆

Im neunundzwanzigsten Kapitel

◆

ereignet sich eine Reihe von Zwischenfällen, die man nur auf amerikanischen Eisenbahnlinien erleben kann

An jenem Abend gab es keine Hindernisse mehr auf der Reiseroute. Der Zug passierte Fort Sauders und erreichte auch noch den Evans-Pass, der nicht weniger als 8 091 Fuß über dem Meeresspiegel liegt und gleichzeitig den höchsten Punkt der ganzen Bahnlinie markiert. Vor den Reisenden breitete sich nun die schier endlose, von der Natur eingeebnete Landschaft des Atlantischen Beckens. Am Cheyenne-Pass würde die von Denver her kommende Nebenlinie auf die Hauptstrecke treffen. Denver ist die Hauptstadt des Staates Colorado und liegt in einem Gebiet mit zahlreichen Gold- und Silberminen. Mehr als 50 000 Menschen haben sich dort bereits angesiedelt.

Seit San Francisco waren 1 382 Meilen zurückgelegt und der Zug hatte dazu drei Nächte und drei Tage gebraucht.

Vier weitere Tage und Nächte mussten aller Voraussicht nach für die Reststrecke bis New York genügen. Phileas Foggs Zeitplan stimmte.

Während der Nachtfahrt passierte der Zug zur Linken das Camp Walbah. Der Lodge Pole Creek lief nun parallel zur Bahnlinie und beide folgten der schnurgerade verlaufenden Grenze zwischen den Staaten Wyoming und Colorado. Um 11 Uhr war man bereits im Staate Nebraska. Sedgwick sahen die Reisenden nur von weitem, aber in

Julesburgh am südlichen Arm des Platte-Flusses wurde kurz Station gemacht.

An diesem Ort hatte man am 23. Oktober 1867 die Union-Pazifik-Linie eingeweiht, die unter der technischen Leitung des Generals J. M. Dodge gebaut worden war. Hier hielten die beiden mächtigen Lokomotiven, die die neun Wagen mit den Ehrengästen zogen. Der Vizepräsident der Vereinigten Staaten, Thomas C. Durant, war höchstpersönlich erschienen, Festreden wurden gehalten und Sioux-Indianer und Pawnies unterhielten die Gäste mit Kriegsspielen. Ein Feuerwerk wurde abgebrannt und eine fliegende Druckerei brachte die erste Nummer der *Railway-Pioneer*-Zeitung heraus. So wurde die Eröffnung jener großen Eisenbahnlinie gefeiert, die ein echtes Symbol der Zivilisation und des Fortschrittes darstellte. Noch lief sie durch weite unbesiedelte Gebiete, doch eines Tages würde sie hier Ortschaften und Städte verbinden, die im Jahre 1867 noch gar nicht gegründet waren, aber bald vom Pfeifton der Lokomotive aus dem amerikanischen Boden gelockt werden sollten, denn das neue Signal übte einen stärkeren Zauber aus als Amphions Lyraklänge.

Um 8 Uhr morgens hatte der Zug bereits das Fort McPherson passiert. 357 Meilen musste er von diesem Punkt aus noch bis Omaha zurücklegen. Der Schienenstrang folgte jetzt den eigenwilligen Windungen des südlichen Platte-Flussarmes. Um 9 Uhr war North Platte erreicht. Diese bedeutende Stadt wird vom Nord- und vom Südarm des mächtigen Flusses umschlossen, der östlich der Stadt als ein einziger großer Strom weiterfließt, bis er schließlich ein Stück südlich von Omaha in den Missouri mündet. Der Zug passierte den 101. Längengrad. Mr Fogg und seine Partner waren wieder beim Whist-Spiel. Keiner von ihnen beklagte sich über die Länge der Reise – und am allerwenigsten beklagte sich der Strohmann. Fix hatte zunächst ein paar Guineen gewonnen, war jetzt aber auf dem besten Wege alles wieder zu verlieren. Doch er spielte ebenso hingebungsvoll weiter wie Phileas Fogg, der den ganzen Morgen lang auffallend vom Glück begünstigt war. Immer wieder bekam er Trumpfkarten in die Hand, konnte er einen Robber machen. Gerade hatte er sich ein besonders

gewagtes Manöver ausgedacht und wollte schon Pik ausspielen, da sagte eine Stimme hinter ihm: »Warum denn nicht Karo?«
Mr Fogg, Mrs Aouda und Fix blickten erstaunt auf. Oberst Proctor stand vor ihnen.
Stamp W. Proctor und Phileas Fogg erkannten sich sofort wieder.
»Sieh an, wieder dieser Engländer, und will Pik ausspielen!«, rief der Oberst.
»Und genau das werde ich jetzt tun«, sagte Phileas Fogg mit eisiger Stimme. Er warf die Pikzehn auf den Tisch.
»Mir passt aber Karo besser«, begann der Oberst wieder, jetzt schon in gereiztem Tonfall.
Dabei griff er nach der ausgespielten Pikkarte und sagte obendrein: »Sie haben ja keine Ahnung vom Whist-Spiel.«
»Vielleicht verstehe ich mich tatsächlich besser auf etwas anderes«, sagte Phileas Fogg und erhob sich.
»Sie brauchen es ja nur zu probieren, Sie Sohn des John Bull!«, erwiderte der Grobian.
Mrs Aouda wurde blass. Ihr Herz krampfte sich zusammen und sie griff nach Mr Foggs Arm, aber er schüttelte ihre Hand sanft ab. Passepartout war bereit sich auf den Amerikaner zu stürzen, der seinen Gegner mit unglaublich herausfordernder Miene musterte. Doch inzwischen war Fix aufgestanden. Er schritt jetzt auf den Obersten zu und sagte: »Sie vergessen wohl ganz, dass Sie es mit mir zu tun haben. Mich haben Sie damals geschlagen. Das wiegt schwerer als eine Beleidigung!«
»Mister Fix«, sagte Phileas Fogg, »überlassen Sie diesen Fall bitte mir ganz allein. Durch seine Kritik an meinem Spiel hat mich der Oberst neuerlich beleidigt und ich fordere Genugtuung.«
»Wann Sie wollen und wo Sie wollen«, erwiderte der Amerikaner. Und er fügte hinzu: »Ich überlasse Ihnen auch noch die Wahl der Waffe.«
Mrs Aouda versuchte vergeblich, Phileas Fogg zurückzuhalten, und auch Fix musste seine Bemühungen aufgeben den Streit auf seine Person abzuleiten. Passepartout hätte den Obersten am liebsten aus dem fahrenden Zug geworfen, aber Mr Fogg winkte ab und ging

hinaus auf die Verbindungsbrücke zum nächsten Wagen. Der Oberst folgte ihm auf dem Fuße.

»Mein Herr«, sagte Phileas Fogg zu seinem Gegner, »ich muss auf dem allerschnellsten Weg nach Europa reisen. Schon die geringste Verspätung schadet meinen Interessen.«

»Und was gehen mich Ihre Interessen an?«, antwortete der Oberst.

Doch Mr Fogg blieb höflich und sagte: »Nach unserem Zusammenstoß in San Francisco hatte ich ohnehin geplant nur meine Angelegenheiten in der Alten Welt zu ordnen, dann nach Amerika zurückzukommen und Sie aufzusuchen.«

»Hört! Hört!«

»Geben Sie mir sechs Monate Aufschub! Dann stehe ich zu Ihrer Verfügung.«

»Warum nicht gleich sechs Jahre!«

»Ich sagte: ›Sechs Monate‹. Sie können sich darauf verlassen, dass ich pünktlich sein werde.«

»Faule Ausreden! Sie schlagen sich jetzt oder gar nicht!«, brüllte der Oberst.

»Wie Sie wünschen«, antwortete Phileas Fogg. »Reisen Sie nach New York?«

»Nein.«

»Nach Chicago?«

»Nein.«

»Nach Omaha?«

»Kümmern Sie sich um Ihre eigenen Angelegenheiten! Kennen Sie Plum Creek?«

»Nein«, sagte Phileas Fogg.

»Plum Creek heißt die nächste Station. Wir sind in einer Stunde dort und haben zehn Minuten Aufenthalt. Zehn Minuten reichen aus, um ein paar Revolverkugeln abzufeuern.«

»Einverstanden«, sagte Mr Fogg. »Ich werde in Plum Creek eine kurze Reisepause einlegen.«

»Und ich bin überzeugt, dass Sie auch dort bleiben werden«, sagte der unglaublich freche Amerikaner.

»Wer weiß?«, erwiderte Mr Fogg und ging zurück in seinen Wagen. Er war so gefasst wie stets und versuchte Mrs Aouda zu beruhigen. Von den Angebern, so versicherte er ihr, drohe am wenigsten Gefahr. Dann bat er Fix in dem bevorstehenden Duell als Sekundant zu fungieren. Der Detektiv wagte nicht abzulehnen. Phileas Fogg nahm daraufhin seelenruhig die unterbrochene Whist-Partie wieder auf und spielte Pik aus, als wäre nichts geschehen.

Um 11 Uhr kündigte ein Pfeifsignal der Lokomotive die Einfahrt in Plum Creek an. Mr Fogg erhob sich und ging in Begleitung des Detektivs hinaus auf die Verbindungsbrücke. Passepartout folgte ihnen mit zwei Revolvern in der Hand. Mrs Aouda blieb totenbleich im Wagen sitzen. Im gleichen Augenblick ging auch schon die Tür zum Nachbarwagen auf und Oberst Proctor erschien auf der Brücke. Er wurde von einem Yankee seines Schlages begleitet. Doch noch ehe die Herren den Bahnsteig betreten hatten, kam der Zugführer herbeigelaufen und rief: »Bitte wieder einsteigen, meine Herren!«

»Und warum?«, erkundigte sich der Oberst.

»Wir haben zwanzig Minuten Verspätung und fahren sofort weiter.«

»Ich muss mich aber erst mit diesem Herrn hier schlagen!«

»Tut mir Leid«, antwortete der Bahnbeamte. »Wir fahren ab. Die Glocke läutet schon.« Tatsächlich ertönte bereits das Abfahrtssignal und der Zug setzte sich in Bewegung.

»Die Herren müssen entschuldigen«, begann der Zugführer noch einmal. »In jedem anderen Falle wäre ich Ihnen gern behilflich gewesen. Aber wie wäre es denn, wenn Sie Ihr Duell unterwegs austrügen?«

»Das wird dem Herrn dort nicht passen«, sagte Oberst Proctor spöttisch.

»Das passt mir ausgezeichnet«, entgegnete Phileas Fogg.

Jeder Zweifel ist ausgeschlossen; wir sind in Amerika und der Zugführer ist ein Mann von Welt!, sagte sich Passepartout im Stillen. Dann marschierte er hinter seinem Herrn her.

Die beiden Duellanten und ihre Sekundanten folgten dem Zugführer bis zum letzten Wagen. Dort saßen kaum zehn Personen, die gebeten wurden freundlicherweise für ein paar Minuten Platz zu

machen, damit die beiden Herren einen Ehrenhandel austragen konnten.
Niemand wunderte sich. Im Gegenteil! Alle Fahrgäste des Wagens freuten sich ganz offensichtlich den Herren einen Gefallen tun zu dürfen und zogen sich bereitwillig auf die nächste Verbindungsbrücke zurück.
Der 50 Fuß lange Wagen war für den vorgesehenen Zweck bestens geeignet. Die Gegner konnten im Mittelgang aufeinander losgehen und sich nach Herzenslust gegenseitig umbringen.
Mr Fogg und Oberst Proctor betraten den Wagen. Jeder hatte zwei Revolver mit insgesamt zwölf Schuss bei sich. Die Sekundanten blieben draußen und schlossen die Tür. Beim nächsten Pfeifenton der Lokomotive sollten die Herren losfeuern. Zwei Minuten darauf würde man nachschauen und was von ihnen noch übrig war aus dem Wagen holen.
Die einfachste Sache der Welt! Angesichts so viel Einfachheit schlug Fix und Passepartout das Herz bis zum Halse.
Jedermann lauschte auf das vereinbarte Signal. Plötzlich ertönte wildes Gebrüll und Schüsse krachten – aber im Wagen der Duellanten war es ruhig. Der Lärm kam aus einem anderen Zugabschnitt, breitete sich bis zu den ersten Wagen aus und erfüllte bald den ganzen Eisenbahnzug. Die Reisenden brachen in Angstschreie aus.
Oberst Proctor und Mr Fogg stürzten, den Revolver in der Hand, aus der Tür und eilten zur Spitze des Zuges, wo der Tumult jetzt am größten zu sein schien. Beide hatten begriffen, dass Sioux-Indianer einen Anschlag auf den Zug verübten.
Die kühnen Indianer waren auf diesem Gebiet recht erfahren. Mehr als einmal schon hatten sie Eisenbahnzüge überfallen und zu diesem Zweck ihre eigene Methode entwickelt. Sie warteten gar nicht erst das Anhalten des Zuges ab. Bei voller Fahrt schwangen sich etwa 100 Mann auf die Trittbretter und kletterten in die Wagen, so wie ein Clown ein Pferd in vollem Galopp erklimmt.
Die Sioux besaßen Gewehre. Daher rührten die Salven, auf die die fast durchweg bewaffneten Reisenden mit Revolverschüssen antworte-

ten. Als Erstes hatten die Indianer die Lokomotive erstürmt und Lokomotivführer und Heizer mit Streitäxten außer Gefecht gesetzt. Ein Häuptling wollte den Zug zum Stehen bringen; doch er kannte sich in der Handhabung der Hebel nicht aus. Anstatt den Antrieb zu drosseln, gab er Volldampf und der Zug raste nun mit wahnwitziger Geschwindigkeit über die Strecke.

Eine andere Gruppe von Rothäuten hatte die Wagen angegriffen. Wie wütende Affen sprangen sie über die Dächer, traten die Türen ein und warfen sich auf die Reisenden. Aus dem aufgebrochenen Gepäckwagen flogen Kisten und Koffer und blieben am Rande der Strecke liegen. Unaufhörlich krachten die Schüsse und gellte das Geschrei.

Die Reisenden verteidigten sich tapfer. Ein paar verbarrikadierte Wagen dienten als Festung – als fliegende Festung, sollte man richtiger sagen, denn der Zug raste mit einer Geschwindigkeit von 100 Meilen pro Stunde durchs Land.

Vom ersten Augenblick des Angriffs an hatte Mrs Aouda großen Mut bewiesen. Mit dem Revolver in der Hand verteidigte sie sich heldenhaft. Sie schoss jeden Sioux nieder, der vor ihrem zerborstenen Fenster auftauchte. Die Indianer hatten schon zwanzig Mann verloren. Die Toten blieben zu beiden Seiten des Schienenstranges liegen oder stürzten von den Verbindungsbrücken der Wagen zwischen die Räder, wo sie zerquetscht wurden.

Einige Reisende hatten durch Gewehrschüsse und Streitäxte schwere Verletzungen erlitten und lagen auf den Sitzen. Es wurde höchste Zeit, dass der Kampf zu Ende ging. Er dauerte nun schon zehn Minuten und musste mit einem Sieg der Sioux enden, wenn es nicht bald gelang den Zug zum Stehen zu bringen. Bis zur Station von Fort Kearny waren es nur noch knapp zwei Meilen. Dort befand sich ein amerikanischer Militärposten. Jagte der Zug aber an dem Fort vorüber, waren die Reisenden endgültig den Sioux ausgeliefert.

Der Zugführer kämpfte an Mr Foggs Seite, als ihn eine Kugel zu Boden streckte. Noch im Niederstürzen schrie er:

»Der Zug muss in den nächsten fünf Minuten zum Halten gebracht werden; sonst sind wir verloren.«

»Er wird zum Halten gebracht«, rief Mr Fogg zurück und wollte schon aus dem Wagen stürzen.
»Bleiben Sie hier, gnädiger Herr!«, schrie Passepartout. »Das übernehme ich.«
Phileas Fogg kam nicht mehr dazu, den tapferen Burschen zurückzureißen. Ohne dass ihn ein Indianer bemerkte, gelang es dem Diener eine Tür zu öffnen. Dann ließ er sich unter den Wagen gleiten, und während der Kampf oben im Zug weiterging und die Kugeln über seinen Kopf hinpfiffen, arbeitete er sich zur Spitze des Zuges vor. Plötzlich war wieder die Gewandtheit seiner Jugendtage da. Geschmeidig, wie er es einst als Clown gewesen war, schlüpfte er unter den Wagen hindurch. Er klammerte sich an Ketten, stützte sich auf Bremsklötze und Streben der Fahrgestelle und erreichte die ersten Wagen, ohne dass ihn jemand erspäht hatte. Passepartout vollbrachte eine Meisterleistung.
Jetzt hing er zwischen Kohlentender und Gepäckwagen. Mit der einen Hand hielt er sich fest, mit der anderen versuchte er die Sicherheitsketten der Wagenkopplung zu lösen. Aber er konnte den Pflock einfach nicht herauszerren; die Spannung war viel zu stark. Da gab es einen unvorhergesehenen Ruck, der Pflock schob sich hoch und die abgehängten Reisewagen verlangsamten ihr Tempo, während die Lokomotive nun ohne Last noch schneller als bisher weiterraste und schließlich verschwand.
Die Wagen hatten noch so viel Geschwindigkeit, dass sie mehrere Minuten lang weiterrollten. Dann gelang es irgendjemandem die Bremsen zu ziehen, und weniger als 100 Schritt vor der Station von Kearney kam die führerlose Wagenkette zum Stehen.
Die Soldaten des Forts hatten schon von ferne die Schießerei gehört und waren zur Bahnlinie geeilt. Doch die Sioux hatten das Zusammentreffen mit den Soldaten nicht erst abgewartet. Noch ehe der Zug vollkommen stand, war die Bande geflüchtet.
Als sich die Zuginsassen auf dem Bahnsteig versammelten, mussten sie feststellen, dass einige ihrer Reisegefährten fehlten. Unter den Vermissten war auch der mutige Franzose, dem sie ihre Rettung verdankten.

◆◆◆◆◆◆◆◆◆◆◆◆◆◆◆◆◆◆◆◆◆◆◆◆◆◆◆

Im dreißigsten Kapitel

◆

erfüllt Phileas Fogg ganz einfach seine Pflicht

Drei Reisende fehlten also, unter ihnen auch Passepartout. Waren sie im Kampf getötet worden oder hatten die Sioux sie als Gefangene entführt? Niemand wusste eine Antwort zu geben.

Die Zahl der Verletzten war hoch, aber man konnte hoffen, dass alle mit dem Leben davonkommen würden. Zu den sehr schwer Verwundeten gehörte Oberst Proctor. Er hatte sich tapfer geschlagen und war durch einen Bauchschuss niedergestreckt worden. Mit anderen Leidensgefährten wurde er in die Bahnstation getragen, wo sofort für ärztliche Hilfe gesorgt werden sollte.

Mrs Aouda war unverletzt geblieben und Phileas Fogg hatte trotz seines schonungslosen Einsatzes nicht den kleinsten Kratzer davongetragen. Fix war leicht am Arm verletzt. Aber Passepartout fehlte und Mrs Aouda konnte die Tränen nicht zurückhalten, wenn sie an ihn dachte.

Die Reisenden standen immer noch auf dem Bahnsteig. Sie sahen jetzt, dass die Räder der Wagen blutverschmiert waren. An den Radnaben und -speichen hingen Hautfetzen, und so weit das Auge reichte, war die schneebedeckte Ebene mit langen roten Spuren überzogen. Die letzten Indianer verschwanden gerade am südlichen Horizont in der Gegend des Republican-Flusses.

Mr Fogg stand mit gekreuzten Armen da und dachte nach. Er musste jetzt einen schwer wiegenden Entschluss fassen. Mrs Aouda wich ihm nicht von der Seite, sprach aber kein Wort. Er begriff, was ihr Blick sagte. Wenn sein Diener in die Hand der Indianer gefallen war, musste er alles daransetzen, um ihn den Rothäuten zu entreißen.

»Tot oder lebendig, ich hole ihn«, sagte er ruhig zu Mrs Aouda.

»Ach, Mr Fogg . . .«, stammelte die junge Frau, ergriff die Hände ihres Reisegefährten und bedeckte sie mit Tränen.

»Lebendig, selbstverständlich«, verbesserte sich Mr Fogg, »aber nur, wenn wir nicht einen Augenblick mehr hier verlieren.«

Mit diesem Entschluss opferte sich Phileas Fogg für seinen Diener. Er hatte soeben sein ganzes Reiseunternehmen verloren gegeben; denn er durfte sich auch nicht um einen Tag verspäten, wenn er das Postschiff in New York erreichen wollte. Die Herren vom Reform Club hatten die Wette gewonnen. Und doch zögerte er nicht.

Ich muss meine Pflicht tun! Dieser Gedanke war stärker als alle anderen Erwägungen.

Der kommandierende Hauptmann von Fort Kearny war selbst zur Bahnstation gekommen. Seine Soldaten – ungefähr 100 Mann – waren für einen direkten Angriff der Sioux auf dem Bahnhof vorbereitet. An diesen Offizier wandte sich nun Phileas Fogg.

»Herr Hauptmann«, sagte er, »drei Reisende werden vermisst.«

»Tot?«, fragte der Offizier.

»Tot oder gefangen. Auf jeden Fall müssen wir etwas gegen die Ungewissheit tun. Beabsichtigen Sie die Sioux zu verfolgen?«

»Ein schwieriges Unternehmen, mein Herr«, sagte der Hauptmann. »Die Indianer ziehen sich vielleicht bis zum anderen Ufer des Arkansas zurück und ich darf mein Fort hier nicht so lange ohne Besatzung zurücklassen.«

»Herr Hauptmann«, sagte Phileas Fogg nachdrücklich, »es geht um drei Menschenleben.«

»Gewiss, . . .aber kann ich vielleicht 50 Menschenleben aufs Spiel setzen, um drei zu retten?«

»Ob Sie das können, vermag ich nicht zu beurteilen. Ich weiß nur, dass es Ihre Pflicht ist.«

»Mein Herr«, antwortete der Hauptmann, »ich brauche mir von niemandem hier vorschreiben zu lassen, was meine Pflicht ist.«
»Wie Sie wollen«, sagte Phileas Fogg eiskalt. »Ich gehe allein!«
»Aber Mister Fogg!«, rief Fix, der näher gekommen war, ganz entsetzt. »Sie können doch nicht auf eigene Faust die Indianer verfolgen!«
»Wollen Sie etwa den unglückseligen jungen Mann umkommen lassen, dem jeder Einzelne von uns hier das Leben verdankt? Ich werde ihn suchen.«
»Nein, Sie gehen nicht allein!«, rief jetzt der Hauptmann, den so viel Opfersinn doch rührte. »Sie sind ein tapferer Mann! . . . 30 Freiwillige vor!«
Die ganze Kompanie trat geschlossen vor. Der Offizier brauchte nur noch seine Wahl zu treffen. Er suchte 30 Mann aus und gab ihnen einen Sergeanten als Führer mit.
»Ich danke Ihnen, Herr Hauptmann«, sagte Phileas Fogg. »Wenn Sie mir aber wirklich einen Dienst erweisen wollen, dann bleiben Sie hier bei Mistress Aouda. Falls mir etwas zustoßen sollte . . .«
Der Detektiv wurde plötzlich blass. Er sollte den Mann laufen lassen, den er bisher so hartnäckig Schritt für Schritt verfolgt hatte! Noch dazu, wo ihn dieses gefährliche Unternehmen in die Wüste hinausführte! Fix prüfte aufmerksam Mr Foggs Gesicht, kämpfte seine Befürchtungen gewaltsam nieder und kam nicht umhin vor dem ruhigen offenen Blick seines Gegenübers die Augen zu senken.
»Ich bleibe hier«, sagte er.
Mr Fogg drückte Mrs Aouda eilig die Hand, vertraute ihr seine kostbare Reisetasche an und machte sich mit dem Sergeanten und dem Trupp auf den Weg.
Noch vor dem Aufbruch hatte er zu den Soldaten gesagt: »1 000 Pfund gehören euch, meine Freunde, wenn wir die Gefangenen retten können!«
Beim Abmarsch war es wenige Minuten nach 12 Uhr mittags.
Mrs Aouda zog sich in einen Warteraum der Bahnstation zurück. Dort saß sie nun ganz allein und war in Gedanken bei Phileas Fogg. Welch schlichte Großmut, welch stille Tapferkeit bewies dieser Mann! Er war

bereit sein Vermögen, vielleicht sogar sein Leben zu opfern, ohne auch nur einen Augenblick zu zaudern, ohne große Worte zu machen. Phileas Fogg war ein Held!

Detektiv Fix war anderer Meinung; aber auch er konnte seine Unruhe kaum bemeistern. Nervös lief er auf dem Bahnsteig hin und her. Einen Augenblick lang war er gefühlsduselig gewesen; jetzt kehrte ihm die Vernunft zurück – und damit die Selbstvorwürfe. Wie konnte er den Mann aus den Augen lassen! Da war er ihm nun fast um den ganzen Erdball nachgereist und hatte ihn jetzt freiwillig laufen lassen. Er war wieder ganz der Alte, der Detektiv Fix. Und nun sparte er nicht an Selbstbeschuldigungen. Er ging mit sich ins Gericht, als wäre er der Chef der Londoner Polizei, der einen Beamten wegen haarsträubender Pflichtverletzung zur Verantwortung zieht.

Ich habe versagt!, dachte er immer wieder. Der andere Bursche wird ihn über meine Rolle aufgeklärt haben. Jetzt ist Fogg fort und kommt nicht wieder zurück. Wo soll man ihn nun fassen? Wie konnte ich bloß so schwach werden! Habe ich nicht seinen Haftbefehl in der Tasche? Oh Fix, du warst ein Esel!

So haderte der Detektiv mit sich selbst, während die Wartezeit kein Ende nehmen wollte. Er wurde immer ratloser. Fast hatte er schon die Absicht, Mrs Aouda in die ganze Geschichte einzuweihen. Aber er wusste nur zu gut, was ihm die junge Frau entgegnen würde. Sollte er lieber hinauslaufen und Phileas Fogg in der Schneewüste verfolgen? Immerhin bestand einige Aussicht auf Erfolg, denn noch ließen sich die Fußabdrücke des Suchtrupps erkennen. Aber bald würden sie unter frisch gefallenem Schnee verschwinden.

Fix war schließlich ganz entmutigt. Am liebsten hätte er die Partie endgültig verloren gegeben. Obendrein lockte gänzlich unerwartet jetzt noch die Möglichkeit Kearny zu verlassen und die Reise, die ihm so viele Unannehmlichkeiten beschert hatte, zu Ende zu bringen. Gegen 2 Uhr mittags nämlich hörte man aus östlicher Richtung lang gezogene Pfeifsignale. Aus einem dichten Schleier von großen Schneeflocken schob sich langsam ein riesiger, von fahlem Lichtschein

umtanzter Körper hervor. Es war eine Lokomotive, deren Dimensionen durch den Nebel ins Ungeheure wuchsen.
Dabei hatte noch niemand mit einem Zug aus dem Osten gerechnet. Der telegrafisch angeforderte Ersatz konnte unmöglich schon hier sein und der Zug von Omaha nach San Francisco sollte fahrplanmäßig erst am nächsten Tag hier durchfahren. Nun, das Rätsel wurde bald gelöst.
Die Lokomotive, die mit schrillen Pfeiftönen langsam heranrollte, war dieselbe, die zuvor mit Volldampf davongerast war, als sich die Wagenkopplung gelöst hatte. Lokomotivführer und Heizer waren im Führerstand liegen geblieben und mitgereist. Die Maschine hatte ihr Tempo noch über etliche Meilen beibehalten, dann war das Feuer mangels Brennstoff langsam erloschen und nach einer Stunde kam sie etwa zwanzig Meilen jenseits von Kearny zum Stehen.
Die beiden Männer im Führerstand waren noch am Leben und kamen nach langer Ohnmacht wieder zu sich. Der Lokomotivführer hatte angesichts der Lokomotive, die ganz ohne Wagen irgendwo auf freier Strecke hielt, bald die Zusammenhänge erraten. Er verstand zwar nicht, wieso die Wagen abgekoppelt waren, aber eines war klar: Der allein zurückgebliebene Zug musste in höchster Gefahr sein.
Der Lokomotivführer wusste, was er zu tun hatte. Nach Omaha weiterzufahren war sicher ebenso klug, wie die Rückkehr zu den Reisewagen gefährlich war; denn wer konnte sagen, ob die Indianer nicht noch beim Plündern der Wagen waren! Aber es gab nur eine Pflicht. Mehrere Schaufeln Kohle und Holzkloben genügten, um das Feuer wieder zu entfachen, der Dampfdruck stieg schon bald und um 2 Uhr nachmittags erreichte die Lokomotive zum zweiten Mal an diesem Tag die Station von Kearny, allerdings jetzt aus entgegengesetzter Richtung. Ihre Pfeifsignale waren durch die Nebelwand bis zu den Reisenden gedrungen.
Jedermann war erleichtert, als die Lokomotive wieder ihren Platz vor der Wagenkette einnahm. Die Reise konnte nach dem furchtbaren Zwischenfall endlich fortgesetzt werden.
Beim Eintreffen der Lokomotive war Mrs Aouda auf den Bahnsteig

gelaufen und hatte sich an den Zugführer gewandt. »Sie wollen schon abfahren?«, fragte sie.

»Unverzüglich, meine Dame.«

»Und die Gefangenen . . . unsere unglücklichen Reisegefährten?«

»Ich bin durch den Fahrplan gebunden«, sagte der Zugführer. »Wir haben ohnehin schon drei Stunden Verspätung.«

»Und wann kommt der nächste Zug aus San Francisco?«

»Morgen Abend, Verehrteste.«

»Morgen Abend! Aber das ist doch viel zu spät. Sie müssen warten!«

»Ausgeschlossen!«, sagte der Zugführer. »Wenn Sie mitkommen wollen, müssen Sie sofort einsteigen.«

»Ich bleibe hier«, sagte die junge Frau.

Fix hatte die Unterhaltung mit angehört. Noch vor wenigen Augenblicken, als er noch keine Möglichkeit zur Weiterfahrt sah, war er entschlossen gewesen Kearny zu verlassen. Jetzt stand der Zug da, er brauchte nur seinen alten Platz wieder einzunehmen und die Heimreise konnte beginnen. Doch ein unwiderstehlicher Zwang hielt ihn plötzlich zurück. Der Boden brannte ihm unter den Füßen und doch konnte er sich nicht losreißen. Wieder kämpfte er mit sich. Der Zorn über seine Erfolglosigkeit brachte ihn fast um. Nein, jetzt würde er den Kampf bis zum Ende durchstehen!

Die Reisenden stiegen in die Wagen und auch die Verletzten wurden hineingehoben. Unter ihnen befand sich Oberst Proctor, dessen Zustand bedenklich war. Der überheizte Kessel der Lokomotive zischte und Dampf entwich aus den Ventilen. Der Heizer gab das Pfeifsignal und schon rollte der Zug los. Bald war er den Blicken der Zurückbleibenden entschwunden, sie sahen nur noch, wie sich seine weiße Rauchfahne im Schneegestöber verlor.

Detektiv Fix war nicht abgereist.

Die Stunden verrannen. Das Wetter war schlecht und die Kälte schmerzte. Fix saß auf einer Bank im Bahnhof und rührte sich nicht. Fast konnte man glauben, er wäre eingeschlafen. Mrs Aouda ließ sich auch vom Schneesturm nicht abhalten immer wieder den Aufenthaltsraum zu verlassen, den man ihr angeboten hatte. Sie lief bis zum äußersten Ende des Bahnsteigs und versuchte die Wand aus Schnee und Nebel mit den Blicken zu durchdringen. Angespannt lauschte sie auf Geräusche, aber alles blieb still. Starr vor Kälte lief sie dann wieder zurück ins Stationsgebäude, um wenig später an ihren Posten zurückzukehren. Doch immer vergebens.

Es wurde dunkel und der kleine Suchtrupp war noch nicht zurückgekehrt. Wo befanden sich die Männer zu dieser Stunde? Hatten sie die Indianer gefunden? Waren sie in neue Kämpfe verwickelt worden? Hatten sie sich vielleicht im Nebel verirrt? Auch der Kommandant des Forts war offensichtlich beunruhigt, wenn er auch versuchte sich nichts anmerken zu lassen.

Nun war es endgültig Nacht. Der Schneesturm ließ ein wenig nach, doch die Kälte wurde immer unerträglicher. Auch die Allerkühnsten hätte es angesichts dieser finsteren Unendlichkeit draußen geschaudert. Aus der Ebene drang nicht ein Laut zu den Lauschenden. Kein Vogel, kein wildes Tier störte die vollkommene Stille.

Mrs Aouda wurde von bösen Vorahnungen gequält. Angsterfüllt irrte sie die ganze Nacht über am Rand der Prärie umher. Tausenderlei Gefahren malte sie sich im Geiste aus. Was sie in dieser Nacht litt, lässt sich kaum mit Worten beschreiben.

Fix rührte sich noch immer nicht von der Stelle, aber auch er fand keinen Schlaf. Einmal trat ein Mann an ihn heran und stellte eine Frage, aber der Detektiv schüttelte den Kopf und schickte ihn fort.

So verging die Nacht. Beim Morgengrauen schob sich eine matte, nebelverschleierte Sonnenscheibe über den Horizont. Doch der Blick erfasste jetzt wenigstens wieder die nächsten zwei Meilen der Ebene. Nach Süden zu waren Phileas Fogg und die Soldaten am Mittag zuvor aufgebrochen . . .

Aber im Süden regte sich nichts.

Es war schon 7 Uhr morgens. Der tief besorgte Hauptmann war ratlos. Sollte er eine zweite Abteilung Soldaten der ersten zu Hilfe schicken? Aber durfte er noch einmal das Leben so vieler Männer aufs Spiel setzen, um einen neuen, wenig aussichtsreichen Rettungsversuch zu unternehmen? Doch er zögerte nicht lange, winkte einen Leutnant herbei und befahl ihm mit einem Aufklärungstrupp nach Süden vorzustoßen. Ehe der Hauptmann ausgeredet hatte, hallten Gewehrschüsse durch die Ebene. Die Soldaten stürzten aus dem Fort und erblickten in einer halben Meile Entfernung einen kleinen Trupp, der in Marschordnung auf Kearny zustrebte.

In der ersten Reihe marschierte Mr Fogg, dicht hinter ihm folgten Passepartout und die beiden anderen Vermissten – man hatte die drei tatsächlich den Sioux entreißen können.

Zwei Meilen südlich von Kearny war der Suchtrupp auf die Indianer getroffen. Schon ehe die Soldaten ganz herangekommen waren, hatten Passepartout und seine zwei Leidensgefährten einen Befreiungsversuch unternommen. Der Franzose hatte bereits drei seiner Bewacher mit der bloßen Faust erledigt, als ihm sein Herr und die Soldaten zu Hilfe kamen.

Retter und Gerettete wurden in der Station mit Jubelrufen empfangen und Phileas Fogg verteilte unter den Soldaten die zuvor versprochene Belohnung. Passepartout indessen klagte nicht ohne Grund, dass er seinem Herrn so hohe Kosten verursache.

Fix sagte überhaupt nichts. Er starrte Mr Fogg an und es war schwer zu erraten, was in ihm vorging. Mrs Aouda dagegen hatte Mr Foggs Hände ergriffen und drückte sie in wortloser Dankbarkeit.

Passepartouts erster Gedanke beim Eintreffen in der Station galt dem Zug. Er glaubte fest, die Reise in Richtung Omaha könne sofort beginnen und der Zeitverlust ließe sich wieder gutmachen.

»Aber der Zug! Der Zug!«, rief er aufgeregt.

»Ist fort«, erklärte Fix.

»Und wann kommt der nächste?«, erkundigte sich Phileas Fogg.

»Erst heute Abend.«

»So!«, sagte unser unerschütterlicher Gentleman.

Im einunddreißigsten Kapitel

vertritt Polizeiinspektor Fix ganz offensichtlich Mr Foggs Interessen

Phileas Fogg musste nun zwanzig Stunden Verspätung verbuchen und Passepartout war der Verzweiflung nahe; er allein hatte diesen Zeitverlust verursacht, wenn auch ganz ohne eigene Schuld. Der Ruin seines Herrn war sein Werk!

In diesem Augenblick trat der Polizeiinspektor an Mr Fogg heran und fragte: »Liegt Ihnen ernstlich etwas daran, so schnell wie möglich weiterzureisen?«

»Ja, ernstlich«, antwortete Mr Fogg lakonisch.

»Entschuldigen Sie meine Neugier; aber Sie möchten offenbar gern noch am 11. vor 9 Uhr abends in New York sein, um das Postschiff nach Liverpool zu erreichen?«

»Das möchte ich in der Tat.«

»Und ohne den Überfall der Indianer hätten Sie New York bereits am Morgen des 11. erreicht?«

»Ja, zwölf Stunden vor Abfahrt des Schiffes.«

»Ihrem Zeitplan nach haben Sie jetzt also zwanzig Stunden Verspätung. Bringen wir den zwölfstündigen Zwischenaufenthalt in New York in Abzug, beträgt der Zeitverlust nur noch acht Stunden. Wollen Sie versuchen diese Verspätung wieder gutzumachen?«

»Zu Fuß?«, fragte Mr Fogg.

»Nein, im Schlitten«, antwortete Fix, »in einem Segelschlitten. Heute Nacht hat mir jemand diesen Vorschlag gemacht.«
Das war also der Mann gewesen, der Fix in der vergangenen Nacht angesprochen und den er fortgeschickt hatte. Der Mann hielt sich aber immer noch vor dem Bahnhof auf, Fix wies mit einer Handbewegung auf ihn. Ohne dem Detektiv zu antworten, ging Mr Fogg zu dem Schlittenbesitzer hinüber.
Gleich darauf verschwanden er und der Amerikaner, der sich Mudge nannte, in einer Hütte unterhalb von Fort Kearny.
Im Innern des Schuppens stand ein höchst seltsames Fahrzeug, genauer gesagt, ein merkwürdiges großes Brett auf zwei langen, vorn hoch gebogenen Schlittenkufen, das sicher fünf oder sechs Personen Platz bot. Im vorderen Drittel des Untergestells erhob sich ein sehr hoher Mast, an dem ein mächtiges Gaffelsegel aufgezogen war. Am Mast, den kräftige Stahltrossen aufrechthielten, war noch ein Stag befestigt, an dem ein großes Focksegel gehisst werden konnte. Am Heck erlaubte eine Art Ruderriemen das Manövrieren des Fahrzeuges. Ein Schlitten also, der wie eine Schaluppe aufgetakelt wurde! Während der Wintermonate, wenn die Eisenbahnzüge im Schnee stecken zu bleiben drohten, besorgten diese Segelschlitten den Verkehr zwischen den Stationen. Sie führten mehr Leinwand als gewöhnliche Fischkutter, die obendrein noch leichter kenterten, und glitten mit erstaunlich hoher Geschwindigkeit über die vereisten Ebenen. Bei günstigem Rückenwind konnte so ein Schlitten in der Prärie durchaus mit einem Expresszug Schritt halten, wenn nicht sogar noch schneller sein.
Mr Fogg und der Besitzer des »Festland-Schiffes« wurden rasch handelseinig. Der Wind war gut, er blies kräftig von Westen her. Auf dem harten Schnee traute es sich Mr Mudge zu den Engländer in wenigen Stunden nach Omaha zu bringen. Von dort aus gäbe es dann zahlreiche Zugverbindungen nach Chicago und New York. Vielleicht ließe sich also der Zeitverlust wettmachen. Man musste allerdings unverzüglich aufbrechen.
Mr Fogg wollte Mrs Aouda nicht den Unbilden einer Fahrt im offenen

Schlitten aussetzen; die hohe Geschwindigkeit des Fahrzeugs würde die Kälte noch spürbarer machen. Er schlug ihr vor unter Passepartouts Schutz in der Station von Kearny zurückzubleiben. Der treue Bursche könnte die junge Frau dann in bequemeren Beförderungsmitteln nach Europa begleiten.
Mrs Aouda aber lehnte das Anerbieten ab. Sie wollte Mr Fogg nicht allein auf die Reise gehen lassen und Passepartout war über ihre Entscheidung sehr glücklich. Um nichts in der Welt hätte er seinen Herrn jetzt verlassen wollen; denn Mr Fix würde auf jeden Fall bei Phileas Fogg bleiben.
Schwer zu sagen, was der Detektiv dachte. Hatte Mr Foggs Rückkehr seine Überzeugung von der Schuld des Mannes erschüttert? Hielt er sein Opfer für einen besonders hart gesottenen Burschen, der glaubte nach einer Reise um die Welt in England vollkommen sicher zu sein? Vielleicht aber hatte Fix doch seine Ansicht über Phileas Fogg geändert? Wie dem auch sei, seine Pflicht würde er tun und deshalb fieberte er der Rückkehr nach England noch ungeduldiger entgegen als seine drei Reisegefährten. Um 8 Uhr war der Schlitten zur Abfahrt gerüstet. Die Reisenden – fast sollte man sagen: die Passagiere – nahmen dicht aneinander gedrängt Platz. Sie hatten sich fest in ihre Reisedecken gehüllt. Über ihren Köpfen waren die beiden riesigen Segel gehisst und der Schlitten begann mit einer Geschwindigkeit von durchschnittlich 40 Meilen in der Stunde vor dem Wind her über die vereiste Schneedecke zu gleiten.
Die Entfernung zwischen Fort Kearny und Omaha beträgt in der Luftlinie – die Amerikaner sagen: in der Bienenfluglinie – nicht ganz 200 Meilen. Wenn es keinen Zwischenfall gab, konnte man um 1 Uhr mittags in Omaha sein.
Welch eine Fahrt! Obwohl sich die Reisenden eng aneinander pressten, war an eine Unterhaltung nicht zu denken. Die Kälte wurde durch die hohe Geschwindigkeit noch schlimmer und schnitt ihnen buchstäblich das Wort am Munde ab. Leichter als der Schlitten über die Schneefläche dahinflog, konnte ein Schiff auch nicht durch die Wellen pflügen, jedenfalls nicht bei starkem Seegang. Bei jeder Windbö

hatten die Reisenden das Gefühl, als würde ihr Fahrzeug in die Lüfte gehoben und schwebe wie ein Vogel mit ungeheurer Flügelspannweite über die Ebene.

Mudge saß am Steuer und bemühte sich immer wieder durch geschickte Manöver zu verhindern, dass der Schlitten aus der Fahrtrichtung ausbrach. Das Fahrzeug war voll aufgetakelt. Das Focksegel war so gesetzt, dass es nicht länger im Windschatten des Gaffelsegels lag, und zusätzlich gehisste Mars- und Gaffeltoppsegel erhöhten noch das Tempo. Zwar ließ sich die Geschwindigkeit des Schlittens nicht mit mathematischer Exaktheit ermitteln, aber sie betrug sicher 40 Meilen in der Stunde.

»Wenn nichts bricht, kommen wir rechtzeitig an«, sagte Mudge.

Und ihm lag viel daran, Omaha in der gesetzten Frist zu erreichen, den Mr Fogg war seiner bewährten Methode treu geblieben und hatte eine stattliche Belohnung ausgesetzt.

Die Prärie, die der Schlitten geradlinig durchschnitt, war so eben wie ein Meer, wie ein vereister See. Die Eisenbahnlinie erklomm in dieser Gegend noch einmal einen Höhenzug und berührte auf ihrer Fahrt von Südwesten nach Nordosten eine Reihe von Städten, darunter Grand Island, das bedeutende Columbus im Staate Nebraska, Schuyler, Fremont und schließlich Omaha. Während der ganzen Strecke verlief der Schienenstrang auf dem rechten Ufer des Platte-Flusses.

Der Schlitten konnte die Linie abkürzen. Er bewegte sich auf der Sehne des Bogens, den die Eisenbahnlinie beschrieb. Mudge brauchte nicht einmal den Übergang über den Platte-Fluss zu fürchten, der kurz vor Fremont eine Krümmung macht; der Fluss war zugefroren. Kein Hindernis drohte auf der ganzen Strecke, es sei denn, der Schlitten stürzte um oder der Wind schliefe ein.

Aber die Brise flaute nicht ab. Im Gegenteil: Sie frischte so sehr auf, dass sich der Mast in den kräftigen Haltetrossen bog. Die Stahlseile sangen wie die Saiten eines Instrumentes, über die der Bogen geht. So flog der Schlitten unter Klagegesängen von sonderbarer Eindringlichkeit durch die Ebene.

»Die Trossen erklingen in der Quinte und in der Oktave«, stellte Mr Fogg fest.

Dies waren die einzigen Worte, die er während der Fahrt äußerte. Mrs Aouda war mit Pelzen und Reisedecken, so gut es eben ging, vor der beißenden Kälte geschützt.

Passepartout dagegen sog die eisige Luft in tiefen Zügen ein. Sein Gesicht glich der untergehenden Sonne an einem Nebeltag; so feuerrot war es. Inzwischen war ihm sein unerschütterliches Selbstvertrauen zurückgekehrt und er schöpfte wieder Hoffnung. Statt frühmorgens würde man eben abends in New York eintreffen. Auf jeden Fall bestand wieder Aussicht noch vor der Abfahrt des Postschiffes anzukommen.

Fast hätte Passepartout dem Polizeiinspektor vor Dankbarkeit die Hand geschüttelt. Schließlich verdankte man diesem »Verbündeten« die Schlittenpartie und damit die einzige Möglichkeit, Omaha noch rechtzeitig zu erreichen.

Aber ein unerklärliches Misstrauen hielt ihn zurück; er blieb lieber weiterhin reserviert.

Eines aber würde er nie mehr vergessen: dass ihn sein Herr aus den Händen der Sioux befreit hatte und bereit gewesen war für ihn ohne Zögern sein Vermögen zu opfern. Und mehr als das, denn wie leicht hätte Mr Fogg dabei ums Leben kommen können! Zeitlebens wollte er sich dieser Tat dankbar erinnern.

Während jeder der Schlitteninsassen seinen Gedanken nachhing, flog das Gefährt mit Windeseile über die ungeheuer weite Schneefläche. Es musste zahlreiche Flüsschen und Nebenflüsschen überqueren, die allesamt dem Little-Blue-Fluss zuströmten; aber die Reisenden spürten nichts davon. Felder und Wasserläufe waren unter einer glatten weißen Schneedecke begraben. Die Ebene war völlig menschenleer. Fast glich sie einer unbewohnten Insel, deren Außenränder von der Union-Pazifik-Bahnlinie und einer Nebenlinie zwischen Kearny und Saint Joseph gebildet wurden. Nirgends entdeckte das Auge eine Ortschaft, eine Station oder auch nur ein Fort. Manchmal tauchte blitzschnell neben dem Schlitten ein gespenstisch aussehender kahler Baum auf, der im Winde schwankte. Ganze Schwärme von Raubvögeln stoben davon und gelegentlich versuchten stattliche Rudel ausgehungerter magerer Präriewölfe den schnellen Schlitten einzuholen. Passepartout griff dann jedes Mal zum Revolver und hielt sich bereit gleich die ersten Angreifer niederzuschießen. Hätte das Fahrzeug jetzt wegen irgendeines Schadens die Reise unterbrechen müssen, stände es schlecht um die Insassen; die wütenden Raubtiere wären sofort über sie hergefallen. Aber der Schlitten hielt und fuhr obendrein so schnell, dass das heulende Wolfsrudel bald weit zurückfiel.

Um die Mittagsstunde erkannte Mudge aus einigen Anzeichen, dass der Schlitten gerade den zugefrorenen Platte-Fluss überquerte. Er sagte zwar nichts, hoffte aber zuversichtlich schon nach weiteren zwanzig Meilen die Bahnstation von Omaha zu erreichen.

In der Tat dauerte es keine Stunde mehr und der tüchtige Schlittenlenker musste das Steuerruder loslassen und eilig die Segel reffen; und doch hatte der Schlitten so viel Fahrt, dass er noch eine halbe Meile ohne jedes Segel weiterglitt. Dann endlich stand er still. Mudge wies mit der Hand auf eine Ansammlung schneebedeckter Dächer und sagte:

»Wir sind angekommen.« Angekommen! Angekommen in Omaha, wo es mehrmals täglich einen Zug in den Osten der Vereinigten Staaten gibt!

Passepartout und Fix sprangen als Erste vom Schlitten und streckten die eingeschlafenen Glieder. Dann halfen sie Mr Fogg und seiner jungen Begleiterin beim Aussteigen. Phileas Fogg entlohnte Mudge in großzügigster Weise und Passepartout schüttelte dem Mann die Hand so herzlich wie einem Freunde. Dann eilte die Reisegesellschaft zum Bahnhof.

Omaha ist eine bedeutende Stadt im Staate Nebraska. Hier endete die eigentliche Pazifik-Eisenbahnlinie, die den Ozean mit dem Mississippi-Becken verbindet. Für die Weiterreise nach Chicago konnte man die Chicago-Rock-Island-Linie benutzen, die schnurgerade nach Osten verläuft und 50 Stationen hat.

Ein Schnellzug stand abfahrtbereit im Bahnhof. Phileas Fogg und seinen Gefährten blieb gerade noch Zeit in den nächstbesten Wagen zu steigen. Die Stadt Omaha bekamen sie nicht zu sehen. Aber Passepartout fand, er hätte nichts verpasst . . . und schließlich hatte man jetzt Wichtigeres im Sinn.

Über Council Bluffs, Des Moines und Iowa City brauste der Zug mit hoher Geschwindigkeit durch den Staat Iowa. Während der Nacht ging es über den Mississippi nach Davenport und über Rock Island in den Staat Illinois. Am nächsten Tag, also am 10. Dezember, trafen die Reisenden um 4 Uhr nachmittags in Chicago ein. Die Stadt war bereits aus den Ruinen wieder erstanden und thronte schöner denn zuvor auf dem Ufer des Michigan-Sees.

900 Meilen liegen zwischen Chicago und New York. Aber es gab eine Menge von Zugverbindungen und Mr Fogg hatte sofort Anschluss. Die tüchtige Lokomotive der Pittsburgh-Fort-Wayne-Chicago-Linie brauste gleich unter Volldampf los, als hätte sie begriffen, dass unser Gentleman keine Zeit verlieren durfte. Wie ein Blitz schoss sie durch die Staaten Indiana, Ohio, Pennsylvania und New Jersey. Sie berührte Orte mit altertümlichen Namen, in denen es wohl schon Straßen und Straßenbahnen, aber noch gar keine Häuser gab. Endlich kam der Hudson in Sicht und am 11. Dezember, 45 Minuten vor Mitternacht, hielt der Zug in der Bahnstation auf dem rechten Flussufer, direkt vor dem Anlegeplatz der *Cunard-Linie,* die früher *British and North American Royal Mail Steam Packet Co.* hieß.

Die *China,* das Postschiff nach Liverpool, war vor 45 Minuten in See gestochen!

Im zweiunddreißigsten Kapitel

tritt Phileas Fogg höchstpersönlich zum Zweikampf mit dem Pech an

Mit der *China* war auch Phileas Foggs letzte Hoffnung entschwunden. Keines der anderen Postschiffe, die die direkte Route von Amerika nach Europa befuhren, konnte unserem Gentleman aus der Verlegenheit helfen, weder die französischen Transatlantik-Schiffe noch die der *White-Star-Line,* auch nicht die Dampfer der *Compagnie Imman* und der *Hamburger Schifffahrtsgesellschaft.* Die *Pereire* der französischen *Compagnie Transatlantique,* die, wie ihre Schwesterschiffe, alle Dampfer der anderen Linien ausnahmslos in Schnelligkeit und Komfort übertraf, sollte erst am übernächsten Tag, also am 14. Dezember, abgehen. Außerdem hieß ihr Ziel nicht Liverpool oder London, sondern Le Havre. Dasselbe galt für die Hamburger Schiffe. Mr Foggs Reiseplan wäre durch die zusätzliche Kanalüberquerung von vornherein zunichte geworden, sodass er an diese Schiffe keine Gedanken verschwendete.

Ein Dampfer der *Compagnie Imman,* die *City of Paris,* sollte zwar am nächsten Tag in See stechen, aber auch dieses Schiff kam nicht in Betracht. Die Gesellschaft befasste sich vornehmlich mit dem Transport von Einwanderern und hatte ihre Fahrzeuge nur mit schwachen Maschinen ausgerüstet, sodass deren ohnehin recht mittelmäßige Geschwindigkeit eher ihren Segeln als den Dampfkesseln zu verdan-

ken war. Auf jeden Fall brauchten sie für die Überfahrt von New York nach England mehr Zeit, als Mr Fogg zur Verfügung stand, wenn er seine Wette noch gewinnen wollte.
Der *Bradshaw*, der auch sämtliche Transatlantik-Fahrpläne enthielt, ließ in Phileas Fogg keine Hoffnung aufkeimen.
Passepartout war tief verzweifelt. Das Postschiff um 45 Minuten zu verpassen! Der Gedanke daran brachte ihn fast um. Und er, er allein trug Schuld an diesem Malheur! Statt seinem Herrn den Reiseweg zu ebnen, hatte er unablässig für Hindernisse gesorgt. Im Geist erlebte er noch einmal alle Zwischenfälle der letzten Wochen. Er rechnete nach, welche Geldsummen seinetwegen hinausgeworfen werden mussten, schlug dazu den ungeheuren Wetteinsatz und die Kosten der sinnlos gewordenen Reise – ja, sein Herr war vollkommen ruiniert, und das durch die Schuld seines Dieners. Passepartout sparte nicht mit Verwünschungen gegen seine eigene Person.
Aber Mr Fogg machte ihm keine Vorwürfe. Er sagte lediglich bei der Rückkehr von der Anlegestelle der Transatlantik-Schiffe:
»Morgen werden wir weitersehen. Kommen Sie jetzt.«
Mr Fogg, Mrs Aouda, Fix und Passepartout setzten in der Jersey-City-Fähre über den Hudson, nahmen eine Pferdedroschke und fuhren zum Hotel *Saint Nicholas* am Broadway. Nachdem sie Zimmer gemietet hatten, begaben sie sich zur Ruhe. Für Phileas Fogg wurde die Nacht nicht lang, er schlief seelenruhig ein; aber seine Reisegefährten taten vor Aufregung kein Auge zu und die Stunden wollten kein Ende nehmen.
Der nächste Tag brach an. Man schrieb den 12. Dezember. Von diesem 12., 7 Uhr morgens, bis zum 21. Dezember, 8.45 Uhr abends, waren es noch neun Tage, dreizehn Stunden und 45 Minuten, reichlich Zeit, um die Wette noch zu gewinnen, wenn ... ja, wenn Phileas Fogg am letzten Abend mit der *China*, einem der schnellsten Schiffe der *Cunard-Linie*, in See gestochen wäre.
Mr Fogg wollte allein ausgehen. Sein Diener sollte seine Rückkehr im Hotel abwarten und Mrs Aouda bitten sich für einen sofortigen Aufbruch bereitzuhalten.

Darauf begab sich unser Gentleman zum Ufer des Hudson und schaute unter den vielen Schiffen, die am Kai festgemacht hatten oder draußen im Fluss vor Anker lagen, nach abfahrtbereiten Fahrzeugen aus. Tatsächlich flatterte an mehreren Masten der Abfahrtswimpel. Die Besatzungen warteten nur noch auf das Morgenhochwasser, um in See zu stechen. Dazu muss man wissen, dass täglich wohl an die 100 Schiffe aus dem riesigen New Yorker Hafen in alle Himmelsrichtungen ausliefen. Aber Phileas Fogg erblickte fast ausschließlich Segler und die waren für seine Zwecke ungeeignet.

Schon sah es so aus, als sollte auch dieser letzte Versuch scheitern, da fiel sein Blick auf ein Handelsschiff, das in weniger als 200 Meter Entfernung nahe der Battery vor Anker lag. Aus dem Schornstein des elegant geschnittenen Schraubendampfers quollen dicke Dampfwolken, ein sicheres Zeichen, dass er zur Abfahrt bereit war.

Phileas Fogg rief ein Boot herbei und sprang hinein. Ein paar Ruderschläge genügten und schon konnte er über das Fallreep an Bord der *Henrietta* klettern.

Er sah jetzt, dass der Schiffsrumpf aus Eisen war, die Aufbauten aber aus Holz bestanden. Der Kapitän der *Henrietta* befand sich an Bord. Phileas Fogg ließ ihn rufen.

Der Kapitän, ein echter Seebär, mochte 50 Jahre alt sein. Nach seinem Äußeren zu urteilen, war er alles andere als ein umgänglicher Mensch. Hervorquellende Augen, kupferfarbene Haut, fuchsrotes Haar – nein, nicht gerade ein Mann von Welt.

»Herr Kapitän?«, begann Phileas Fogg.

»Der bin ich.«

»Darf ich mich vorstellen: Phileas Fogg aus London.«

»Andrew Speedy, geboren in Cardiff.«

»Sie wollen gerade abfahren?«

»In einer Stunde.«

»Und Ihr Ziel ist . . .?«

»Bordeaux.«

»Und Ihre Ladung?«

»Nichts als Klamotten im Bauch . . . Ballast . . . kein Frachtgut.«

»Haben Sie Passagiere?«
»Nein. Nein. Machen bloß Scherereien.«
»Ist das Schiff schnell?«
»Macht zwölf Knoten, die *Henrietta*. Hat guten Ruf.«
»Können Sie mich und drei weitere Personen nach Liverpool bringen?«
»Nach Liverpool? Warum nicht gleich nach China?«
»Ich sagte: Liverpool.«
»Nein. Ich mache jetzt die *Henrietta* für die Reise nach Bordeaux fertig . . . und ich fahre auch nach Bordeaux.«
»Um jeden Preis?«
»Um jeden Preis.«
Der Kapitän sagte das in einem Ton, der jede weitere Diskussion ausschloss.
Aber Phileas Fogg ließ sich nicht einschüchtern.
»Und was würden die Reeder der *Henrietta* dazu sagen?«
»Was heißt ›Reeder‹? Ich bin der Reeder. Das Schiff gehört mir.«
»Dann möchte ich es chartern.«
»Nein.«
»Ich kaufe es.«
»Nein.«
Phileas Fogg verzog keine Miene, obschon seine Lage düster aussah. New York war leider nicht Hongkong und der Kapitän der *Henrietta* leider auch nicht der Eigentümer der *Tankadère*. Bisher hatte das Geld alle Widerstände besiegt. Diesmal verfehlten die Banknoten ihre Wirkung.
Und doch musste irgendein Schiff für die Reise über den Atlantik aufgetrieben werden – wenn man nicht gerade einen Freiballon nehmen wollte, was doch allzu abenteuerlich und wohl auch undurchführbar war.
Dann aber schien Phileas Fogg einen guten Einfall zu haben, denn er sagte zum Kapitän: »Na schön, aber Sie würden mich doch nach Bordeaux mitnehmen?«
»Nein, nicht einmal für 200 Dollar.«
»Ich biete 2 000.«

»Pro Person?«
»Pro Person.«
»Sie sind vier?«
»Vier.«
Kapitän Speedy kratzte sich so heftig am Kopf, als wolle er die Haut abschrubben. 8 000 Dollar Verdienst, noch dazu, ohne die Reiseroute ändern zu müssen, dafür lohnte es sich schon einmal den Widerwillen gegen jede Sorte Passagiere zu unterdrücken. 2 000 Dollar pro Person – durfte man da überhaupt noch von Passagieren sprechen? Das war eher kostbare Fracht.
»Ich fahre um 9 Uhr ab«, sagte der Kapitän ohne weiteren Einwand, »und wenn Sie und Ihre Leute an Ort und Stelle sind . . .«
»Wir werden um 9 Uhr an Bord sein«, antwortete Mr Fogg ebenso bündig.
Es war jetzt 8.30 Uhr. Von Bord der *Henrietta* gehen, einen Wagen herbeirufen, zum *Saint-Nicholas*-Hotel zurückkehren und Mrs Aouda, Passepartout und den anhänglichen Fix abholen, dem er freundlicherweise die gemeinsame Weiterreise anbot – all das erledigte Mr Fogg mit jenem unerschütterlichen Gleichmut, der einen Gentleman in keiner Lebenslage verlässt.
Als die *Henrietta* die Anker lichtete, waren unsere vier Passagiere an Bord.
Nun erst erfuhr Passepartout den Fahrpreis für diese letzte Überfahrt. Wieder einmal stieß er einen seiner lang gezogenen Oh-Laute aus, die alle Töne der chromatischen Tonleiter in absteigender Linie einbezogen.
Inspektor Fix dagegen konstatierte wie schon so oft, dass die Bank von England nicht ungerupft aus der Diebstahlaffäre hervorgehen werde. Wenn dieser Fogg nicht noch ein paar Bündel Banknoten ins Meer streute, musste die berühmte Reisetasche bei der Ankunft in England um mehr als 7 000 Pfund leichter sein.

◆◆◆◆◆◆◆◆◆◆◆◆◆◆◆◆◆◆◆◆◆◆◆◆◆◆◆

Im dreiunddreißigsten Kapitel

◆

zeigt sich Phileas Fogg der schwierigen Lage vollkommen gewachsen

Eine Stunde nach der Abfahrt passierte die *Henrietta* das Leuchtschiff in der Hudson-Mündung, bog dann um die Landspitze von Sandy Hook und erreichte die offene See. Während der nächsten Stunden lief sie mit hoher Geschwindigkeit auf östlichem Kurs unter der Long-Island-Küste entlang, hielt sich aber jenseits des Fire-Island-Leuchtfeuers.

Am nächsten Tag, dem 13. Dezember, erschien zur Mittagsstunde ein Mann auf der kleinen Kommandobrücke und stellte die Position des Schiffes fest. Man sollte annehmen, dass es sich bei dieser Person um Kapitän Speedy handelte. Aber weit gefehlt! Dort oben stand kein anderer als Mr Fogg.

Kapitän Speedy dagegen saß in seiner eigenen Kabine hinter Schloss und Riegel und schrie und tobte so fürchterlich, dass ihn beinahe der Schlag traf – was verständlich wird, wenn man erfährt, was sich zuvor ereignet hatte.

Bekanntlich wollte Phileas Fogg nach Liverpool reisen und der Kapitän hatte sich geweigert ihn dorthin zu befördern. Deshalb hatte Mr Fogg zugestimmt die Fahrt nach Bordeaux anzutreten. Dreißig Stunden an Bord und ein Wink mit seinen Banknoten hatten jedoch ausgereicht die Besatzung auf seine Seite zu ziehen – zumal die Matrosen und Heizer ohnehin mit ihrem Kapitän auf schlechtem Fuß standen.

Nun wissen wir also, warum Phileas Fogg das Kommando auf der *Henrietta* übernommen hatte, während der Kapitän in seiner Kabine eingesperrt saß, und wir wundern uns auch nicht mehr, dass das Schiff auf Liverpool zusteuerte. Und noch eines wurde deutlich: Niemand, der Mr Fogg jetzt beobachtete, zweifelte daran, dass er es mit einem ehemaligen Seemann zu tun hatte.

Wie dieses neue Abenteuer ausging, werden wir noch erfahren. Jedenfalls wurde Mrs Aouda unaufhörlich von Ängsten geplagt, verlor aber kein Wort darüber. Fix war, wenigstens zu Anfang, höchst verdutzt und Passepartout fand diese neue Wendung der Dinge einfach großartig.

Kapitän Speedy hatte die Geschwindigkeit der *Henrietta* mit elf bis zwölf Knoten angegeben und das stimmte auch.

Wenn nun – immerhin gab es dieses »Wenn« –, wenn nun das Meer nicht zu unruhig wurde und der Wind nicht nach Osten umsprang, wenn das Schiff oder die Maschinen keinen Schaden erlitten, dann konnte die *Henrietta* durchaus in den neun Tagen zwischen dem 12. und dem 21. Dezember die 3 000 Meilen von New York nach Liverpool bewältigen. Allerdings durfte man gar nicht daran denken, was diese Seeräubergeschichte im Verein mit der Bankraubaffäre für Folgen haben würde, wenn Mr Fogg erst einmal in England an Land ging. Vielleicht musste er noch ein Stückchen weiter reisen, als er beabsichtigt hatte!

Während der ersten Tage verlief die Fahrt wunschgemäß. Der Wellengang war nicht zu heftig und der Wind blies mit schöner Stetigkeit aus Nordosten. Die Segel konnten gesetzt werden und mit ihren zwei Masten und der vollen Betakelung glitt die *Henrietta* wie ein echter Transatlantikfahrer über den Ozean.

Passepartout war entzückt über Mr Foggs neuesten Streich. Vor den möglichen Folgen machte er lieber noch die Augen zu und unterhielt stattdessen die Besatzung. Die Matrosen hatten noch nie einen derart lustigen, aber auch fixen Burschen gesehen. Er erwies ihnen tausend Gefälligkeiten und verblüffte sie mit seinen Kunststückchen, gab ihnen schmeichelhafte Namen und versorgte sie mit den herrlichsten Getränken. Wenn man Passepartouts Worten glauben wollte, so manövrierten die Matrosen wie Gentlemen, so schufteten die Heizer wie Helden. Seine

strahlende Laune übertrug sich auf die ganze Besatzung. Das Vergangene, all die bösen Zwischenfälle und Gefahren der Reise, war vergessen. Er dachte nur noch an das Ziel, das schon zum Greifen nahe war. Vor Ungeduld brach ihm manchmal der Schweiß aus den Poren, als brodelten die Heizkessel der *Henrietta* in seinem eigenen Leibe. Oft genug trieb er sich in der Nähe des Detektivs herum und bedachte ihn mit Blicken, die Bände sprachen; aber er schwieg beharrlich. Zwischen den ehemaligen guten Freunden gab es keine Vertraulichkeiten mehr.
Fix – das muss hier gesagt werden – begriff überhaupt nichts mehr. Die Eroberung der *Henrietta,* die Bestechung der Mannschaft, dieser Fogg, der das Schiff wie ein erfahrener Seemann lenkte – ihm schwirrte der Kopf! Und doch passte ein Gentleman, der 55 000 englische Pfund gestohlen hatte, nicht schlecht mit einem Kerl zusammen, der ein Schiff kaperte! Fix musste natürlich annehmen, dass der Pirat Fogg die *Henrietta* keineswegs nach Liverpool steuerte, sondern mit ihr in irgendeinen Winkel der Welt floh, wo er sich in Sicherheit wähnen konnte. Diese Vermutung war nahe liegend und der Detektiv bereute ernsthaft sich je mit dem Fall Fogg befasst zu haben.
Kapitän Speedy tobte noch immer in seiner Kabine und Passepartout, dem die Versorgung des Seebären übertragen war, entledigte sich seiner Aufgabe nur mit äußerster Vorsicht. Seinen Körperkräften allein wollte er lieber nicht vertrauen. Mr Fogg dagegen benahm sich, als gäbe es keinen Kapitän an Bord.
Am 13. passierte das Schiff den äußersten Zipfel der Neufundlandbank. Es befand sich jetzt in gefährlichen Gewässern. Besonders während der Wintermonate gibt es dort häufig Nebel und heftige Stürme. Schon am vorhergehenden Abend war das Barometer plötzlich gefallen und hatte eine kurz bevorstehende Wetterverschlechterung angekündigt. Während der Nacht war die Temperatur gesunken, die Kälte wurde immer unerträglicher und schließlich sprang auch noch der Wind nach Südosten um.
Das war Pech! Mr Fogg wollte um keinen Preis von seinem Kurs abweichen und musste daher die Segel reffen und die Dampfkessel noch mehr anheizen lassen. Dennoch fuhr das Schiff mit verminderter Ge-

schwindigkeit, denn die langen Wogen des aufgewühlten Meeres prallten jetzt gegen den Vordersteven des Dampfers. Die *Henrietta* schlingerte heftig und kam kaum noch vorwärts. Aus dem Sturm wurde allmählich ein Orkan und jedermann fürchtete, dass das Schiff kentern werde. Sollte man aber in ruhigere Gewässer ausweichen? Dann befand man sich in unbekannter Gegend, wo vielleicht neue Gefahren lauerten.

Passepartouts Miene verdüsterte sich im selben Maße wie der Himmel. Zwei Tage lang schwebte er in Todesängsten. Aber Phileas Fogg war ein kühner Seefahrer, der mutig dem Meer trotzte und keinen Deut vom Kurs abwich. Die Maschine durfte nicht einmal gedrosselt werden. Waren die Wellenberge zu hoch, fuhr er eben mitten hindurch. Immer wieder wurde das Deck unter Wasser gesetzt, aber es hielt stand. Wenn eine besonders hohe Woge das Heck des Dampfers in die Höhe hob, ragte sogar die Schiffsschraube in die Luft und ihre Flügel drehten sich in wildem Leerlauf, aber die *Henrietta* fuhr weiter. Glücklicherweise wurde der Sturm nicht ganz so heftig, wie man zuerst befürchten musste. Es war keiner jener Orkane, die mit einer Geschwindigkeit von 90 Meilen in der Stunde daherbrausen. Dafür blies er aber hartnäckig immer aus derselben südöstlichen Richtung, sodass die Segel nicht wieder gesetzt werden konnten. Und doch wäre nichts nötiger gewesen, als die Dampfkraft zu unterstützen – weshalb, werden wir später noch erfahren.

Der 16. Dezember war der 75. Tag nach der Abreise aus London. Genau betrachtet, hatte die *Henrietta* noch nicht viel Zeit eingebüßt. Die Hälfte der Strecke nach Liverpool und vor allen Dingen die gefährlichsten Gewässer lagen bereits hinter ihr. Zur Sommerzeit hätte man jetzt schon mit einem glücklichen Ausgang der Fahrt rechnen dürfen. Im Winter war man aber der Gnade der Witterung ausgeliefert. Passepartout hielt vorsichtshalber den Mund; aber er hatte wieder Hoffnung geschöpft. Wenn der Wind so widrig blieb, musste man es eben mit der Dampfkraft schaffen.

Ausgerechnet an diesem Tage erschien der Maschinist an Deck und suchte Mr Fogg. Die beiden Männer unterhielten sich lebhaft.

Passepartout überfiel leichte Unruhe, ohne dass er genau sagen konnte, warum. Er war bereit eines seiner Ohren zu opfern, wenn er mit dem anderen hätte anhören dürfen, was die Männer zu besprechen hatten. Immerhin fing er ein paar Gesprächsfetzen auf. Einmal sagte Mr Fogg: »Und was Sie da behaupten, stimmt wirklich?«

Und der Maschinist antwortete: »Aber natürlich, mein Herr. Sie dürfen nicht vergessen, dass wir seit der Abfahrt unter Volldampf stehen! Wir hatten wohl genug Feuerung aufgenommen, um bei halbem Dampf bis nach Bordeaux zu kommen; aber für Volldampf von New York bis nach Liverpool reicht die Kohle nicht.«

»Ich werde mir die Sache durch den Kopf gehen lassen«, entgegnete Mr Fogg.

Passepartout verstand. Die Feuerung ging zu Ende. Seine Angst wuchs ins Ungeheure.

Wenn mein Herr auch noch mit dieser Schwierigkeit fertig wird, ist er ein Übermensch, dachte er.

Dann begegnete er Fix. Diesmal konnte er sich nicht enthalten den Detektiv über den Stand der Dinge aufzuklären.

»Sie glauben wohl, wir seien auf den Weg nach Liverpool?«, fragte Fix bissig.

»Vielleicht nicht?«

»Dummkopf!«, sagte der Detektiv, zuckte die Achseln und wendete sich ab.

Passepartout wollte sich zunächst über diese Beschimpfung empören, zumal er nicht verstand, warum seine Bemerkung dumm gewesen sein sollte. Doch sagte er sich, dass der unglückselige Fix vielleicht nur aus Enttäuschung so unhöflich war. Nach dieser nutzlosen Reise um den ganzen Erdball fühlte er sich gewiss schwer verletzt in seiner Eigenliebe. Nein, Passepartout verzichtete großmütig auf eine Entgegnung.

Und was würde Phileas Fogg nun unternehmen? Die Phantasie reichte nicht aus sich Mr Foggs Gedankengänge vorzustellen. Und doch schien der phlegmatische Gentleman bereits einen Plan zu entwickeln.

Am Abend ließ er jedenfalls den Maschinisten rufen und sagte: »Geben Sie noch einmal Volldampf, bis die Feuerung aufgebraucht ist, und holen Sie aus dem Dampfer das Letzte heraus!«

Wenige Augenblicke später quollen gewaltige Dampfwolken aus dem Schornstein der *Henrietta.*

Das Schiff hatte wieder seine Höchstgeschwindigkeit erreicht. Doch der Maschinist behielt Recht: Zwei Tage später, also im Laufe des 8. Dezember, ging der Kohlenvorrat endgültig zu Ende.

»Auf keinen Fall das Feuer ausgehen lassen! Die Ventile so weit wie möglich schließen!«, befahl Mr Fogg.

Am Mittag desselben Tages stellte er die Position des Schiffes fest und beauftragte Passepartout Kapitän Speedy herauszuholen. Der Diener hatte das Gefühl, er solle einen Tiger losketten. Während er zur Kapitänskajüte hinunterstieg, flüsterte er vor sich hin:

»Wie wird der Kerl toben!«

Und wirklich schien wenige Augenblicke später mit großem Getöse eine Bombe auf dem Deck niederzugehen. Die Bombe war Kapitän Speedy und es stand zu befürchten, dass er gleich explodieren werde.

»Wo sind wir?«, schrie er zwischen zwei Tobsuchtsanfällen, denen er mit Sicherheit erlegen wäre, hätte er mehr Neigung zum Schlagfluss gezeigt.

»Wo sind wir?«, keuchte er noch einmal.

»770 Meilen vor Liverpool«, antwortete Mr Fogg mit unerschütterlicher Ruhe.

»Pirat!«, brüllte Andrew Speedy.

»Herr Kapitän, ich habe Sie holen lassen, um . . .«

»Seeräubergesindel!«

». . . um Ihnen das Schiff abzukaufen«, fuhr Phileas Fogg fort.

»Nein, bei allen Teufeln, nein!«

»Das ist notwendig, weil ich es verbrennen muss.«

»Mein Schiff verbrennen!«

»Ja, wenigstens die Aufbauten. Wir haben keine Feuerung mehr.«

»Mein Schiff verbrennen!«, heulte Kapitän Speedy wieder auf. Er bekam die Worte kaum noch richtig heraus. »Ein Schiff im Werte von 50 000 Dollar!«

»Hier sind 60 000«, sagte Phileas Fogg und wedelte vor der Nase des Kapitäns mit einem Bündel Banknoten.

Die Wirkung der Geldscheine war umwerfend. Welcher Amerikaner kann schon den Anblick so vieler Banknoten ertragen, ohne nicht ein bisschen Herzklopfen zu spüren! Andrew Speedys Wut verrauchte jedenfalls im Nu. Vergessen war die schmachvolle Haft, vergessen war sein Zorn über Mr Fogg. Das Schiff war immerhin schon zwanzig Jahre alt und jetzt sollte es noch zu einer Goldgrube werden! Die Bombe kam nicht mehr zur Explosion. Phileas Fogg hatte den Zünder herausgerissen.

»Und der eiserne Rumpf bleibt mein Eigentum?«, fragte der Kapitän unerwartet sanftmütig.

»Der eiserne Rumpf und die Maschine. Einverstanden?«

»Einverstanden.«

Andrew Speedy griff nach dem Bündel Banknoten, zählte die Scheine nach und stopfte sie in die Hosentasche.

Während dieser Szene war Passepartout kreidebleich geworden. Und noch jemand traf bald der Schlag. Fix errechnete, dass jetzt fast 20 000 Pfund verloren waren. Zwar belief sich die Diebessumme in der Bank von England auf 55 000 Pfund, aber musste dieser Kerl dem Kapitän auch noch den ganzen Schiffsrumpf und die Maschine überlassen!

Als Andrew Speedy das Geld verstaut hatte, sagte Mr Fogg: »Mein Verhalten kommt Ihnen sicher höchst seltsam vor und ich möchte Ihnen die Sache erklären. Sehen Sie, wenn ich nicht bis zum 21. Dezember um 8.45 Uhr abends in London eintreffe, verliere ich 20 000 Pfund. Wie Sie wissen, hatte ich das Postschiff in New York verpasst, und da Sie sich weigerten mich nach Liverpool zu bringen . . .«

». . . woran ich, bei allen Teufeln der Hölle, gut getan habe!«, brüllte Andrew Speedy begeistert dazwischen. »Die Weigerung bringt mir wenigstens 40 000 Dollar ein.«

Und ein wenig leiser fügte er hinzu: »Soll ich Ihnen mal eines verraten, Kapitän . . .?«

»Fogg.«

». . . Kapitän Fogg, Sie sind ein echter Yankee!«

Nachdem er seinen Passagier solchermaßen geehrt hatte – er hielt diese Bezeichnung für ein großes Kompliment! –, schickte er sich an davonzustapfen. Aber Phileas Fogg wollte sichergehen und fragte noch einmal: »Das Schiff gehört jetzt mir?«

»Gewiss. Jedenfalls alle Holzteile vom Kiel bis zu den Mastspitzen.«
»Gut. Dann geben Sie sofort Befehl die ganze Innenausstattung zu zerhacken und zu verfeuern.«
Man kann sich wohl vorstellen, welch ungeheure Mengen von diesem trockenen Holz gebraucht wurden, um genügend Dampfdruck zu erzeugen. Am gleichen Tage noch wurden die Deckkajüte, die Kojen, die Kabinen, sämtliche Mannschaftsunterkünfte und die Hilfsbrücke verheizt. Am nächsten Tag, dem 19. Dezember, kamen die Masten und Rahen an die Reihe. Die Stangen wurden umgelegt und mit Äxten zerhackt. Die gesamte Mannschaft schuftete bis zum Umfallen und auch Passepartout zerhieb, zerhackte und zersägte, was ihm unter die Finger kam. Er leistete allein die Arbeit von zehn Mann. Es sah aus, als sei jedermann von Zerstörungswut ergriffen.
Am 20. Dezember wanderten das Schanzkleid, die Behänge und was sonst noch vom Oberteil des Schiffes übrig war mit dem größten Teil des Decks in die Heizkessel. Die *Henrietta* glich jetzt allenfalls noch einem kahlen Ponton.
An diesem Tage kam die irische Küste mit dem Leuchtfeuer von Fastnet in Sicht. Aber um 10 Uhr abends lag das Schiff immer noch auf der Höhe von Queenstown. Phileas Fogg blieben keine 24 Stunden mehr, wenn er noch rechtzeitig in London eintreffen wollte. Genauso lang aber würde die *Henrietta* schon für die Reststrecke bis nach Liverpool brauchen – vorausgesetzt, sie stünde unter Volldampf. Und davon konnte keine Rede mehr sein.
Kapitän Speedy hatte bereits das Interesse an Mr Foggs Kampf mit der Zeit verloren.
»Sie tun mir Leid«, sagte er, »aber alles steht gegen Sie. Wir sind erst vor Queenstown.«
»So? Das dort drüben sind die Lichter von Queenstown?«, fragte Mr Fogg.
»Ja.«
»Können wir den Hafen anlaufen?«
»Nicht vor 3 Uhr. Wir müssen die Flut abwarten.«
»Dann warten wir eben«, sagte Mr Fogg seelenruhig. Nichts in seinem

Mienenspiel verriet, dass er soeben einen Entschluss gefasst hatte, mit dem er dem widrigen Schicksal noch einmal trotzen wollte.
In Queenstown, einem westirischen Hafen, machen die Schiffe aus Amerika Zwischenstation und laden die Postsäcke ab. Zum Weitertransport der Säcke stehen ständig Eilzüge nach Dublin bereit. Von Dublin geht die Post dann wieder mit sehr schnellen Schiffen weiter nach Liverpool. Auf diese Weise kommen Briefe und Pakete noch zwölf Stunden vor den schnellsten Ozeandampfern in England an.
Und diese zwölf Stunden gedachte Phileas Fogg ebenfalls zu gewinnen. Er würde nicht erst am folgenden Abend mit der *Henrietta* in Liverpool eintreffen, sondern bereits mittags dort sein. Dann bliebe ihm genügend Zeit, um London noch vor 8.45 Uhr abends zu erreichen.
Gegen 1 Uhr morgens gelangte die *Henrietta* mit der Flut in den Hafen von Queenstown. Kapitan Speedy schüttelte Mr Fogg kräftig die Hand und blieb dann auf dem kahlen Rumpf seines Schiffes zurück, das immerhin noch die Hälfte seines Verkaufspreises wert war.
Die Passagiere gingen eilig von Bord. Fix gelüstete es heftig diesem Fogg endlich den Haftbefehl unter die Nase zu halten. Aber er unterließ es. Warum wohl? Was ging in ihm vor? Hatte er endlich eingesehen, dass er auf der falschen Fährte gewesen war? Wie dem auch sei, der Inspektor unternahm nichts, blieb aber Mr Fogg auf den Fersen und stieg mit ihm, Mrs Aouda und Passepartout, der sich nicht einmal zum Luftholen Zeit nehmen wollte, in den Zug nach Dublin. Der Zug fuhr um halb 2 Uhr nachts in Queenstown ab und erreichte Dublin bei Morgengrauen. Dort gingen die Reisenden sogleich an Bord eines jener modernen Dampfer, die aus nichts als Stahl und Maschinen zu bestehen scheinen und ihre Überfahrt völlig unabhängig vom Wellengang machen können.
Am 21. Dezember stand Phileas Fogg 20 Minuten vor 12 Uhr mittags auf dem Kai von Liverpool. Noch sechs Stunden, und er war in London!
Da trat Fix an ihn heran, legte ihm die Hand auf die Schulter, zog den Haftbefehl aus der Tasche und sagte: »Sie sind Phileas Fogg?«
»Ja, natürlich.«
»Im Namen der Königin: Sie sind verhaftet!«

Im vierunddreißigsten Kapitel

hat Passepartout Gelegenheit ein nicht sehr elegantes Wortspiel seiner eigenen Erfindung anzuwenden

Phileas Fogg saß gefangen im Custom-House, dem Zollamt von Liverpool. Dort sollte er den Tag und die folgende Nacht bis zu seinem Abtransport nach London verbringen.

Im Augenblick der Verhaftung hatte sich Passepartout auf den Detektiv stürzen wollen, aber er wurde von einigen Polizisten zurückgerissen. Die nichts ahnende Mrs Aouda war zu Tode erschrocken. Sie begriff überhaupt nichts und Passepartout musste ihr die Sachlage erklären. Wie? Mr Fogg, dieser noble, mutige Gentleman, dem sie das Leben verdankte, wurde wegen Diebstahls verhaftet? Nein, diese Unterstellung war einfach falsch! Sie empörte sich in tiefster Seele gegen die Behauptung des Detektivs. Als sie einsah, dass sie nichts unternehmen konnte, um ihren Retter zu retten, traten ihr Tränen in die Augen.

Und Fix? Nun, der hatte nur seine Pflicht getan und den Gentleman verhaftet. Ob zu Recht oder Unrecht, musste der Richter herausfinden.

Ein schrecklicher Gedanke durchzuckte Passepartout: Er selbst war schuld an diesem schrecklichen Unglück! Warum auch hatte er Mr Fogg den Verdacht des Polizeiinspektors verschwiegen! Als ihn Mr Fix in seine Rolle und in seinen Auftrag einweihte, musste er da nicht seinen Herrn warnen? Sicher wäre es Mr Fogg leicht gefallen seine Unschuld zu beweisen, und auf keinen Fall hätte er diesen Polizeimenschen mit so viel Unkosten um die halbe Welt mitgeschleppt, damit der Kerl ihn verhaften ließ, sobald er den Boden des Vereinigten Königreiches betreten hatte! Je mehr Passepartout über seine Unterlassungssünden nachdachte, desto elender fühlte er sich. Die Tränen rannen ihm nun über die Backen; am liebsten hätte er sich umgebracht.

Mrs Aouda und Passepartout harrten trotz der Kälte im säulengeschmückten Eingangsportal des Zollgebäudes aus. Keiner von beiden wich von der Stelle. Sie wollten unbedingt noch einmal mit Mr Fogg sprechen.

Für unseren Gentleman war das Spiel nun endgültig verloren. Diese Erkenntnis war umso bitterer, als er unmittelbar vor dem Ziel stand. Aber die in der Haft verlorenen Stunden waren durch nichts mehr wettzumachen. Er war schon 20 Minuten vor 12 Uhr mittags in Liverpool eingetroffen und hätte nicht weniger als neun Stunden und fünf Minuten gehabt, um pünktlich im Reform Club zu erscheinen – wo doch bereits sechs Stunden für die Strecke Liverpool–London gereicht hätten!

Wer in diesen Stunden in Mr Foggs Gefängnis eingedrungen wäre, hätte sich einem vollkommen reglosen Mann gegenübergesehen, der ohne die geringsten Anzeichen von Empörung still auf einem Holzbänkchen saß. Resignierte er? Nach seinem Gesichtsausdruck ließ sich jedenfalls nicht sagen, ob ihn dieser letzte Schlag um die Fassung gebracht hatte. Vielleicht sammelte sich in seiner Seele eine stille unterdrückte Wut, die im passenden Moment furchtbar ausbrechen würde. Im Augenblick aber verhielt er sich ganz still und wartete ... worauf wohl? Hegte er doch noch eine schwache Hoffnung rechtzeitig ans Ziel zu gelangen? Glaubte er immer noch an seinen Erfolg, als sich die Gefängnistür hinter ihm schloss?

Wir werden es nicht erraten, sondern können lediglich feststellen, dass Mr Fogg seine Taschenuhr auf ein Tischchen gelegt hatte und das Vorrücken der Zeiger beobachtete.

Kein Laut kam über seine Lippen, nur sein Blick war unheimlich starr.

Die Lage war jedenfalls düster und erlaubte einem Nichteingeweihten nur zwei Schlüsse:
Entweder war Phileas Fogg ein Ehrenmann – und ruiniert, oder er war der gesuchte Gauner – und saß in der Falle.
Vielleicht hoffte Phileas Fogg fliehen zu können. Suchte er nicht schon nach einer Möglichkeit zur Flucht? Fast sah es so aus, denn er begann den Raum abzuschreiten. Doch die Tür war fest verschlossen und das Fenster vergittert. Er setzte sich wieder hin und zog seinen Reiseplan aus der Brieftasche. Zu den Worten »Sonnabend, 21. Dezember, Liverpool« schrieb er »80. Tag, 11.40 Uhr vormittags . . .«
Dann wartete er weiter.
Schließlich schlug die Uhr des Zollamtes eins. Mr Fogg musste feststellen, dass seine Taschenuhr – wenigstens im Vergleich mit der Uhr von Custom-House – um zwei Minuten vorging.
2 Uhr! Wenn er in diesem Augenblick einen Schnellzug besteigen könnte, käme er noch immer zur rechten Zeit im Reform Club an. Auf Mr Foggs Stirn erschienen leichte Falten.
Um 2.33 Uhr hörte er draußen Lärm, das Geräusch sich öffnender Türen. Dann vernahm er Passepartouts Stimme und schließlich auch die des Detektivs.
Einen Moment lang funkelte es gefährlich in Mr Foggs Augen.
Die Tür zu seinem Gefängnis ging auf und herein stürzten Mrs Aouda, Passepartout und Fix.
Der Detektiv war außer Atem. Die Haare hingen ihm wirr ins Gesicht und er brachte zunächst kein Wort heraus.
Endlich stammelte er:
»Mein Herr, ich . . . ich bitte um Vergebung . . ., eine bedauerliche Verwechslung . . ., der Dieb wurde vor drei Tagen gefasst . . .! Sie sind . . . frei!«
Phileas Fogg war frei! Er ging auf den Detektiv zu, sah ihm ganz ruhig in die Augen, machte zum ersten und letzten Male in seinem Leben eine rasche Armbewegung und ließ beide Fäuste mit der Präzision eines Roboters auf den unglückseligen Fix niedersausen.

»Gut getroffen!«, brüllte Passepartout und erfand gleich noch ein Wortspiel, das eines Franzosen würdig war:
»Donnerschock! Welch eine hübsche Applikation der ›Poings d'Angleterre‹*!«
Fix sagte kein Wort und stürzte längelang zu Boden. Er hatte seinen Lohn empfangen. Mr Fogg, Mrs Aouda und Passepartout hielten sich nicht länger im Zollamt auf. Sie sprangen in eine Droschke und waren schon wenige Minuten später am Bahnhof von Liverpool.
Phileas Fogg erkundigte sich sofort, ob etwa gerade ein Schnellzug nach London abgehe.
Es war 2.40 Uhr. Der Express hatte Liverpool vor 35 Minuten verlassen. Phileas Fogg verlangte einen Sonderzug.
Mehrere schnelle Lokomotiven standen fahrbereit in der Station. Aber die Rücksicht auf die Fahrpläne erlaubte die Abreise des nächsten Zuges erst um 3 Uhr.
Und um Punkt 3 Uhr konnte Phileas Fogg endlich in Begleitung der jungen Dame und seines treuen Dieners die Reise nach London antreten. Der Diensteifer des Lokomotivführers war, wie üblich, durch die Aussetzung einer Prämie beflügelt worden.
Für die Strecke von Liverpool nach London standen nur fünf und eine halbe Stunde zur Verfügung, was bei vollkommen freier Strecke ausgereicht hätte. Aber es gab immer wieder Aufenthalte, und als die Reisenden endlich in London auf dem Bahnsteig standen, war es auf allen Uhren der Hauptstadt zehn Minuten vor 9 Uhr.
Phileas Fogg beendete seine Reise um die Erde mit fünf Minuten Verspätung!
Er hatte die Wette verloren.

---

* Französisches Wortspiel mit »des points d'Angleterre« = englische Spitzengewebe und »des poings d'Angleterre« = englische Fäuste. (Der Übersetzer)

Im fünfunddreißigsten Kapitel

erledigt Passepartout einen Auftrag seines Herrn mit bemerkenswerter Geschwindigkeit

Auch nach Mr Foggs Rückkehr blieben die Türen und Fenster der Nr. 7 in der Savile Row verschlossen. Kein Nachbar hätte geglaubt, dass unser Gentleman wieder zu Hause wäre. Der Nr. 7 war jedenfalls keinerlei Veränderung anzumerken.

Am vorangehenden Abend hatte Phileas Fogg Passepartout gleich vom Bahnhof aus fortgeschickt, um einige Einkäufe zu machen, und war mit Mrs Aouda nach Hause gefahren.

Er ertrug sein Schicksal übrigens mit gewohnter Gleichgültigkeit. Ruiniert! Und dieser unglückselige Polizeibeamte war schuld daran! Unbeirrt hatte er die schier endlose Reisestrecke hinter sich gebracht, tausend Hindernisse überwunden und zahlreiche gefährliche Situationen gemeistert, ja, selbst noch Zeit gefunden ein paar großmütige Taten zu vollbringen und jetzt, unmittelbar vor dem Ziel, brachte ein grausamer Zufall, den er nicht vorausberechnen konnte und dem er hilflos ausgeliefert war, das ganze Unternehmen zum Scheitern. Das war zu viel.

Von der beträchtlichen Geldsumme, die Phileas Fogg mit auf die Reise genommen hatte, war nur ein unbedeutender Rest übrig geblieben. Sein gesamtes Vermögen bestand noch in den 20 000 Pfund Sterling, die bei den Gebrüdern Baring deponiert waren, und diese Summe gehörte genau genommen schon seinen Club-Brüdern. Nach den großen Ausgaben, die sich während der Reise ergeben hatten, wäre Mr Fogg durch die gewonnene Wette ohnehin nicht reich geworden – was aber auch kaum in seiner Absicht gelegen hatte; denn er gehörte zu jenen Leuten, die um der Ehre willen wetteten. Wie dem auch sei: Er stand vor dem Ruin – und wusste, was ein Gentleman in solch einer Situation zu tun hat.

Mrs Aouda bewohnte ein Zimmer in Mr Foggs Haus.

Die junge Frau war verzweifelt; denn aus einigen Andeutungen ihres Gastgebers musste sie schließen, dass er etwas Furchtbares plante.

Bekanntlich sind gewisse verschrobene Engländer unter dem Einfluss einer fixen Idee zu bedauerlichen Exzessen fähig. Passepartout teilte Mrs Aoudas Befürchtungen, ließ sich aber nichts anmerken und bewachte seinen Herrn unauffällig.

Die allererste Handlung des treuen Burschen hatte allerdings darin bestanden, in sein Zimmer zu laufen und die Gasheizung abzustellen. Seit 80 Tagen brannte die Flamme! Die Rechnung der Gaswerke war auch schon eingetroffen und Passepartout fand, es sei allerhöchste Zeit diese Unkosten zu unterbinden, denn er war selbst für ihre Begleichung verantwortlich.

Die Nacht verging. Mr Fogg war zu Bett gegangen, aber schlief er wirklich? Mrs Aouda tat natürlich kein Auge zu und Passepartout wachte wie ein treuer Hund vor der Tür zum Zimmer seines Herrn.

Am Morgen rief Mr Fogg den Diener zu sich und gab ihm in sehr knappen Worten Anweisungen für Mrs Aoudas Frühstück zu sorgen. Er selbst wollte sich mit einer Tasse Tee und einer Scheibe Toast begnügen. Leider könnte er Mrs Aouda weder beim Frühstück noch beim Mittagessen Gesellschaft leisten; er müsse dringend seine Angelegenheiten in Ordnung bringen. Nein, er wolle auch nicht ausgehen. Er bäte lediglich darum, gegen Abend ein paar Minuten mit Mrs Aouda sprechen zu dürfen.

Passepartout kannte nun das Tagesprogramm. Er hatte nur noch die einzelnen Punkte auszuführen. Er fand, dass sein Herr noch immer so unheimlich ruhig aussähe, und konnte sich nicht entschließen das Zimmer zu verlassen. Sein Herz war schwer, seine Seele wurde von Gewissensbissen geplagt, denn mehr als je zuvor suchte er die Schuld für das nicht mehr gutzumachende Unheil bei seiner Person. Ja, und nochmals ja! Er hätte Mr Fogg warnen und die Pläne des Detektivs aufdecken müssen. Niemals wäre dieser Fix dann in Mr Foggs Begleitung nach Liverpool gelangt!

Passepartout konnte nicht mehr an sich halten.

»Gnädiger Herr! Mister Fogg!«, heulte er. »Verdammen Sie mich! Ich allein bin schuld, dass . . .«

»Ich beschuldige niemanden«, sagte Mr Fogg vollkommen ruhig. »Gehen Sie jetzt.«

Passepartout verließ das Zimmer und richtete Mrs Aouda die Wünsche seines Herrn aus. Dann fügte er hinzu: »Gnädige Frau, ich bin leider völlig machtlos. Ich habe nicht den geringsten Einfluss auf Mister Foggs Handlungen. Aber Sie könnten doch vielleicht . . .«

»Was kann ich schon ausrichten«, sagte Mrs Aouda. »Mister Fogg beugt sich niemandem. Hat er jemals bemerkt, wie groß meine Dankbarkeit ihm gegenüber ist? Hat er auch nur einmal versucht in meiner Seele zu lesen? Mein Freund, lassen Sie ihn nicht aus den Augen, nicht einen Moment! Sie sagten, er wolle mich heute Abend aufsuchen?«

»Ja, gnädige Frau. Offenbar will er mit Ihnen über Ihren Verbleib hier in England sprechen.«

»Warten wir also ab«, sagte die junge Frau. Sie war nachdenklich geworden.

Den ganzen Sonntag über machte die Nr. 7 der Savile Row den Eindruck eines unbewohnten Hauses. Zum ersten Mal, seitdem er hier wohnte, begab sich Phileas Fogg nicht in seinen Club, als die Uhr am *Big Ben* halb zwölf schlug.

Warum sollte er auch in den Club gehen? Seine Kollegen dort erwarteten ihn ohnehin nicht mehr. Er war am vorangegangenen Abend, jenem fatalen 21. Dezember, nicht um 8.45 Uhr in ihrer Mitte aufgetaucht und damit war die Wette verloren. Er brauchte nicht einmal zu seinem Bankhaus zu gehen, um die verwetteten 20 000 Pfund abzuheben. Seine Wettpartner hielten ja den von ihm unterzeichneten Scheck bereits in Händen. Es bedurfte nur einer kurzen schriftlichen Mitteilung an die Gebrüder Baring und die Herren waren im Besitz des Geldes.

Mr Fogg hatte also keinen Grund auszugehen und er ging auch nicht aus. Er vergrub sich in seinem Zimmer und brachte seine Papiere in Ordnung. Währenddessen lief Passepartout unaufhörlich die Treppe hinauf und hinab. Die Zeit wollte nicht vergehen. Manchmal lauschte er an Mr Foggs Zimmertür und hatte dabei nicht die geringsten Gewissensbisse. Er schaute sogar durchs Schlüsselloch und durfte sich dazu berechtigt fühlen; denn nach wie vor befürchtete er in jedem Augenblick ein schreckliches Unglück. Gelegentlich fiel ihm Fix ein. Aber er hatte seine Meinung über den Polizeibeamten geändert. Er grollte ihm nicht länger. Wie jedermann, so hatte sich auch Fix in Mr Fogg getäuscht, und als er ihn verfolgte und verhaftete, war er nur seiner Dienstpflicht nachgekommen. Er selbst dagegen . . . das Gefühl für seine Schuld wollte ihn schier erdrücken und er hielt sich für den Elendsten der Elenden.

Schließlich konnte er mit seiner Trübsal nicht länger allein bleiben. Er klopfte an Mrs Aoudas Zimmertür, trat ein, setzte sich schweigend in eine Ecke und starrte die junge Frau an, die immer noch ein bestimmter Gedanke zu beschäftigen schien.

Gegen halb 8 Uhr abends ließ Mr Fogg anfragen, ob er Mrs Aouda seine Aufwartung machen dürfe. Wenige Augenblicke später stand er in ihrem Zimmer.

Er ergriff einen Stuhl und nahm neben Mrs Aouda am Kamin Platz. Aus seinem Gesicht waren keinerlei Gefühlsregungen abzulesen. Der heimgekehrte Fogg glich haargenau dem Fogg des Abreisetages. Dieselbe Selbstbeherrschung, dieselbe Reglosigkeit!

Fünf Minuten lang sprach er kein einziges Wort. Dann richtete er den Blick auf Mrs Aouda und sagte: »Gnädige Frau, verzeihen Sie mir, dass ich Sie nach England mitgenommen habe?«

»Ich bitte Sie, Mister Fogg!«, erwiderte Mrs Aouda. Sie musste ihr wildes Herzklopfen gewaltsam unterdrücken.

»Haben Sie die Güte mich weiter anzuhören«, fuhr Mr Fogg fort. »Als ich Sie aus Ihrer Heimat entführte, die Ihnen so gefährlich geworden war, durfte ich mich für einen reichen Mann halten. Ich beabsichtigte Ihnen einen Teil meines Vermögens zur Verfügung zu stellen. Sie hätten hier sorgenfrei leben können. Jetzt bin ich ruiniert.«

»Ich weiß, Mister Fogg«, antwortete die junge Frau. »Und ich möchte Sie nun meinerseits um Verzeihung bitten, dass ich Ihnen zur Last gefallen bin und vielleicht zu Ihrer Verspätung und Ihrem Ruin beigetragen habe.«

»Sie konnten nicht in Indien bleiben, gnädige Frau, und Ihre Sicherheit war erst gewährleistet, als Sie dem Zugriff jener religiösen Fanatiker endgültig entzogen waren.«

»Sie wollten sich also nicht mit meiner Errettung vor einem schrecklichen Tode begnügen, sondern auch noch für meinen Unterhalt im Ausland Sorge tragen?«

»Das war meine Absicht, gnädige Frau. Aber die Verhältnisse haben sich geändert. Ich kann Sie nur noch bitten über das wenige, das mir bleibt, nach Belieben zu verfügen.«

»Und Sie, Mister Fogg, wovon wollen Sie leben?«

»Ich brauche nichts, gnädige Frau«, sagte Mr Fogg kühl.

»Was werden Sie unternehmen?«

»Was unumgänglich ist.«

»Aber ein Ehrenmann wie Sie darf doch nicht dem Unglück anheim fallen«, begann Mrs Aouda wieder. »Ihre Freunde . . .«

»Ich habe keine Freunde, gnädige Frau.«

»Und Ihre Angehörigen . . .?«

»Ich habe keine Angehörigen mehr.«

»Ich bedauere Sie, Mister Fogg. Ganz allein dazustehen! Niemanden zu haben, dem Sie das Herz ausschütten können! Es heißt nicht umsonst, dass sich das Unglück zu zweit leichter erträgt.«

»Das wird behauptet, gnädige Frau.«

Da erhob sich Mrs Aouda, streckte ihrem Gastgeber die Hand entgegen und sagte: »Darf ich Ihnen Verwandte und Freundin zugleich sein, Mister Fogg? Wollen Sie mich heiraten?«

Bei ihren Worten hatte sich auch Mr Fogg erhoben. In seine Augen trat ein seltsamer Schimmer und seine Lippen schienen zu zittern. Mrs Aouda schaute ihn unverwandt an. Phileas Fogg war zuerst erstaunt und dann gerührt von der Ehrlichkeit, der ungezwungenen Offenheit und dem unerschrockenen und zugleich unendlich sanften Blick der jungen Frau. Sie setzte also alles aufs Spiel, um den Mann zu erretten, dem sie das Leben verdankte! Einen kurzen Augenblick lang schloss er überwältigt die Augen, als wolle er die junge Frau nicht länger in seiner Seele lesen lassen. Dann blickte er Mrs Aouda wieder an und sagte schlicht

»Ich liebe Sie. Bei allem, was mir heilig ist . . ., ich liebe Sie und bin der Ihre.«

»Ach!«, seufzte Mrs Aouda und presste die Hand aufs Herz.

Passepartout wurde gerufen und ließ nicht lange auf sich warten. Bei seinem Eintritt in das Zimmer standen Mr Fogg und Mrs Aouda noch immer Hand in Hand da. Der Diener verstand. Sein breites Gesicht strahlte wie die mittägliche Tropensonne.

Mr Fogg fragte ihn, ob er wohl trotz der späten Abendstunde noch den Pfarrer Samuel Wilson von der Saint-Marylebone-Gemeinde aufsuchen könne.

Der Diener antwortete mit seinem schönsten Lächeln:

»Dafür ist es nie zu spät!«

In diesem Augenblick war es fünf Minuten nach 8 Uhr.

»Das wäre dann also für morgen, Montag«, sagte Passepartout rasch.

»Ist es recht so, morgen, Montag?«, sagte Mr Fogg und schaute die junge Frau fragend an.

»Ja, gewiss, morgen, Montag«, sagte Mrs Aouda.

Passepartout schoss blitzschnell aus dem Hause.

Im sechsunddreißigsten Kapitel

ist ein neuerliches Ansteigen der Aktie »Fogg« zu verzeichnen

An dieser Stelle müssen wir den Meinungsumschwung erwähnen, der sich in der Öffentlichkeit des gesamten Vereinigten Königreiches vollzogen hatte, als die Verhaftung des tatsächlichen Bankräubers – eines gewissen James Strand – am 17. Dezember in Edinburgh vorgenommen wurde.

Bis zu diesem Datum hatte Phileas Fogg als Verbrecher gegolten, den die Polizei hartnäckig verfolgte. Seit drei Tagen nun war er wieder der Ehrenmann, der seine verrückte Reise um die Erde mit mathematischer Genauigkeit ausführte.

Das gab ein Geschrei in den Zeitungen! Wie durch Zauberhand herbeigeholt, erschienen auch gleich wieder die Wetter auf der Bildfläche. Alle schon in Vergessenheit geratenen Geschäfte um das Papier »Phileas Fogg« lebten noch einmal auf und die Wetteinsätze schnellten in die Höhe. Der Name »Fogg« galt wieder etwas an der Börse. Die fünf Club-Kollegen unseres Gentlemans hatten die letzten drei Tage in leichter Unruhe verbracht. Phileas Fogg, den sie schon fast vergessen hatten, sollte also wieder auftauchen! Wo mochte er sich zur Stunde befinden? Am 17. Dezember, dem Tag der Gefangennahme des James Strand, war er schon 76 Tage unterwegs und noch immer hatte man nicht die geringste Nachricht von ihm.

Hatte er das Unternehmen aufgegeben? War er der Sache müde

geworden oder folgte er immer noch der vereinbarten Reiseroute? Würde er am Sonnabend, am 21. Dezember, um 8 Uhr und 45 Minuten abends wie der Gott der Präzision auf der Schwelle des Reform-Club-Salons stehen?

Wir wollen uns die Beschreibung all der Aufregungen schenken, die sich in den bewussten drei Tagen weiter Teile der englischen Bevölkerung bemächtigt hatten. Depeschen gingen nach Amerika und Asien. Man wollte um jeden Preis etwas über Phileas Foggs Verbleib erfahren. Jeden Morgen und jeden Abend wurden Späher zur Nr. 7 der Savile Row geschickt. Nichts. Die Polizei wusste nicht einmal, wo ihr unglückseliger Detektiv geblieben war, der sich auf die falsche Fährte gesetzt hatte. Nicht etwa, dass die Wetten deswegen zurückgegangen wären. Im Gegenteil! Phileas Fogg war jetzt so etwas wie ein Rennpferd, das sich gerade im Einlaufbogen befand. Sein Papier wurde nicht mehr zu 100 Stück gehandelt, sondern zu 20, zu 10, zu 5, und Lord Albermale, der betagte Gelähmte, kaufte es sogar zum Ausgabekurs.

Am Sonnabend gab es darum in den Abendstunden einen Auflauf in der Pall Mall und den umliegenden Straßen. Es sah aus, als träfen sich sämtliche Börsenmakler Londons auf den Stufen des Reform Club. Der Verkehr wurde ernstlich behindert. Man diskutierte, stritt und rief sich den jeweiligen Kurs der »Phileas Fogg« zu, die jetzt so wichtig wie ein Staatspapier zu sein schien. Die Polizisten konnten nur mit Mühe die Ordnung aufrechterhalten und je näher die Stunde rückte, in der Phileas Fogg zurückerwartet wurde, desto mehr wuchs die Erregung.

An diesem Abend waren die fünf Kollegen unseres Gentlemans schon seit neun Stunden im großen Salon des Reform Club vereint. Die beiden Bankiers John Sullivan und Samuel Fallentin, der Ingenieur Andrew Stuart, Gauthier Ralph, der Zweite Direktor der Bank von England, sowie der Brauereibesitzer Thomas Flanagan saßen in gespannter Erwartung beieinander.

Als die Uhr des großen Salons 8 Uhr und 25 Minuten anzeigte, erhob sich Andrew Stuart und sagte: »Meine Herren, in zwanzig Minuten ist die zwischen Mister Phileas Fogg und uns vereinbarte Frist abgelaufen.«

»Wann ist der letzte Zug aus Liverpool gekommen?«, fragte Thomas Flanagan.
»Um 7.23 Uhr«, sagte Gauthier Ralph, »und der nächste trifft erst zehn Minuten nach Mitternacht ein.«
»Meine Herren«, begann Andrew Stuart noch einmal, »wenn Phileas Fogg um 7.23 Uhr in London eingetroffen wäre, müsste er schon hier sein. Wir dürfen uns wohl als Sieger der Wette betrachten.«
»Hüten wir uns voreilig zu sein«, ermahnte Samuel Fallentin. »Wir alle wissen, dass unser Herr Kollege hochgradig exzentrisch ist. Sein Genauigkeitssinn ist jedermann bekannt. Er kommt niemals zu spät, aber auch niemals zu früh. Ich würde mich kein bisschen wundern, wenn er erst in der allerletzten Minute hier einträfe.«
»Und ich könnte ihn mit meinen eigenen Augen hier sehen und glaubte es doch nicht«, sagte Andrew Stuart, der wie stets sehr nervös war.
Thomas Flanagan stimmte ihm zu:
»Mister Foggs Projekt war wirklich bar jeder Vernunft«, bemerkte er. »Was nützt ihm schon sein ausgeprägter Pünktlichkeitssinn! Unvorhergesehene Verspätungen hat er damit bestimmt nicht verhindern können. Und ein Aufenthalt von zwei oder drei Tagen genügte ja vollauf, um seinen Plan zum Scheitern zu bringen.«
»Außerdem ist es doch merkwürdig, dass er uns nicht eine einzige Nachricht zukommen ließ«, fügte John Smith hinzu. »Telegrafenämter gab es doch wahrhaftig in ausreichender Menge auf seiner Route.«
»Ich sage es Ihnen ja, meine Herren, er hat die Wette hoffnungslos verloren«, wiederholte Andrew Stuart. »Und Sie wissen doch sicher, dass die *China* – das einzige Postschiff aus New York, mit dem er rechtzeitig in Liverpool eintreffe konnte – bereits gestern eingelaufen ist. Ich habe mir die *Shipping Gazette* mit den Passagierlisten besorgt. Sehen Sie selbst: Phileas Foggs Name ist nicht dabei. Selbst unter günstigsten Umständen kann unser Herr Kollege allenfalls bereits in Amerika sein. Ich schätze, dass er hier mit zwanzigtägiger Verspätung eintreffen wird. Lord Albermale ist seine 5 000 Pfund auch los!«

»Sie haben Recht«, sagte Gauthier Ralph. »Morgen werden wir Mister Foggs Scheck bei den Gebrüdern Baring einlösen.«
Die Zeiger der Uhr im großen Salon standen jetzt auf 8 Uhr und 40 Minuten.
»Noch fünf Minuten«, sagte Andrew Stuart.
Die fünf Herren blickten einander an. Man darf wohl annehmen, dass ihre Herzen ein wenig schneller schlugen, denn selbst für erfahrene Spieler war die Partie ungewöhnlich spannend. Offenbar wollten sie sich ihre Aufregung nicht anmerken lassen, denn auf Samuel Fallentins Vorschlag hin nahmen sie an einem der Spieltische Platz.
»Ich gäbe meinen Wettanteil von 4 000 Pfund jetzt nicht mehr für 3 999 Pfund Bargeld hin«, sagte Andrew Stuart, als er sich an den Tisch setzte.
Während er sprach, rückte der Uhrzeiger auf 8 Uhr und 42 Minuten vor. Die Spieler hatten die Karten aufgenommen, aber ihre Blicke wanderten dauernd zur Uhr. So siegessicher sie sich auch fühlten, noch nie waren ihnen ein paar Minuten so lang vorgekommen.
»8.43 Uhr«, verkündete Thomas Flanagan und hob eine der Karten ab, die Gauthier Ralph vor ihm ausgebreitet hatte.
Einen Augenblick lang herrschte tiefe Stille. Nichts regte sich in dem großen Raum. Doch von draußen brandete der dumpfe Lärm der Menge heran, der von ein paar spitzen Schreien übertönt wurde. Die Bewegungen des Uhrpendels gaben mit mathematischer Exaktheit den Ablauf der Sekunden an. Jeder Spieler registrierte im Kopfe das Ticken der Sechzigstelminuten.
»8.44 Uhr«, meldete John Sullivan und seine Stimme verriet unterdrückte Erregung.
Noch eine Minute, und die Wette war gewonnen. Andrew Stuart und seine Kollegen legten die Karten nieder. Sie konnten nicht mehr spielen. Sie zählten die Sekunden!
In der 40. Sekunde – – – nichts. In der 50. Sekunde – – – noch nichts! In der 55. Sekunde – – – da brach draußen ungeheurer Lärm aus. Händeklatschen, Hurrarufe und dazwischen Verwünschungen rollten wie eine Woge auf das Club-Haus zu.

Die Spieler erhoben sich von den Sitzen.

In der 57. Sekunde ging die Tür zum großen Salon auf und das Pendel hatte noch nicht die 60. Sekunde angezeigt, als Phileas Fogg eintrat. Hinter ihm drängte die tobende Menge zum Club-Eingang herein. Mit seiner gewohnten ruhigen Stimme sagte Mr Fogg:

»Ich bin da, meine Herren.«

Im siebenunddreißigsten Kapitel

wird bewiesen, dass Phileas Fogg mit seiner Reise um die Erde nichts gewonnen hat, es sei denn das Glück

Ja! Da stand Phileas Fogg höchstpersönlich.

Wir erinnern uns: 5 Minuten nach 8 Uhr abends – ungefähr 23 Stunden nach dem Eintreffen der Reisenden aus London – hatte Passepartout von seinem Herrn den Auftrag erhalten, sich mit dem Pfarrer Samuel Wilson wegen Mr Foggs Heirat, die am nächsten Tag stattfinden sollte, in Verbindung zu setzen.

Passepartout hatte sich hell entzückt auf den Weg gemacht. Er flog nur so zur Wohnung des Geistlichen, aber Mr Wilson war noch nicht zu Hause. So musste der Diener warten, gut zwanzig Minuten lang.

Als er seinen Auftrag erledigt hatte, war es 8 Uhr und 35 Minuten. Er verließ das Haus des Pfarrers – aber in welcher Verfassung! Die Haare hingen ihm im Gesicht, den Hut hatte er überhaupt vergessen und er rannte so schnell, wie noch nie ein Mensch zuvor gerannt war. Wie ein Wirbelwind fegte er über die Gehsteige und warf alles um, was ihm entgegenkam.

Drei Minuten später traf er in der Nr. 7 der Savile Row ein.

Völlig atemlos stolperte er in das Zimmer seines Herrn hinein.

»Was gibt es denn?«, erkundigte sich Mr Fogg.

»Gnädiger Herr . . .«, keuchte Passepartout, »Heirat . . . nicht möglich . . .«

»Nicht möglich?«
»Nicht möglich . . . jedenfalls nicht morgen.«
»Weshalb?«
»Weil morgen . . . morgen . . . Sonntag!«
»Montag«, entgegnete Mr Fogg.
»Nein, . . . heute . . . Sonnabend.«
»Sonnabend? Ausgeschlossen!«
»Doch! Doch!«, schrie Passepartout. »Sie haben sich im Tag getäuscht. Wir sind 24 Stunden zu früh angekommen . . . aber Sie haben keine zehn Minuten mehr!«
Passepartout packte seinen Herrn einfach beim Kragen und zerrte ihn zur Tür.
Der solcherart entführte Phileas Fogg fand keine Zeit mehr zum Nachdenken. Hinaus ging es aus dem Zimmer, aus dem Hause und hinein in eine Droschke. 100 Pfund für den Kutscher! Und los ging die Fahrt! Zwei tote Hunde und fünf demolierte Fahrzeuge blieben auf der Strecke, aber der Wagen erreichte den Reform Club. Die Zeiger der Uhr standen auf 8 Uhr und 45 Minuten, als Phileas Fogg den großen Salon betrat.
Phileas Fogg war in 80 Tagen um die ganze Erde gereist!
Phileas Fogg hatte die Wette um 20 000 Pfund Sterling gewonnen!
Und was hatte dazu geführt, dass sich dieser überaus genaue Mann um einen ganzen Tag verrechnete? Wieso glaubte er am Sonnabendabend, dem 21. Dezember, in London eingetroffen zu sein, wenn der Kalender doch erst Freitag, den 20., und somit den 79. Tag nach der Abreise anzeigte?
Die Lösung des Rätsels war höchst einfach.
Phileas Fogg hatte – ohne es zu merken – einen Tag gewonnen, weil er in östlicher Richtung auf die Reise gegangen war! Hätte er den Weg nach Westen genommen, wäre er dagegen einen Tag zu spät zu Hause eingetroffen. Bei seiner Reise gen Osten war Phileas Fogg der Sonne entgegengefahren und die Tage wurden für ihn um viermal so viele Minuten kürzer, wie er Längengrade überschritt. Der Erdball ist in 360 Längengrade eingeteilt und 360 mit vier

Minuten multipliziert ergibt genau 24 Stunden, also den unbemerkt gewonnenen Tag. Anders ausgedrückt: Phileas Fogg sah auf seiner Reise in östlicher Richtung 80-mal die Sonne im Zenit stehen, seine daheim gebliebenen Kollegen dagegen sahen sie nur 79-mal. Deshalb erwarteten sie ihn auch verabredungsgemäß an jenem Sonnabend, den Mr Fogg schon für den Sonntag hielt.

Und hätte Passepartouts berühmte Uhr – die ja während der ganzen Reise die Londoner Zeit beibehalten hatte – auch die Tage zählen können, so würde sie jetzt unsere Behauptungen bestätigen.

Phileas Fogg hatte also die 20 000 Pfund gewonnen. Da er aber während der Reise 19 000 Pfund ausgegeben hatte, war der Reingewinn unerheblich. Aber wir sagten es schon: Unseren exzentrischen Gentleman hatte an dieser Wette nur der Kampf und nicht der mögliche Gewinn gereizt. Die verbleibenden 1 000 Pfund schenkte er sogar noch zu gleichen Teilen dem treuen Passepartout und dem unglückseligen Fix, dem er einfach nicht gram sein konnte. Von den 500 Pfund, die auf Passepartout entfielen, behielt er allerdings die Summe ein, die zur Begleichung der Gasrechnung über 1 920 Heizstunden benötigt wurde. Aus prinzipiellen Gründen!

Noch an diesem Abend sagte Phileas Fogg mit gewohntem Gleichmut und im üblichen Tonfall zu Mrs Aouda:

»Wollen Sie mich immer noch heiraten, gnädige Frau?«

»Mister Fogg«, antwortete die junge Frau, »ich glaube, diese Frage kommt mir zu. Vorhin waren Sie noch ruiniert . . . jetzt sind Sie reich . . .«

»Gestatten Sie, dass ich Sie unterbreche, gnädige Frau. Mein Vermögen gehört Ihnen. Sie hatten den Einfall, um meine Hand anzuhalten, und ohne Ihre Initiative wäre mein Diener nicht zu Pfarrer Wilson gelaufen, ich hätte meinen Irrtum noch nicht korrigiert und . . .«

»Lieber Mister Fogg«, sagte die junge Frau.

»Liebe Aouda«, antwortete Phileas Fogg.

Natürlich fand die Hochzeit 48 Stunden später statt. Der festlich herausgeputzte strahlende Passepartout fungierte als Trauzeuge für

die junge Frau. Schließlich war er ihr Retter und man schuldete ihm diese Ehre!
Am nächsten Tag pochte er beim Morgengrauen aufgeregt gegen die Tür seines Herrn.
Der unerschütterliche Gentleman erschien im Türrahmen.
»Was gibt es, Passepartout?«
»Was es gibt, gnädiger Herr! Ich habe eben entdeckt . . .«
»Was denn nun wieder?«
»Dass wir . . . wir hätten die Reise um die Erde auch in 78 Tagen schaffen können!«
»Ich weiß«, sagte Mr Fogg. »Dann hätten wir nicht den Weg über Indien nehmen dürfen. Aber wenn ich nicht durch Indien gereist wäre, hätte ich Mistress Aouda nicht retten können, sie wäre jetzt nicht meine Frau und . . .«
Damit schloss Mr Fogg leise die Tür.
Phileas Fogg war also als Sieger aus der Wette hervorgegangen. Er hatte für die Reise um die Erde tatsächlich nur 80 Tage gebraucht. Transportmittel aller Art waren benutzt worden, um zum Ziel zu gelangen. Er war mit Postschiffen, Eisenbahnen, Kutschen, Segelschiffen, Handelsschiffen und sogar mit einem Schlitten und einem Elefanten gereist. Der exzentrische Herr hatte während der 80 Tage reichlich Gelegenheit gefunden seine Kaltblütigkeit und Exaktheit unter Beweis zu stellen. Und wozu dieser Aufwand? Was hatte ihm die Reise eingetragen?
Nichts, meinen Sie? In der Tat, nichts. Wenn man von seiner reizenden Frau absieht, die ihn – ob Sie es glauben oder nicht – zum glücklichsten Menschen dieser Erde gemacht hat!
Sie müssen doch zugeben: So mancher würde für weniger die Reise um die Erde machen wollen!

Nachwort

Der junge Leser zieht in seinem Erlebnishunger im Allgemeinen ein Abenteuerbuch jeder anderen Lektüre vor. Ihn reizt das Wagnis in einer fremden Welt sich zu behaupten, ein Ziel aller Gefahren zum Trotz zu erreichen und sich gegen die Schwierigkeiten der Umwelt durchzusetzen. Doch dies ist ein Grundzug allen Lesens: der Hunger nach Stoff, nach Erlebnis über unsere Umwelt hinaus und die Befriedigung des menschlichen Tätigkeitsdranges in der Phantasie, der ja unserer wirklichen Welt oft so wenig Spielraum lässt.

Unter den vielen Abenteuerbüchern, die uns die Weltliteratur bietet, müssen nicht zuletzt die Romane von Jules Verne genannt werden. Sicher ist es falsch, wenn man heute behauptet, er sei »zum Kinderbuchautor geworden«. Das ist ebenso wenig bei Mark Twain oder bei Swift oder Defoe der Fall, auch wenn die vielen gekürzten und sorglos edierten »Jugendausgaben« solche Behauptungen scheinbar belegen. Doch sind gerade viele Bücher dieser Autoren eine ausgezeichnete Lektüre für junge Menschen, eben weil sie nicht »für die Jugend« geschrieben wurden.

Jules Verne, der französische Romancier, wurde 1828 in Nantes geboren. Nach einem juristischen Studium in Paris schrieb er zuerst Opernlibretti und dann, zusammen mit Dumas dem Jüngeren, Texte für Dramen. Im Jahre 1863 erschien sein Roman *Fünf Wochen im Ballon* und ihm folgte die lange Reihe seiner utopischen und technischen Abenteuerromane, die von den Lesern seiner Zeit begeistert aufgenommen wurden und viele Erfindungen des 20. Jahrhunderts vorwegnahmen: *Die Reise zum Mittelpunkt der Erde* (1864), *Von der Erde zum*

Mond (1865), *Reise um den Mond* (1869), *Zwanzigtausend Meilen unter den Meeren*, (1869) und viele andere. Daneben entstanden die reinen Abenteuerromane wie *Die Kinder des Kapitän Grant* (1867), *Die Abenteuer des Kapitän Hatteras* (1866) und vor allem *Der Kurier des Zaren* (1871). Die deutsche Gesamtausgabe seiner Romane erschien von 1873 bis 1911 im Verlag Hartleben und brachte es auf 98 Bände. Sein Einfallsreichtum scheint ohne Grenzen gewesen zu sein. Er erzählte frisch, lebendig und unbekümmert, wobei er stets die technischen Errungenschaften seiner Zeit eifrig in die Handlung mit einbezog und auch den Humor nicht zu kurz kommen ließ. Jules Verne starb im Jahre 1905 in Amiens.

Gerade unsere Zeit hat den Reiz dieser Erzählungen wieder entdeckt. Sicher lächeln wir heute über die Art, wie Jules Verne den Mond erreichen wollte, denn seine Thesen erwiesen sich natürlich nicht immer als richtig. Auch ist für unsere Zeit der Fortschritt der Technik nicht unbedingt ein Zauberwort geblieben. Aber vielleicht wissen wir gerade deshalb den Wert der Phantasie dieses Schriftstellers zu würdigen.

Jules Vernes Roman *Reise um die Erde in 80 Tagen*, der im Jahre 1873 erschien, wird hier in einer vollständigen Neuübertragung von Gisela Geisler vorgelegt. Er ist wohl das beste Beispiel für den lebendigen Stil des Autors, für die Erfindung einer ungemein abwechslungsreichen Handlung, die in einem reportagehaft nüchternen Ton erzählt wird, und für die Kunst des Verfassers seine Leser noch heute vom Anfang bis zum Ende zu fesseln. Die Abenteuer des Phileas Fogg werden immer dramatischer, je näher der Termin der Wette heranrückt, und eine Fülle von spannenden und komischen Elementen werden von Verne aufgereiht, die schließlich in der vermeintlichen Verspätung der Reisenden gipfeln. Man kann wohl den vielen Kritikern zustimmen, die dieses Werk für den besten Roman Jules Vernes halten.

Hans Küfner